書下ろし

不死鬼(ふしき) 源平妖乱

武内 涼

祥伝社文庫

目次

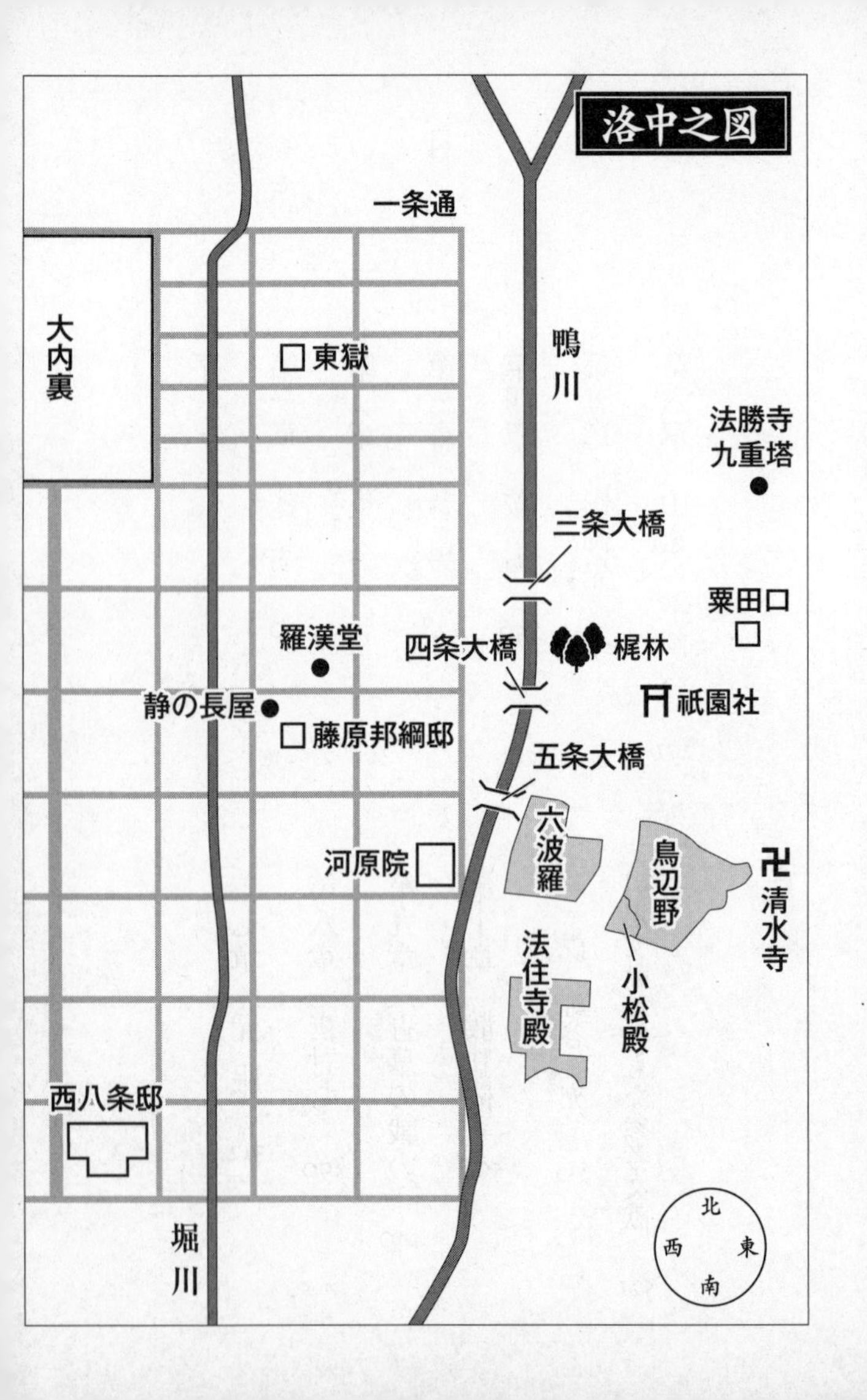
洛中之図
一条通
大内裏
東獄
鴨川
法勝寺
九重塔
三条大橋
粟田口
羅漢堂
四条大橋
梶林
祇園社
静の長屋
藤原邦綱邸
五条大橋
六波羅
鳥辺野
河原院
清水寺
法住寺殿
小松殿
西八条邸
堀川
北
西
東
南

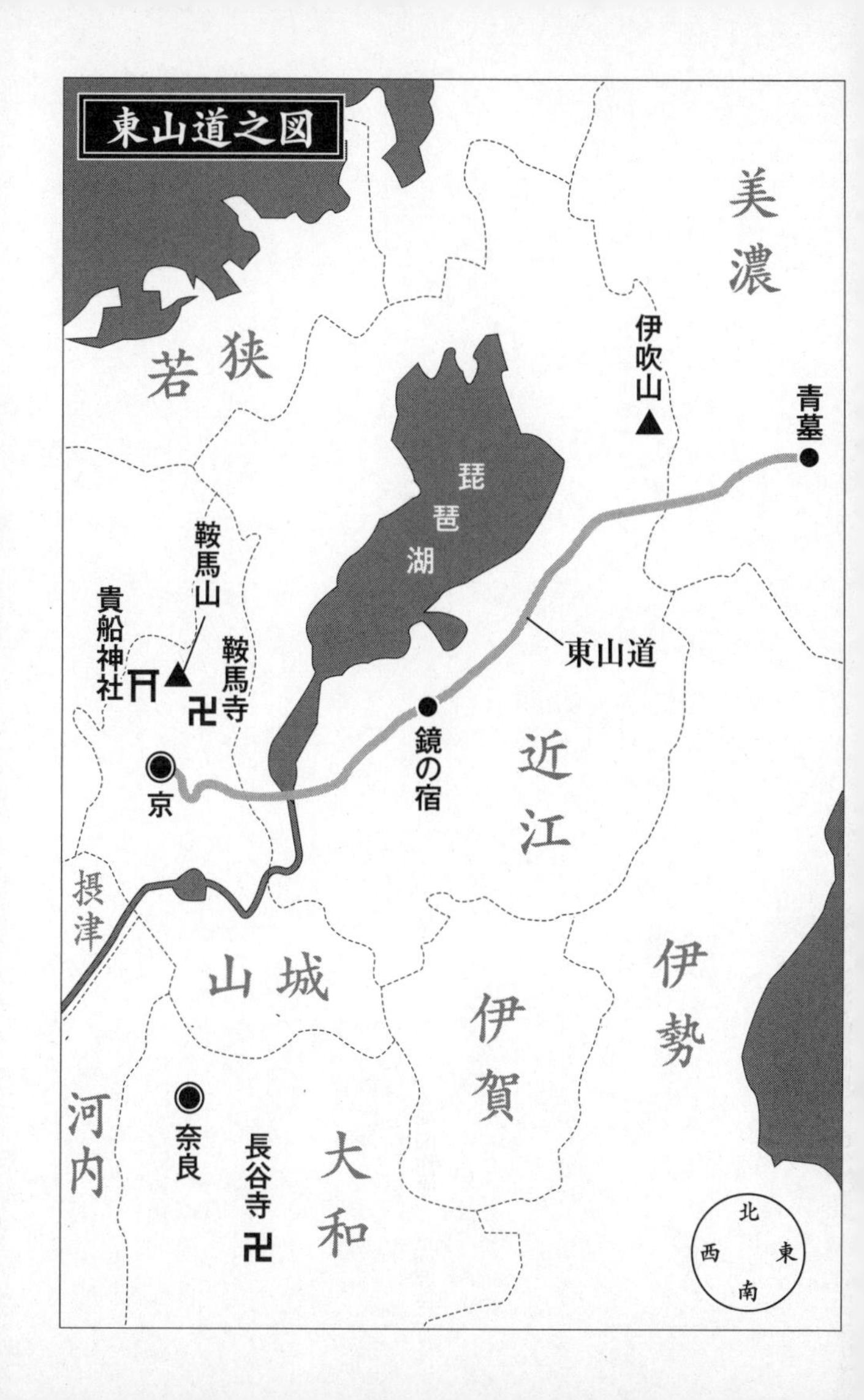
東山道之図
美濃
若狭
伊吹山
青墓
琵琶湖
鞍馬山
貴船神社
鞍馬寺
東山道
鏡の宿
近江
京
摂津
山城
伊賀
伊勢
河内
奈良
長谷寺
大和
北
西
東
南

地図作成／三潮社

序

血を吸いたい衝動におののき静(しずか)は歯嚙(はが)みした。これで二度目だ。

盥(たらい)の赤い水面(みなも)で、牙(きば)になっていないかたしかめる。

――よりにもよって、何でわたしが紅染(べにぞめ)の係か。

赤を見ることは仕方ない。

丹塗(にぬ)りの柱、鶏(とり)の鶏冠(とさか)、少年がもつ赤い扇(おうぎ)、赤い袍(ほう)、朱漆(しゅうるし)塗りの高坏(たかつき)、血のように染まる楓(かえで)。

この都で赤を見ずに生きていくことはなかなかむずかしい。

けれど――赤をずっと扱うのは、嫌(いや)だ。

中納言(ちゅうなごん)の染殿(そめどの)には、十人の「雑仕女(ぞうしめ)」と、二十一人の「女の子(めのこ)」がはたらいており、静は女の子の一人だ。

土間では大釜(おおがま)がいつも湯を滾(たぎ)らせている。

草木から色を煮出(にだ)す湯だ。貴族の衣を染めるために己が内側(うち)で蓄(たくわ)えた色を奪われ、くたくたになった大量の草木は、無造作(むぞうさ)にすてられる。静はそんな草木を見る度(たび)に、田舎(いなか)の荘園(しょうえん)で、鞭(むち)に脅(おび)えながら倒れるまではたらかされる痩(や)せ細った男たち、雪が舞う冬山に、下人頭(げにんがしら)に追い立てられ、ふるえながら薪取(たきぎと)りに登らねばならぬ小さき童(わらわ)らを思い出す。

土間を上がると広い板敷がある。

それぞれ違う色を満々とたたえた盥が、二十以上、ずらりと並んでいる。

真に高貴な紫草から創る――紫の水の盥。

白樫(しらかし)の柴を煮た汁が入った黒の盥。

刈安(かりやす)から生れる黄の盥。

全て藍玉(あいだま)から創る青系統の盥たち。――紺(こん)、浅葱(あさぎ)、縹(はなだ)、薄(うす)縹。

様々な青に黄を絡(から)めて作る、いろいろな濃淡の緑の盥。

そして今、静がむき合う紅花(べにばな)から生れた――血色の水が入った盥。

それぞれの盥の前に、黒担当、黄担当、香色担当、一人一人女が座っている。

静は十三歳で、十七歳を越えた辺りから雑仕女と呼ばれる。

「よりにもよって、何であんたが……紅染なわけ？」

吉子が話しかけてきた。紅染担当を狙っていたようだ。
吉をもたらす子という意味で、親にもらった名らしいが、この女と話している
と不幸せになる気がする。
出てくるのは、愚痴、悪口、もしくは、かなり見込み薄い願望ばかり。
鈍色（灰色）の盥に布をつけ込む吉子の目元は、他の雑仕女との喧嘩で、痣が
あった。吉子に悪口を言われた女が思い切り殴ったのだ。吉子を殴ったのは洗
という役目の雑仕女だった。中納言とその家族は木で出来たおまるで日々、用を
足すのだが、そのおまるを管理し、掃除するのが洗だ。
洗の顎も吉子に殴られて痣があった。
一体、どっちが悪いのか……静は知らない。
「加賀刀自の人の割り振りに、あたしは納得できない」
吉子が愚痴る。
「あんたは紫から紅。あたしはずっと、鈍色」
吉子は、鈍色の水が入った盥に布を入れ、静は、紅水が入った盥で絹糸を染め
ている。吉子は喪服につかう布を、静は北の方の晴れ着につかう糸を、染めてい
た。

「不吉な色さ……」

吉子が泡立てる丸い水面は、まるで彼女の心から汁がこぼれ、混ざったように鈍く曇っていた。鈍色は喪服、喪の折の几帳(きちょう)、弔問(ちょうもん)を書く文(ふみ)につかう。

吉子はなおも悪態をついていたが静は途中から上(うわ)の空(そら)だった。

小さな赤い水面に――引き込まれる気がした。

己(おのれ)の中には血吸(ちす)い鬼(おに)の血が、半ば流れている。その血と、紅の水面が、共振した気がする。

母の赤い目。あの男の赤い目。

――飛び散る鮮血。

忌(い)まわしい記憶が、もだえそうになる――。

恐怖を覚える。同時に、血に近い紅(くれない)をじっと眺(なが)めていたい気にもなる。

歯を食いしばった静に、

「ねえ、聞いているの?」

吉子が眉を顰(ひそ)めている。

静は、素(そ)っ気(け)なく、

「……加賀刀自に文句があるなら、自分で言えば」

糸束を絞りつつ、答えた。手元から、赤い滴が落ちる。

ぼたぼた騒ぐ赤泡と同じ数だけ体の中で血が騒ぐ。

「わたしに言わないで」

吉子は攻撃的に、

「……何だ、その言い方はっ」

――この女の喉笛を、嚙み千切ってやりたい。

自分の中で声がする。

だが、それをすれば――自分は只人ではなく、血吸い鬼になってしまう。母が
そこで踏み止まれと言った不殺生鬼でなく、殺生鬼になってしまう。

「何で黙ってる」

吉子が、鈍色に汚れた手拭いを、静の黒く艶やかな垂髪に投げてきた――。

きっとなって吉子を睨む。静の白い手は、赤く濡れた糸をにぎっていたから勢
いよく体が動いた時、赤い滴が周りに飛び散った。

「気をつけて!」

庭梅が染めていた緑布に連続的な赤い染みがぱっと散っている――。

静は冷たい刃で、斬られた気がした。予定外の赤い点々が貴い緑の布を汚し

ていた……。

吉子はけらけら笑う。

「……若君様の単(ひとえ)につかうものよ」

静にむき合う形で座っていた庭梅はぼそりと呟いた。

静より二つか三つ年下だが、静は長身で庭梅は背が低いため、並んで立つと歳(とし)がはなれているように見える。みじかい髪は肩にかかるほど。琥珀(こはく)色の目をした、女の童(め)だ。

静は吉子に、

「お前のせいだっ」

激しい語気をぶつける。

吉子は、挑発的に、

「――は？」

二人は睨み合う。

手を藍色に染めながら、下卑(げび)た話をしていた女や、土間にしゃがみ、草木を煮る傍(かたわ)らヒジキをかけた玄米(げんまい)飯を掻(か)き込んでいた童女が、面白そうに、こっちを見てくる。

と、

「一体何事か？」

しゃがれた一声がするや——染殿にいたお揃いの茶染の小袖を着た雑仕女、見習いと言うべき女の子たちが、水を打ったように押し黙る。

斜めの線が交差した、襷模様の小袖を着た白髪の老婆が険しい顔をして入ってきた。

加賀刀自だ。

染殿、織物所、打物所をあずかる使用人だ。

この中納言家には他にも洗濯をする張物所、使用人のためひたすら玄米を炊く大炊殿、中納言とその家族の姫飯をととのえる御炊、おかずをつくる御厨子所、細工と呼ばれる老練な職人たちが黙々と机や箸、匙、盥などをつくりつづける作物所、果ては鍛冶屋もある。そういう作業場全てで雑色と雑仕女、その見習いがはたらく。

もちろん、同じような者たちが、摂関家でも、大臣家でも、平家の公達の邸宅でも、院近臣の屋敷でも、はたらいている。

だから——京の都は人が多い。

ちなみに打物所は織った布を碓（からうす）で叩いて光沢を出す作業場だ。

加賀刀自が細首をまわすと同時に、窪（くぼ）んだ頬（ほお）に出来た小さな陰も動く。

鋭い眼差（まなざ）しが吉子で止り、

「また、お前か？」

「あたしじゃないですよ。静が慌てて、庭梅の布に赤い滴を散らしたんです」

加賀刀自はのしのし歩み寄り、

「――庭梅の布なんぞ無いんだよ！」

「…………」

加賀刀自は吉子の前で足を止めた。

吉子が何か言おうとすると、加賀刀自は強烈に平手打ちした。

涎（よだれ）の糸が、吉子の唇（くちびる）から洩（も）れた。顔を真っ赤にした吉子が凄（すさ）まじい形相（ぎょうそう）で加賀刀自を睨む。

氷より冷たい沈黙が――今は夏であることを忘れさせた。

「これは大事なことゆえ……よく覚えておけ。今お前たちが染めている布に、お前たちの布など――一枚もないぞ。全て、中納言様、北の方様、若君様、お姫（ひい）様のもの。お前たちに下賜（かし）される布も中納言様からの借り物の如（ごと）きもの」

吉子の手は、小刻(こきざ)みにふるえていた。

緑の野に、手負いの獣(けもの)がこぼしたような血色の染みを、ギロリと睨んだ加賀刀自は、

「で、何があった？」

「吉子が静に突っかかりました。手拭いを静に投げたんです。静が怒って体が動いた拍子に、滴が散りました」

庭梅が淡々と告げている。

加賀刀自は顔を顰(しか)め、

「間(ま)が悪い」

舌打ちして、

「若君様が——染殿の様子をご覧になりたいと仰せじゃ」

「…………」

さっき加賀刀自がもたらした以上の緊迫が、染殿にいた男女を打ち据えた。

ここにいる女のほとんどが——若君を怖れていた。中には嫌悪している者もいよう。静も、その一人だ。

が、二、三人うわついた娘が、何事か期待し、頰を赤らめる。

――たわけ、と静は思う。

若君は女人にはやさしかったが男には酷い。

あの剽軽でお調子者の高雄丸を菓子を盗んだ廉で、木馬に座らせた。高雄丸は御厨子所の見習いで、そこの男や女に辛く当られ、静と庭梅が相談に乗っていたのだ。

木馬は鞍や鐙をかける道具で三角形に尖った背をもつ四本足の木の馬だ。だが、雑色所にある木馬は、馬具を一度も置かれたことがなく、拷問専用だった。男の雑色がものを盗んだり仕事を怠けたりすると棒で滅多打ちにされる。雑仕女や子供の使用人の場合、素裸か下半身だけ裸にして、木馬に座らせる。高雄丸は若君の菓子を盗んだ罪で、天井から吊るされ、木馬に座らせられた。若君の命で木馬に座らせられた童はこれで五人目だ。

静と庭梅が看病した。

高雄丸の股はひどく傷つき、背中にも鞭で打たれた痕があり、高熱が出ていた。

急いで薬師の鯊翁を呼んだが手遅れだった。

高雄丸は死んだ。九つだった。

静は若君に殺されたと思っている。

「若君様は、平家の方々と今度初めて狩りに出かけられる。その折に羽織(はお)られる単(ひとえ)じゃ。ことのほか、お召し物にこだわりのある御方ゆえ、さあて、如何様(いかよう)な罰がそなたらに下されるか」

加賀刀自は静と吉子に下される罰を思い、楽しんでいるようであった。

吉子と木馬に座らせられるなど死んでも嫌だ。

もし、そんな罰が下されるなら――人を殺す血吸い鬼・殺生鬼になってもいいと思った。

雑色所で鞭を振り上げた若君の目の前で、縄を引き千切り、若君をつかまえて、喉を嚙み潰し、警固の侍を殴り倒して、築地(ついじ)を跳び越え広い世界に逃げてしまう。

自分の中に――血吸い鬼の血が流れているなら、出来るはず。

『静、そなたは、やさしい子。そなたは只人として生きよ。もし血吸い鬼になるのなら……わたしのように、少しずつ血を吸う不殺生鬼になれ。殺生鬼にはなるな！』

母の言葉が、胸の中でこだまする。

――高雄丸の仇を取ってやりたい。

あれほど憎んでいたあの男の気持ちすら今はわかる気がしてきた。

＊

ヘロドトスによれば、スキタイ人には、血を飲む風習があったようである。

世界史上初めて騎射を修得したスキタイ人は、髑髏を盃としてもちいた。

スキタイからモンゴル高原につたわった騎射が――匈奴の繁栄をもたらした。

当然、スキタイ人から、匈奴人になる者もいた。分裂した匈奴の一部が三百年ほどかけて「日本」に動いたことも考えられる。その中に……遥か昔、スキタイからきた血を吸う者たちがいた可能性は、否定できない。

一般的に、日本に吸血鬼はいないと信じられている。

――真だろうか？

大江山の酒呑童子一党は血を酒代りに飲んでいた。

酒呑童子の妻、女鬼の茨木童子は、血を舐めて鬼として目覚めた。

今昔物語には東国からきた女が、河原院で、鬼に血を吸われて惨殺された話が書かれている。

日本の水辺には水棲女吸血鬼……磯女、濡れ女の言い伝えがある。

平安時代に仁寛が始めた暗黒カルト——真言立川流は、髑髏を本尊として祀っていたが、天竺では屍鬼を崇める一団が、髑髏に血を入れて捧げていたという。

この列島はこれだけ多くの吸血鬼、はたまたそれに近接する伝承で、血塗られている。

だがヨーロッパでバンパイアが猖獗を極めた十八世紀、日本で吸血鬼が蠢いた痕跡はほとんどない。

——それは、人々の知らぬ処で、吸血鬼と戦った勇者たちがいたからである。

第一章　鯊翁

憎悪が燃やす火が、魂の芯を、黒焦げにしている。

静と吉子は顔を強張らせ、うつむいていた。

羊歯が描かれた緑の半尻（小狩衣）、鳥襷模様が入った蜜柑色の指貫から、濃い香りが漂ってきて静の鼻孔を舐った。

伽羅である。目の前に静と吉子が一生着られない絹の美服がある。

権中納言・藤原邦綱の若君、鈴代丸は何の感情も読み取れぬ目で、赤い染みがついた緑の布を見ていた。鳥が浮き出た白い緞子は薄緑に染める途中で、赤い汚れが散っていた。

「これは取れないの？」

「やってみますが、むずかしいと思います」

頭を美豆良に結った鈴代丸は白い頰を大きく歪める。不愉快そうに、

「替えはないの？　同じ布の替えは？」

「宋人から得ました最高の布地ゆえ……ここにあるばかりなのでございます」

恐縮する加賀刀自だった。真に希少な舶来の布で、汚れた処を切れば、単（ひとえ）を縫うのに少々足りなくなる。

「それをこの吉子と静が……。いかがしましょう」

鈴代丸はまず吉子を、次に静をじっと見詰めた。初めて静を意識したらしい。

一瞬、まじまじとのぞく。

歳（とし）は静より少し下。庭梅と同い年くらいか。

――拷問でも何でもやればいい。もし、お前がそれを命じたら、叫ぶのはお前だ。

静の中で赤い衝動が広がっている。

香（こう）が焚（た）き染められたこの屋敷を出ることには不安があった。

香は殺生鬼が嫌う匂いを出す。人を殺し、大量の血を啜（すす）る殺生鬼は……ある一線を越えると、生臭さをこよなく愛（め）で、只人（ただびと）が良い香りと思う匂いを、嫌う。

故に、殺生鬼は、香が焚き染められた貴族の館（たち）、かぐわしい花畑が苦手だ。またどういうわけか――山からこぼれ落ちる澄んだ水を嫌う。

一方で、獣の臭い、腐った骸（むくろ）の臭い、汚れ水の悪臭を好む。

この京に漂う悪い臭いをやわらげるため、公家は香を焚くと言われている。違うかもしれない。本当は——殺生鬼をふせぐため、香を焚くのかもしれない。

だから、中納言邸にいれば静は、あの男につきまとわれる心配はなかった。

殺生鬼の中には、静のような血吸い鬼と只人の間に生れた子を嫌い、襲う輩がいるが、そいつらに狙われる怖れもない。

母が死に、人買いにつかまり、たまたま都の市で加賀刀自に買われ、せっかく手にした雑仕女の仕事。

うしなうには不安がともなうが——心が腐った少年に嬲られるより、ずっとましだ。

鈴代丸の舐めるような視線が静の顔から白首、胸をおおう汗ばんだ上着を這っている。

静は冷たく嫌らしい液体を血管に注入された気がしてわななきそうになった。

鈴代丸の薄唇が、開く。

「静というのか。生国は？」

静が黙っていると、加賀刀自が、

「お訊ねじゃ」

「……若狭です」

「いかなる所か？」

「雪深き国です」

夜、母に手を引かれ雪の野を疾走する自分が胸に浮かんだ。

鈴代丸はやわらかく、

「誰にでも過ちはあるもの。その布で、光清の単でもつくらせよう」

光清は、この家の家司である。

「若殿様はどうされますか？」

加賀刀自が問うと、

「去年につくらせた単でも着てゆこう。どうせ単は、狩衣の下に着るもの」

冷えた双眸で、じっと静を見詰める鈴代丸が、手を動かすと、袖から垂れた紅白の緒が、ゆっくり揺らいだ。

宋の絶群の織り手がつくった布で、単をこしらえ、それを狩衣の下にさりげなく着て行こうという考えは、静、吉子のおかげで崩れたわけだが、不気味なほど寛容な鈴代丸であった。

「では、この両名に咎めは……」

加賀刀自がたしかめると、

「よい。この二人を叱らないでおくれよ」

鈴代丸は、にっこりと立ち去る。

雑色には厳しく雑仕女にはやさしいというのが、この若君の性質らしい。だが、召し物への並々ならぬこだわりを考えれば、もっと厳しい言葉で詰られそうであった。

それだけに静は意外な気がした。

吉子も、驚きの表情を浮かべている。

染殿を出る時、鈴代丸はいま一度静をじっと見据えている。

ぞわり、と寒気がして、後ろ首で産毛がふるえた。

鈴代丸は、加賀刀自と従者にともなわれて出て行った。

加賀刀自はすぐにもどってくると、

「……静、ちと話がある」

静は加賀刀自と染井の傍でむき合った。

染井は染物につかう水を汲む井戸で、古い無患子の木陰にある。

加賀刀自は井桁に手をかけ、

「わしはお前に期待していたんだよ」

うるさいほどに蟬時雨がこぼれてきて無患子の幹に張りついた蟬が交合ってい
た。

「お前は、誰よりもよくはたらく。手を抜かない。わしはちゃんと見ている。だ
から、紅染をまかせた。紅色は、北の方様、若君様、お気に入りの色なんだ」

ほめられたが嬉しくない。

いきなり平手打ちされた吉子の面差しが、胸に張りついていた。

吉子はいけすかない女だった。だからと言って、あの理不尽な平手は――いつ
自分を襲うか知れたものではない。

「吉子とかかわるな。よいな？」

加賀刀自は厳しく警告した。

こくりとうなずくと、一転、蕩けるような笑みを浮かべて、

「ま、かかわらなくなるかもしれんがな……」

意味がわからず棒立ちしていると、

「……ふふ。若君様がお前のことをお気に入りのようじゃて」

「…………」

加賀刀自の茶色い汚れが目立つ歯をささえる色褪せた歯茎(はぐき)が、不潔な海の虫のように見えた。

「これだけの数の雑仕女がいるのにお目に留まるとは、大したことじゃて。若君様もお年頃ということじゃ。意味は、わかろうな。身をいたわることじゃ」

加賀刀自はつとめてやさしく囁(ささや)いている。

その優しさが——おぞましい。

「お前は、染殿から若君様付きに役目替えとなるやもしれん。辛い仕事は、庭梅や吉子にかわってもらえ」

——高雄丸の背中の生々しい傷跡、額(ひたい)に浮かんだ高熱による汗、傷ついた下半身を思い出す。吐き気がこみ上げてきた。

「わしも昔、左大臣様にな……」

別の屋敷にいた頃、さる貴人に追いかけまわされ、加賀刀自自身、ほのかな好意をもっていたにもかかわらず、いざとなると怖くなって、自ら屋敷を飛び出したという静たちが何回も聞かされた話をはじめた。

静の頭(こうべ)すれすれを飛んで行った蟬が無患子と青紅葉をつなぐ罠(わな)に引っかかる。蟬はバタバタと暴れるも宙にとらわれて動けない。

死の影が八つの足を蠢かし、糸状の通り道を、蟬にむかって近づく。

――鬼蜘蛛の巣だったのだ。

鬼蜘蛛が、死に物狂いで暴れる蟬を貪りはじめた。

「染殿の方が……」

加賀刀自は言いかぶせるように、

「よき機会は……そうあるものではないぞえ。それが目の前に転がった時に、摑むことぞ」

さっき体に注入された冷たい不快感がより一層重くなる気がした。

加賀刀自はにんまりと笑むと、立ち去っていった。

貴族の屋敷で、あの男たちから身を守りつつ――目立たぬように生きていくつもりだった。

決して目立ちたくない。と、思いつつも静の身の丈は他の女から優に頭一つ高く、歩いているだけで目立つ。

風で飛びそうな掘立小屋や貧しい者たちが暮す棟割長屋がひしめく中、静は眉に険を立てて歩いている。

——あの若君は、わたしの何処(どこ)を気に入ったんだろう？

時代がもてはやしている美人は白くふっくらした女で、やわらかい餅肌(もちはだ)で、小刀ですっと横に線を引いたような、切れ長、一重の涼しい目をした女だ。餓死(がし)者が道端にごろごろ転がっているこの時代……痩せた体は貧困を連想させたのか、貴族はふくよかな女を好んだ。

もう一つ、美女の条件をつけくわえるなら、黒く長い匂やかな髪だろう。静は黒漆をたっぷり流したような艶やかな黒髪である。

白くやわらかい餅肌だが、長身で、痩せっぽちではないが、肥えてもいない。ほどよい中肉である。

目は切れ長だが大きい。黒い光が瞬(またた)いたように力強く、二重。唇は桜貝のような淡(あわ)い桃(もも)色で、可愛らしい。

だから醜女(しこめ)というわけではないが時代がもてはやす美人ではない。それに本人は、背が高すぎることを気にしていた。

それでも、男の好み、女の好みというものは、個人差があるわけで、静を美しいと思う男もいよう。静が好いた相手から好かれたなら問題なかったが鈴代丸に懸想(けそう)されてもちっとも嬉しくなかった。

中納言屋敷で初めて仲良くなったのは、庭梅と高雄丸だった。

——友達を責め殺したあいつを決して許せない。勿体ぶった仕草、万人を小馬鹿にしたような目も嫌い。

あいつにふれられるくらいなら、死んだ方が、いや、血吸い鬼になった方がましだと思っていた。

しばらく行くと四条河原に出ている。

自分の体が隠れるくらいの大きさの板と、二本の木の枝で日陰をつくり、桶や椀を傍らに置いた物乞いたちが、転がったり、胡坐をかいたりしていた。

燃えるような日差しの下——死んだ男の体に黒い喧騒がまとわりついていた。

烏どもだ。

銀髪の媼、短髪で半裸の翁が、怒号を上げて、棒を振り、烏どもを追い払う。

黒い群れが叫びながら散った向うに、掘立小屋があった。

鯊翁の家だ。

板壁をめぐらした掘立小屋で軒先からニンニクの束が吊り下がっていた。

ニンニクは生臭さを消す。故に、生臭さを好む殺生鬼は、ニンニクの臭いを嫌う。静の母、苗（なえ）や鯊翁のような人を殺さぬ血吸い鬼、不殺生鬼は、ニンニク臭を何とも思わぬ。

「いる？」

眩（まばゆ）くはしゃぐ川水から目をそむけた静は、筵（むしろ）の内に問うている。

「おう」

大きなガラガラ声が返ってきた。

静の顔は、ぱっと輝く。

鯊翁について母、苗は生前、わたしと同じ「結（ゆい）」にいた者で、頼りになる不殺生鬼ゆえ、もし上洛することがあったら、この人をたよりなさい、と話していた。その時、母はあの男に殺されることを予期していたのかもしれない。自分が血吸い鬼にしたあの男に――。

「わたし」

静は筵をめくって中に入る。

外観の怪しさは、ちらかった内側を連想させた。が、鯊翁が住む掘立小屋は――背筋がぴしゃりとなるほど、整頓（せいとん）されていた。

土間には棚があり、いくつもの壺（つぼ）と皿、乳鉢（にゅうばち）が並んでいる。鍼（はり）や小刀が入った箱もある。

板敷には綺麗に畳まれた夜衾。

文机には、分厚い医学書。ただ師匠からもらったというその書物を文字を知らない鯊翁は、読めないはず。鯊翁は師から口でおそわった全てを頭で覚えており、それを引き出して治療している。

漢語が読める薬師たちには馬鹿にされているが、鯊翁こそ都一の薬師と言う人もいる。

もっとも、貧しい物売りや雑色、雑仕女は、名の知れた薬師に診てもらえぬから、多少いんちき臭くても鯊翁にたのむ他ない。そんな患者たちは、鯊翁が、怪我人からこぼれた血、蛭に吸わせた悪血を酒代りに嗜み、時に牛血で渇きを癒す不殺生鬼だという真実を——たぶん、知らない。

一段高い板敷上から、

「ええ処にきたのう、静ぁ」

鯊翁は両足で擂り鉢を固定、一心不乱にこいでいる。

擂粉木を動かす度に潰れたような鼻に汗が浮かぶ。

顔は大きく、日焼けしていた。額に幾筋も皺が走っていて頭に萎烏帽子。だらしない麻衣(ころも)に汗が染みをつくっていた。目は小さく黒目がちで、美しいとは言えないこの男のそこにだけ、ほのかな愛嬌(あいきょう)がある。二匹の痩せたオタマジャクシがむき合ったような目であった。

鯊翁は、ガラガラ声で、

「四条坊門(ぼうもん)に青物屋―あるやろ? わかるか」

「………」

「猫間(ねこま)中納言殿の屋敷の傍や」

「何となく……」

静が言うと、

「その青物屋の主人の下痢(げり)が止まらぬらしい」

静は、顔を顰めた。

「手伝ってくれんか? わしはこの出来立ての薬をもってゆく」

緑に濡(ぬ)れた擂粉木が薬草が入った曲物桶(まげものおけ)を指している。

「お前は、この桶をもってついてくるのや」

「……わたしも相談したいことがあってきたのよ」

「いつもニンニクをくれる親切な男や。下痢を止めれば、瓜(うり)の一つや二つくれるかもしれん」

「一緒に行くわ」

瓜は静の大好物だった。

土間に駆け降り、戸口の筵を押した鯊翁は、

「おっと、蛭を忘れた。そこな壺に蛭が入っとる。それも、一緒に」

「……人使いが荒いわね。河内の鯊翁」

「青物屋の嬶は時折悪い血を抜く必要がある。さもないと、大病になる。男を治すと同時に……嬶の血抜きもしてこよう、思うての」

「本当にその治療、必要なの？」

静は曲物桶を頭にのせ蛭壺を脇にかかえている。

筵をめくった鯊翁の無精髭が生えた大きな顔が、にんまり笑んだ。その黒目がちな目が――一瞬赤く光った。

平安末期の京は、公家屋敷が街の北側に、貧民窟が街の南側に、綺麗に色分けされたような、そんな姿の街ではない。

もっと雑多な姿をしていた。

長安にならって碁盤目状に道が走っている。

これら大路小路に区切られた一つ一つは、町と呼ばれ約一二〇メートル四方の枡になる。

公家はこの枡の一つを占有し築地にかこまれた広大な館を築く。

では、甲という公家の隣には、乙という公家が住むのか。

そういう場合もあるが、大体広さ六畳くらいの小家と呼ばれる真に小さな家、小家に毛が生えたような建物を幾部屋かに割った棟割長屋という、大風で吹っ飛びそうな集合住宅、小家の板壁にぼろ板をつけ、その下で雨風を凌ぐ物乞いの住い、こういう家々がひしめくことが多い。

一枡を占有する公家の大邸宅の隣に、何百という小家や棟割長屋、スラムが詰め込まれた混沌たる枡があり、そのまた向うに公家の大邸宅が建つ。

こんな姿の街なのだ。

猫間中納言こと藤原光隆邸の西隣もそうした一画で、貴族がいとなんでいるらしい苣、里芋の菜園と、板葺屋根の貧民街が、肩をよせ合っていた。

そこには、見世棚に瓜や枝豆、苣やミョウガを並べた青物屋もある。

主の下痢を薬で治し嬶の悪血を蛭で抜いた鯊翁はいくばくかの宋銭、瓜二つ、苣をどっさりもらった。

薬草を入れてきた桶に蔬菜を入れると、二人は、四条坊門小路を東へ歩く。

西日が――鴨川を血に近い色に染めていた。

河原に衣を脱ぎ捨てた馬借たちが、褌一つになって、脛を水で濡らしつつ、馬を洗っている。

左に三条の橋、右に四条の橋が見えた。

裾をからげて川を徒歩渡りする二人の左前方に空を突き破るほど高い塔がある。

法勝寺九重塔。

白河院が、その権力の頂にいた時に建てた塔で、高さは前代未聞――二十七丈（約八十一メートル）ある。この都の何処からでも眺め得る巨塔だった。

右前方は、祇園の門前町。正面は青々とした梶の林であった。

川をわたった二人は梶林にわけ入っている。

青い実をふくらませ、葉に短毛を生やした木々が、二人を都人の目から隠す。

平たい石に腰かけた鯊翁に蛭を差し出した。

蛭を嚙み潰すプチリという音がした刹那、静は目をつむっていた。

鯊翁の唇から万一血がこぼれた場合……その赤色(せきしょく)が己を誘ってくる気がしたから。

「もう、飲んだの？」

「……おうよ」

静は目を開いている。

双眸に熛火(ほほ)を灯した鯊翁は——美酒を啜(すす)った余韻を嚙みしめている男の表情をしていた。

赤い光が消え、瘦せた二匹のオタマジャクシが、鯊翁の顔にもどってくる。

「で、話ゆうんは？」

静は、加賀刀自から、紅染担当を命じられたこと、紅色の水を見ていたら——血を吸いたい衝動に駆られたこと、中納言の若君に薄気味悪い好意を寄せられたこと、高雄丸を殺(あや)めたあの酷い若君に何かされたら、自分の中の鬼が目覚めそうであることをつたえた。

真剣な面持ちで話を聞いてくれた鯊翁は、

「……二度目ゆうたな？　お前の中の鬼が目覚めかけたんは」

「二年前、東市(ひがしのいち)で売られていた時、一度だけ。人買いが口答えした子を血だらけになるまで殴ったの。それを見ていたら……」

「――その人買いの喉笛を嚙み千切りたくなったのか？」

しばらく黙していた静は、こくりとうなずく。あの時、それをしていたら、自分は見境なく多くの者を殺め、殺生鬼として都を追われていたかもしれない。

鯊翁は大きく頭を振り、

「全く、わしら血吸い鬼よりも、血吸い鬼らしい只人で世の中、溢れとるのう……」

静も同感だった。

「で、お前はどないしたいんや？」

「…………」

二年前の雪の冷たさが――足から胸にかけて、上ってきた。

冷たい月明りが雪に閉ざされた林内を荒涼と照らしている。

凍てつく夜空の下、母の手が、静のふるえる手を引いて逃げてゆく。

二人はあの男から逃げていた。

ぬっと、黒い影が行く手をふさいだ。只人から血吸い鬼になった男の赤い眼火が静と母を睨む。生れついての血吸い鬼である母も、赤い目で睨み返す。

「只人でいたいんか？」

鯊翁の声で、雪の若狭から、真夏の京へもどれた。

小さく首肯した静は、

「もしそれが無理でも、不殺生鬼で踏みとどまる。ねえ……鯊翁」

「何や？」

下唇の方が上唇の倍は厚い静の可憐な唇が微弱にふるえ、

「一度、殺生鬼になったら、不殺生鬼にもどるのは、無理なの？」

友を責め殺した鈴代丸の顔が、胸に浮かんでいる。――憎い。

「大層むずかしい。まあ、瓜を食おう」

二人は瓜をかじった。

果肉は生温(なまぬる)かったが、水気がたっぷりあり、美味(うま)かった。

「これを美味い思う気持ちが、血ぃ飲みすぎるとな……どんどん、無(の)うなってくるのや。わしら不殺生鬼は人の食べ物を食える。そやけど、殺生鬼は血を仰山(ぎょうさん)飲むにつれ、人の食べ物が口に合わんようになってくる」

――あの男も、そうだった。

「しまいには血しか飲めん体になる。どんなに米や羹(あつもの)を食おうとしても、体が受けつけん。血を飲みたい、血を飲みたい、その焼けるような思いで、胸が苦しゅうなる。自分では抑えられん。わしを血吸い鬼にした女もそないな殺生鬼やったと思う」

一度だけ──鯊翁は、上腕についた傷跡を、静に見せてくれた。

血吸い鬼が仲間をふやすにはやり方が二つある。

一つは、血を吸った相手に、己の血を飲ませること。もう一つは、子をつくることだ。血吸い鬼同士で子をつくれば間違いなく血吸い鬼が生れるが、血吸い鬼と只人が子をつくれば、その子は只人になる可能性の方が高い。

鯊翁は河内の百姓の家に生れ、八歳で女血吸い鬼に襲われ、無理矢理仲間とされた。だから血吸い鬼を憎みつつも吸血衝動を抑え切れずにいた。

「殺生鬼は……只人や不殺生鬼より老いるのが遅い」

鯊翁はつづける。

「何百人も殺めた殺生鬼の幾人かは、ええか、全員やない、幾人かは──死んでも、甦(よみがえ)る。不死の体を手に入れる」

「不死鬼(ふしき)でしょ？　言い伝えの中の鬼」

バンパイアの本場、東欧では——生ける吸血鬼「モロイイ」と死せる吸血鬼「ストリゴイイ」をわける。

人を殺さぬモロイイが不殺生鬼、人を殺すモロイイが殺生鬼、ストリゴイイが不死鬼である。

鯊翁は言った。

「何百年生きても……若者や乙女のように艶やかで、陽の光に当ると肌が焼ける。その代り、生ける血吸い鬼より、ずっと強い。不死の体をもち、火で焼かれても、胴切りにされても死なん。人や獣の心まであやつり、幻を見せたりする者までおる。……ほとんど化物や。殺生鬼になるゆうことは、この化物に近づくゆうこと」

「……殺生鬼から不殺生鬼になった者は、一人も……？」

静が問うと、鯊翁は九重塔がそびえる方に面(おもて)をむけている。

神への供え物を置く毛深い梶(かじ)の葉が、密に茂るため、日の本でもっとも高き塔は、今ほとんど見えない。

「わしが知る限り一人」

畏敬とも呼ぶべき情が――扁平な顔を走る。

「その御方は殺生鬼から不殺生鬼に、傀儡から治天の君の女御になられた」

傀儡は旅回りの芸能民で、歌や踊り、曲芸や手品を生業とし、女性の傀儡は時には春を鬻ぐ。

「殺生鬼から不殺生鬼になったのも、傀儡から女御になったのも、血吸い鬼から妃になったのも、長い歴史の中で――その御方が最初で最後や」

驚きが静の胸を貫く。

「その御方は皇子を産まなかったが、その御方の妹はさる武将に嫁ぎ、子をなした」

「……何という人なの？」

鯊翁は静を見据えると囁くように、

「――言えん。お前は、境目におるさかい。お前がこちら側にくれば、おしえられるんや」

静かだが、厳しい口調であった。鯊翁は言う。

「その女御様がな、ちょうどこの梶林でな、さる重い取り決めをされた」

鯊翁の話によると――その女御はあつまった血吸い鬼たちに、只人を死滅させてしまえば血吸い鬼も生きられぬこと、殺生鬼のやり方であれば、只人を滅ぼしてしまうこと、血吸い鬼は只人の中にも恋人や友をつくり得ること、その者たちの命を大切にすべきこと、不死鬼ともなればそれは、大切な摂理に反すること、殺生鬼の悪行は同じ力をもつ殺さぬ血吸い鬼の力で止めるべきことを告げた。

そして、都では殺生鬼の活動をみとめないという決りをつくり、不殺生鬼の力を結集、殺生鬼を駆逐(くちく)した。

以後、京は殺生鬼の害から無縁となり、特に貴族の館と寺院は、香の匂いに守られているから、殺生鬼に追われる者にとって、とりわけ安全な場となっている。

「今の屋敷におったら、お前の本意とは別に、血吸い鬼に、それも殺生鬼として目覚めてしまう。これを怖れとるんやな?」

静は唇を噛んだ。

自分が真に頼りない道に立たされている気がした。

細道の左手には——火の世界が広がっている気がした。

あの男の世界、血塗られし炎が燃え立つ危険な所だ。永遠に、殺戮(さつりく)をつづけねばならぬ修羅の世。その先には——見たこともないような深い闇が、舌なめずりしてまっている。

右手は水の世界だ。荒海が広がり、雑色や雑仕女、荘園ではたらく下人、下女が溺れていた。

潰れるまではたらかされた挙句、使い捨てにされる者どもが、叫んだり、口に入ってきた水に噎せたりしながら、深みに引きずろうとする青き力と、戦っていた。

真ん中を行く白い道は頼りなさすぎて何処に通じているかも定かではない。

「お前には、助けが必要や。三日後、戌の刻（午後八時前後頃）——集会がある。河原院で」

——血吸い鬼は「結」と呼ばれる集団を、不殺生鬼なら不殺生鬼、殺生鬼なら殺生鬼同士でつくる。

集会には結の代表が一堂に会する。

蚊が二匹、音もなく静の腕に止った。静は吸血を運命として生きる小虫を叩くのに忍びず吸われるがままにしておいた。

夕闇濃くなる梶林で、鯊翁は、

「女御様がさだめた掟を破り——殺生鬼が都に入ったらしい。彼奴らが起したとしか考えられぬ禍々(まがまが)しき事件が起きとる」

「…………」

あの男の一党だろうか？

恐怖が首をもたげた。

「お前は集会に出たがらんかった」

血吸い鬼の仲間を多くつくれば――血吸い鬼になってしまう気がしたのだ。

静はゆっくりと、

「わたしのような半分血吸い鬼という者、まだ血吸い鬼になっていない者が……集会に出ていいの？」

「ああ、そないな者も出てくる。集会には不殺生を貫く貴族の血吸い鬼も出てくる。お前の次の奉公先が、見つかるかもしれん」

「……考えておく」

棟割長屋についた時には、日は暮れていた。

住み込みの家来は少ない。大抵の雑色、雑仕女は、主家から近距離にある小家か棟割長屋に住んでいる。

この長屋には、片開きの一枚板戸がついている。昼は内側に開け、筵などを垂らし、夜は閉める。庭梅も竹野もかえっているらしい。

薄い檜板を織物状に編んだ網代で出来た壁、穴が開いた板壁、そんな頼りない壁をもつ家が並ぶ中、その家の板戸は少し口を開け、あえかな光を吐き出していた。

弱いが……温かい光だ。

声がした。

「静は……若君様付きになるらしいの」

庭梅の声だ。

二人は粟粥を食いながら話しているらしかった。粟を煮た時のよい匂いが、静の鼻をくすぐる。

また、庭梅が、

「若君様付きの雑仕女から若君様の側女へ。よくあることだわ」

静の足は板戸の手前で棒のように止っている。

「それ以上にあるのが……殿様や若殿様のお手がつき、子まで孕んだのに屋敷をほうり出された雑仕女の話。静は賢い子じゃ。恐らく、あの者にとってもっとも正しい道を歩むじゃろう」

年かさの竹野は、落ち着いた声で応じた。打物所(うちもののところ)ではたらく女である。庭梅も竹野も遥か遠国から人商人(ひとあきびと)によって京につれてこられ、東市で加賀刀自に買われたのだった。

静は家に入らず路地に立ったまま二人の話を聞いていた。

庭梅が言う。

「……わからない。静は雑仕女の境涯から抜け出したいと願うかも。わたしだって……わたしだって、こんな暮しから抜け出したいもの。貴族の仲間に入れるなら、入りたいもの」

静の顔は、歪(ゆが)んでいた。

――庭梅は自分をそう見ていたのか。

熱い何かが胸から溢れそうになった。

静は――我が家に背をむける。

棟割長屋の間を、とぼとぼ歩いた。節くれだった木や石、半分に割った丸太が、おんぼろ屋根が風で攫(さら)われぬよう、黙々と己の仕事をしていた。

北へ少し歩くと汚臭が鼻を襲っている。

四条大路をはさんだそこは、さる親王の屋敷だった所だ。

今は廃墟である。

平安京の庶民は、厠(かわや)をもたぬ。故に廃墟や寂(さび)れた街角や街外れを排泄場(はいせつじょう)にさだめ、昼でもためらわずに尻を出す。

やってきた廃墟は北半分が、極めて貧しい者たちが暮す危険な場所、南半分が排泄場とごみ捨て場になっていた。

漂ってきたのはその悪臭だった。

かつて親王を守っていた築地は大きく崩れ、上部の板が取れた所は、夏草におおわれていた。

静はそんな塀の破れ目に座る。ふるえる腕で、膝をつつむ。

——わたしが、鈴代丸の側女に？

胸がむかむかして吐きそうだ。

汚臭から顔をそむけるように、天を見る。

天(あま)の川(がわ)はこの世の汚さや嫌らしさがまるで嘘のように、ひたすら透き通った光を瞬(また)かせていた。

——どうして、こんなにも寂しいのだろう。どうして、こんなにも苦しいのだろう。どうして、こんなにも、悲しいのだろう。……孤独なのだろう。

様々な声が静の中でぶつかり、轟(うごめ)いている。

と、

「おや、あんな所に女が一人でおるぞ」

「鬼か人か」

「なかなか麗(うるわ)しき乙女のようじゃぞっ」

酒に酔うた武士の一団が静をみとめた。

静は素早くごみ捨て場に逃げ、物陰に潜む。大路をやってきた武士たちは、

「何処へ行った？」

「娘。そんな所に一人でおっては、危ないぞ！」

「追い剝ぎに攫われるぞ。昨日も、宴(えん)の松原(まつばら)に血を抜かれた女の屍(かばね)が転(ころ)がっていたというぞ」

「………」

若党が三人、廃墟に入ってくる。

静が身の危険を覚えた時、

「全く、女と見ると目の色を変える。——すて置けい！」

一段身分が高そうな武士が、命じた。

「はあ、しかし……」

若党どもが渋々四条大路にもどると、

「我らは番役で上洛しておる」

地方の武士は、禁裏（きんり）の警固、自らが管理する荘園の領主（貴族）を守るため、何年か交替で上洛する。大番役、番役という。

「あまり乱行が目立てば、伊豆（いず）の者は行儀が悪いと良からぬ噂（うわさ）が立とう。くれぐれも気をつけよ」

「……ははっ」

「大体そなたらは――」

「伊東（いとう）殿。京の酒が美味（うま）すぎて、悪酔いしたのであろうよ。もう、その辺で」

「須崎（すざき）殿の手前ゆえ、許すが、くれぐれも行いには気をつけるように」

「御意」

「承知しました」

去りながら、武士たちは、

「そう言えば伊東殿は……伊豆に姫君を置いてこられたのですな？　目に入れて

も痛くない、左様な可愛がり様であるとか」

「……ええ」

「心配ではありませぬか？」

「心配？」

「御身が上洛中、悪い虫がつくかもしれませぬぞ」

「左様な心配はしておりませぬ。あれは、ほんの子供。和歌と花を愛でるのが好きな子で、下らぬ男に惑わされる心配などありませぬ」

「伊豆には……義朝の倅がおりましたな？　何と言ったか、ええと」


時は承安三年（一一七三）。源義朝を討ち絶大な軍事力をにぎった平清盛が、後白河法皇をささえて政をおこなっていた頃だった。

今、話に出た姫君や、二年前に帝に嫁いだ清盛の娘、徳子が、御殿から空を仰げば……別の星が輝いているのかしら、いやごみ捨て場から見るのと同じ星のはずだ、と思う静だった。

第二章　集会(しゅうえ)

夢を見た。

乾いた蕨(わらび)の葉の上に顔の皮を半分剝(は)がされた父が寝かされていて、母の苗(なえ)が、

『見るな！』

と、叫んでいる。

父は狩人(かりうど)だった。

どんな強い獣でも、必ず仕留める狩人。血を吸う鬼を妻とした、只人(ただびと)の中で最強の男。

そんな父の顔の皮を剝いだ獣が山にいるなんて静には信じられない。

その獣は——人だった。

さる荘園の武士の許から、下働きの少女が二人逃げ出した。

ろくに食べさせてもらえずこきつかわれていたらしい。

父は、山狩りの射手(いて)を命じられた。

山で少女二人を見つけた父は憐(あわれ)みの心を起し、少女たちを見逃がし獣道(けものみち)まで

おしえている。逃げた二人は武士どもに見つかった。

姉は舌を嚙(か)んで自害し、妹はつかまった。

何故(なぜ)獣道にいたか——恐ろしい鞭(むち)が口をわらせようとするも、少女は黙っていた。目の前で己の娘とさして歳(とし)も変らぬ子が、血だらけになっていく姿を見た父は、耐えかねておしえたのは俺だと、すすみ出る。

武士たちは父を散々打擲(ちょうちゃく)し顔の皮を半分剝(は)いだ。

本来は全て剝ぐが、自ら申し出たのが殊勝ゆえ、半分のこしてやる、そう言いながら小刀を動かした侍は笑(え)んでいたという。

初雪が降った日、少女は杭(くい)に縛(しば)られ一晩中野晒(のざら)しにされ——翌朝には、息が止っていた。

狩人仲間が家にはこび込んだ時、父は生きていることが不思議なくらいであった。

他の狩人が帰ると苗は止めどもなく血が溢れる傷に顔を近づけた。

見るな、と叫ばれたのは、その時だ。

静は掌(てのひら)で目を押さえている。

だが、指と指は小さな隙間をつくり、母が何をするか、見逃すまいとした。

眼（まなこ）を赤く光らせた苗は牙（きば）を剝くと父の傷から血を啜（すす）っている。

それから苗は自らの左腕に嚙みつき、皮膚を破った。

恐い、見たくない。

そう思う。

だが、粘つく赤い恐怖は――何故か甘美さをともない、静の視線を、捕えてはなさない。

母の左腕が父の口の上へ動く。

母は、自分からこぼれる赤い滴（しずく）を、父に飲ませた。

今ならわかる。血吸い鬼は只人より強い生命力をもつ。――苗は夫、長範（ながのり）を血吸い鬼に変えて救おうとしたのだ。

次の瞬間、夢は父と母が言い争う姿を活写している。

血吸い鬼になった父は強い生命力の他、凄まじい膂力（りょりょく）、脚力、素早さを手に入れた。

父はその力をつかい、あの武士の一族に復讐した。

母もそこまでは同意していたようだ。

だが、殺戮（さつりく）はそれで終らなかった。

奥山に隠れ家をきずいた父は仲間をあつめた。

その仲間には、血吸い鬼もいれば、只人もいた。只人の仲間は、村を逃げ出した貧しい百姓、豪族の下人や下女、物乞い、そして、山賊や追い剝ぎといった者たちだ。

父は仲間たちに——血吸い鬼の力をつかい、武士とその上にいる貴族たちに復讐すると宣言している。

熊坂長範、そう名乗りを変えた父率いる盗賊団は——荒ぶる咆哮を上げて、血腥い道を走りはじめた。

荘園の武士、何百人もの下人をつかう大長者、郡司をつとめる大身の武士、そして国司として都からくる貴族。

そういう連中を襲い皆殺しにした。女子供までも。

だが下人や下女、そして百姓には、決して手を出さなかった。

貴族や豪族、その屋敷を守る侍たちだけを襲い、血を飲み干す。ただ、殺し奪うだけ。犠牲者に血を飲ませ、仲間にすることはない。貧しい者が本当にそう望む時だけ、血をわけあたえ、殺生鬼にする。

そうやって勢力を拡大している。

苗が幾度止めても長範は聞かなかった。

血を飲めば飲むほど、渇きは多くなり、殺しをつづけざるを得なくなっていた。

生れついての血吸い鬼たる妻より――妻の力で鬼となった夫の方が、恐るべき存在(もの)になっている。

苗はある夜、静をつれ、夫から逃げた。

それに気づいた長範はすぐに追いかけ、先回りして――二人の行く手に立ちふさがった。

雪が積った森で、赤い寒光を瞳に燃やし、睨(にら)み合った親たちを、静は決して忘れられない。

『そこを退(ど)け！』

苗は叫んだ。細身の母から出た声の質量は、記憶の中のどの母の声より、いや、今まで聞いたどの人の声よりも、重かった。

長範は、言った。

『――否(いな)。俺の娘を置いてゆけよ』

苗は頭(かぶり)を振り、

『置いてゆけぬ。貴方から引き離すために、家を出たゆえ』

二人の赤光が——おさまる。長範は歩み寄る。夜の暗さが、顔全体を陰にして、面の傷は窺い知れぬ。

『何ゆえだ？』

『寄るな！』

苗は右手で鉈を構え左手はきつく静を抱いている。静の口から、白い息が千切れる。

『この子を守るため』

長範は太い足を止め、

『俺の方がこの子を守ろうとしておる。大人しく狩人をつづけていれば……どんな明日がこの子にまっていた？　貧しい百姓の妻として一年中びくびくするか、下女として奴らに死ぬまでこきつかわれるか。さもなくば人買いの手で悪所に売られるか。そんな明日だっ！』

『このまま無事ですむと？　朝廷は、貴方に討手を差し向ける』

悲しげに言う苗だった。長範は興奮し、厚い肩をふるわし、

『知ったことか！　都の腑抜けが、幾千の兵をよこそうとも潰す。俺はそなたの

おかげで……力を手に入れた。強い力をな』

　雪女のように白い苗は鋭く、

『わかっていない。――影御先も動き出す』

『…………』

『狩人から鹿や穴熊は逃げられぬ。それと同じ。影御先は――殺生鬼を狩る狩人。あいつらが、くる。仮に影御先がこなくとも、あんな恐ろしい話をしている家で、この子をそだてられないっ。そだてたくない』

『それなら、手下どもを静とお前の目に触れさせぬようにする。それでよかろう？　さあ、家にもどろう？』

　長範は取り繕おうとした。父の微笑みが見えた気がした。

　苗は、一筋の涙を流し、

『同じことよ』

　長範が――殺気立つ。大股で一歩踏み出す。白雪が、冷たい月明りを反射して、武士がきざんだ酷い傷を照らした。

　皮が半分剝がれた顔から凶気が、赤い眼光を添えて迸っている。

　苗は歯を食いしばり、

『こんなことなら……飲ませねばよかった』

赤い眼火を燃やした長範は荒々しく歩み寄り、

『腕ずくで取り返す。俺には俺の考えがあり、この子を行かせる訳にはゆかぬ!』

苗の目もまた、赤々と燃え、

『それをしたら——殺す』

『うぬに出来るかっ』

牙を剥いた母は、寒さではなく、強い感情で身をふるわしながら、

『この子を守るためなら、何だってする!』

『止めて!』

静が金切り声を上げるも——鉈が突風となって、長範を襲った。

異常の敏捷で鉈をかわす長範。

大跳躍して——苗の後ろを取った。

『逃げろ!』

苗が静を押し飛ばす。ざっと雪上をすべった静の手が、雪の飛沫を起す。半身を起した静だが動けない。

苗は振り向きざまに鉈の一閃を夫にくらわせた。

長範はしゃがんでかわし、鋭い爪が生えた手で苗の腕を取った。

爪を手首に食い込ませて捩じる。

苗は悲鳴を上げ——鉈を雪上に落している。

長範の藁沓が鉈を蹴り、苗の膝が長範の腹を蹴った。長範はびくともしない。

『逃げろぉっ！』

再び苗が吠え静は腰を浮かせた。

父と母に——争いを止めてほしかった。全てを、父が傷つく前の日にもどしたい。父が山の獣を獲り、母は時折、獣の血を吸うことで満ち足り、和やかな時が流れていた日に。だがその思いは言葉になって出てこなかった。

『静、父と共に暮らそう』

長範は牙を剝いて呼びかける。

静は、凍えそうな唇を嚙んで、頭を振っている。

悲しげな顔になった長範に、傷ついた手首から血をこぼしながら苗が襲いかかる。

苗は長範の喉に牙を立てんとした。

長範は苗の頭を摑むと——咄嗟に、捩じるように、自分から引き離した。

ボキリ、嫌な音がひびいた。

苗の四肢はぐにゃりとなって、細い体は雪煙を散らして崩れた——。

静はがくがくふるえ、

『……お母っ！……』

絶望的な悲鳴を上げた。

身を守ろうとした長範は恐ろしい腕力で苗を引き剝がそうとし、その首の骨を砕いてしまったのだ。

恐怖と悲しみ、怒り、苦しみと絶望が、静を裂きそうになった。

長範自身は信じられぬというふうに首を大きく横に振っている。その赤い眼光が、弱まる。

が、愛しい女の腕からこぼれる血を見たとたん、赤い光はまた強まった。

激しい苦悩をにじませた父は死んだ妻の腕を口にはこび血を啜り出した。

苗が、不死鬼であるなら、確実に甦るし、殺生に殺生を重ね、不死鬼の一歩手前まで行った殺生鬼なら、甦る可能性はある。

だが、苗は不殺生鬼で、これは完全なる死であった。

二度ともどってこぬ妻の血を長範は憑かれたように吸っている。

あまりのおぞましさが嘔吐感に変った。

この男は自分にもそうする、という確信的な予感が、静を押し潰す。

腕から口をはなした長範は動きを止めた妻の髪を愛撫すると、咆哮を上げて喉に嚙みつく。

——生きたい。ふつうの人として、生きたい。

と思った静の胸で、

——逃げろ、逃げろ、逃げろぉっ！

苗の声がこだました。

静は泣きながら、走り出す。

『まて！』

すぐに後ろで声が飛び、荒々しい足音が追ってくる——。

雪を踏み散らして夢中で逃げる静に足音はぐんぐん追いついてきた。

あれは、わたしの知るお父じゃない。わたしの知らない——魔物。

この世の全てが冷たい中で、流れる涙だけ熱かった。

バシャッ、水音がして、火傷に近い痛みが藁沓を突き通って、足に刺さった。

——凍（こご）えた水だ。

長範の手が背をかすめる。静は雪中に黒々と線を引いた川を飛沫（しぶき）を散らしてわたっている。

顧（かえり）みる。

長範は、細い清流の向うで立ち往生していた……。

水は浅い。子供でも徒歩（かち）渡り出来る。長範なら、たやすく跳び越えられる。なのに追ってきた長範はぴたりと足を止め——どうにも川をわたれぬようだった。

殺生鬼は山がこぼしたばかりの清らな水を嫌う、だからお父はもう岩魚（いわな）獲りにつれていってくれない、苗はそう言っていた。

『もどってこい』

寒月に照らされた長範は凄まじい有様だった。

双眸（そうぼう）は爛々（らんらん）と赤光を灯し、口周りはもちろん、大きな体全部が苗の血で黒く汚れていた。

静は憎しみをぶつける。

『——人殺し！　化物！』

長範は、はっと弾かれたようになる。

赤光が徐々に弱まり、やがて消えた。傷がない顔半分は——昔のままだった。

川に入ろうとしたから静は一歩退いている。長範が、足を元にもどす。

『殺す気はなかった』

『殺したろう！　血を飲んだろう！』

静は、ぽろぽろと涙をこぼして吠えた。

静は長範に背をむけて雪山を駆けた。


あの夜の雪山に——静はうなされていた。

汗びっしょりになって飛び起きる。

硬い板敷に寝ていた自分が、飛ばしたのか、紙で出来た粗末な衣が狭い土間に転（ころ）がっていた。微弱な月明りが幾條（いくすぢ）か家の破れ目から中へそそいでいる。

畳にして三畳くらい。

そんな狭い板敷に自分の他にもう一人いるようである。

何もかけずに転がっているその人を見て、

——これは、誰？

静は、冷たい恐れに襲われる。

頭の半分は醒め、半ばはさっきの悪夢を引きずっていた。体は金縛りにかかったように動かぬ。

と、後ろから鼾がした。

静の心臓は潰れそうになる。

恐る恐る振り返ると、ぴったり閉じた遣戸の奥から、規則正しい鼾が聞え、一瞬の静寂の後、また、規則正しい鼾がした。

「………」

寝ぼけていた頭の半分が冴えてきて、静はやっとここが藤原邦綱邸の西北、堀川綾小路にある長屋とわかる。

隣に寝ているのは庭梅、遣戸の向うにいるのは竹野だった。

――そう。

自分は雪山で倒れていた処を都に子供を売りに行く人買いの一団につかまり、中納言邦綱につかえているのだった。

＊

鈴代丸に手首を摑まれた刹那――静はあの夜を思い出している。

あの男が、母の腕を摑み、鉈がこぼれ、首を折られた母が雪煙を立てて崩れた夜を。

思わず叫んだ。

「はなせ！」

まだ、鈴代丸付きになっていない。蔵から紅餅(べにもち)をはこんで濡(ぬ)れ縁(えん)を歩いていたら、俄(にわ)かに若君が現れ袖を引かれた。一室に引き込まれたところで、はなれようとすると、手首を摑まれたのだ。

「何だその言い方は？」

傲慢な少年は眉を顰(ひそ)める。

静は低い声で、

「……ご無礼を」

「ただ、そなたと話したいだけなのだ」

氷のように冷たい目が、細くなる。紅餅が入った曲物桶が小刻みにふるえていた。

「何故逃げる?」

鈴代丸がゆっくり顔を近づけてくる。

責め殺された高雄丸の顔、助からぬと頭を振った鯊翁、首の骨が折れて雪煙を立てて倒れた母、母の首に嚙みついたあの男、それらの情景が、ぐるぐると脳中を駆けめぐっている。

──真っ赤な血が煮えくり返ってきた。

両目の裏、犬歯の辺りが熱くなる。

──手首をにぎる力が強まる。

自分の中で、大切な糸が──切れる音がした。

「わたしにふれるな! たわけ」

高価な紅餅が桶ごとこぼれ、信じられない膂力が鈴代丸を畳に吹っ飛ばしていた。

投げ飛ばされた鈴代丸はわけがわからず耄(ほう)けた顔を見せる。

そして、わななきながら、

「ああ……静……そなた、目が……目が、赤……ああ」

「――――」

はっと我に返った静は空になった桶をひろう。鈴代丸はまだ、唖然(あぜん)としている。

静はほとんど小走りに部屋を後にした。

前から、加賀刀自が、二人の雑仕女に何事か下知(げち)しながらやってくる。

静はすっと几帳の陰に隠れ、やり過ごす。

面(おもて)を伏せがちにして、濡れ縁を移動。足早に庭に降り門に近づく。

――まだ、目は赤いのだろうか。歯は、牙に変っていまいか。

逃げようとする静の心臓は、いくつかに千切れそうになっていた。

藤原邦綱は数ヶ国の受領(ずりよう)を歴任した日本屈指の大長者。

この邦綱以上の富者は……平清盛、後白河法皇、藤原秀衡(ひでひら)……日本に数人しかいまい。

百人をゆうに超す者がはたらく大邸宅でとかく人の出入りが多い。

静は侍どもに何ら怪しまれず——門をくぐる。

都大路に出たとたん、強い風が叩きつけ、砂埃がどっと暴れた。

牛にぶつかりそうになった静は手を額に当て、目を隠して小走る。

二年はたらいた屋敷にもどる気はもはやない。

静に行く当ては——一つしかなかった。


「ちょうど集会の日に飛び出してきたわけか。ええぞ、ええぞ」

鯊翁の手はせわしなく動いている。道具箱に、貝殻入りの薬を詰めてゆく。

汗をびっしょりかいた静は、

「そうだ……わたしの目、赤くない？」

まさに仕事に行こうとしていた鯊翁は、手を止めた。まじまじと静を見詰め、

「……真っ赤や」

「え？」

胡麻塩状の無精髭が生えた扁平な顔が、にかりと崩れ、

「嘘や」

静は白い歯を剝いて怒った。

「河内の鯊翁……いい加減にして。冗談を言っていい時と、悪い時があるのよ」

鯊翁は、半血吸い鬼の娘に、

「剣入道の話は知っとるか？」

「……知らない」

「剣入道、知らんのか、お前……。六波羅に怨みいだく悪僧らしい」

六波羅とは、平家一門である。

「夜な夜な都大路に立ってな、『剣を千本あつめておる。それを置いて行けい』と、ドスが利いた声で脅すんやと。とにかく、恐ろしくでかい、強い、武士だけを狙う」

大柄で強く、武士を憎む男――。熊坂長範を思い出す。

「わし、渡辺党ですぅ、とか、わし、源右京権大夫様の郎党ですぅとか言うと、見逃してくれるらしい。平家の者だけ狙うんや」

長範は、そういう容赦をしない気がした。

「昨日も出たんや。剣入道が。で、襲われた武士は、金瘡医呼んだんやけど、その金瘡医、わしの薄い知り合いでな……あまり腕がよくない。鯊翁、きてくれ言うてきた。相手は武士や。自分一人で死なせて、詰られて斬られたらどないしよう思うて、わしを呼んだん違(ちゃ)うか？」

「行って大丈夫なの？」

鯊翁は、爽(さわ)やかに言った。

「行かなきゃあかんやろ。助けられるかもしれん怪我人(けがにん)が、苦しんどるのや。それに……血も、もらえそうや。夕刻までにはもどる。ここに中納言の手下がきたらまずい。梶林に隠れとるんや」

梶林に夕方まで隠れていると、鯊翁がやってきた。

「どうだったの？　怪我人は」

血を賞味したのか、にこにこと、

「上手く行ったわ。ほな行こか？」

今日はこれから、様々な血吸い鬼に会う、慎重に、自分を保たねばと思う静だった。

「わしが今さっき、近づいた気配わかったか？」

「……ううん」

「わからんかったか？　鬼気(きき)言(ゆ)うてな……血吸い鬼には只人(ただびと)と違う気配がある。

血吸い鬼だけにわかる。わしの鬼気読めんかったゆうなら、まだ血吸い鬼になり切っとらんのや」

六波羅には清盛に率いられた平家一門の屋敷がずらりと並ぶ。

その少し南には、三十三間堂を中心とする後白河法皇の御殿、法住寺殿の甍がそびえている。

だが、軍を背景とする六波羅の力は、法住寺殿の力を、上まわる。

政の中心――六波羅。

そこから鴨川をはさんだ西にその朽ちかけた御殿は在った。

河原院――三百年ほど前、左大臣・源融が住んだ邸宅で、今は廃墟になっている。

往時の河原院は、風雅を極めた御殿で、かの紫式部が光源氏の豪邸・六条院のモデルにしたとつたわるが、今や源融の亡霊がさ迷う魔所として怖れられ、夜になればおとなう者はいない。

――京を代表する化物屋敷だ。

六条坊門小路を歩いていた二人。築地の破れ目から、中へ入りつつ、鯊翁が、

「そないな噂は安全に集会を開くため、我ら不殺生鬼がまいたものや」

囁いている。

幽霊の如き人影が──夜の帳が降りてきた藪から藪へ、さっと動く。

「ぼちぼち、仲間があつまっとるらしい。お、足許気ーつけい。暗うなってきた。ただ……化物屋敷ゆう噂が、まんざら嘘でものうなってきたんや」

「どういうこと？」

「……半月ほど前や。河原院で──血を全て抜かれた女の屍が見つかった」

「………………」

今昔物語にしるされた事件のあらましはこうである。

東国から官位を買いに上洛した、豊かな夫婦がいた。他にどうしても宿が見つからず、河原院の廃墟で一晩寝ることにした。

怪しい者に密室に引きずり込まれた妻は惨殺され──体中の血が消えていたという。

都人は鬼が出たと大いに噂し合った。

「それは始まりにすぎなかった。次は西寺の近く、その次は宴の松原で、同じような屍が見つかったんや」

静は三日前に聞いた武士たちの話を、思い出す。

「――殺生鬼が都におるのかもしれん。今日はこれをどうするかゆう、集会(しゅうえ)や」

硬い面持ちでうなずく静だった。

河原院は通常の貴族邸の――四倍は広い。

北は六条坊門小路、南は六条大路、東は東京極(ひがしきょうごく)大路、西は万里(までの)小路。その広さは町四つ分（約二四〇メートル四方）で、静が今朝までいたお屋敷より……ずっと広い。

都がぽっかり開けた口のような、その大空間は今や、不気味な廃屋群、荒れた藪、静の顎、喉までも尖った葉で刺す草原、腐った沼、近隣住民のごみ捨て場、排泄場になっていた。

さて、融は河原院の南に、大池をつくっていた。たぶん幅二〇〇メートルはある池だ。風流人たる融はここに瀬戸内海(せとないかい)から潮水をはこばせている。そして、雑色たちに、漁民の姿をさせ、塩焼きを再現させた。

それを融が見たであろう寝殿こそ――都に住まう血吸い鬼の、集会の場であった。

水が腐り、一部はごみ捨て場と化したその池は、今、黒い几帳にさえぎられ、見えない。

南廂と呼ばれる板敷に座った静の左に、狩衣を着た細い男、右に鯊翁と逞しい牛飼い童が座っていた。鯊翁と低い声で話す牛飼い童は童形だが、壮年。長い髪を後ろで一つにたばね、浅縹色の水干をまとい、角張った顔をしていた。

やがて、被衣で面を隠し、櫛模様が入った山吹色の小袖をまとった女や、商人風の男、白張りを着た下級の官人が、次々に現れている。

——みんな、血吸い鬼なの？

言われてみればピリッとした気配を感じる。体が鬼気を感じはじめているのか。これは喜んでいいのだろうか。

廃れた寝殿は所々屋根が裂け、床板が崩れていた。悉くもち去られた御簾の代りに蜘蛛の巣が張り埃っぽい。

そんな不吉の廃墟のあちこちから、ほとんど足音を立てず、その人々は現れ、南廂に座る。時折口を開く者はあったが誰も大声を出さない。囁き声で、話している。

「初めて見る顔だな」

親切そうな武士が話しかけてきた。

薄暗い南廂のただ一つの明りは、片隅に置かれた切燈台だ。

南廂から御殿の奥を見ると——母屋（もや）（主の居間、寝間）がある。

広い板敷に、畳が六つ、黒漆塗の高燈台が四つ、据（す）えられている。一番奥、土壁を隠すように、屏風が立てられていて、そこには梶林に跪（ひざまず）いた人々と何事かを語りかける高貴な女人が描かれていた。

南廂に据えられた切燈台と、母屋を照らす高燈台は、静がきた時点で火がついていた。

夜の南廂に座った人々は三十人以上になっている。身分、年齢、全てばらばらの男女（なんにょ）だ。

一人として、目は赤く光っていない。

鯊翁が言う。

「只人の盗み見、警戒しとるのや」

自分も厳密に言えば、警戒の対象であろう。胸が知らず知らず高鳴っていた。

と、右奥の方、母屋に入る妻戸がおもむろに開いている。黒い立て烏帽子（えぼし）、白い狩衣、白く長い顎鬚をたくわえた翁が現れた。

同時に、南廂にかしこまっていた青褪めた女の童が、

「――御目を」

すると、どうだろう。

静をのぞく全ての人の目が、赤く輝き出したではないか――。

鯊翁ももちろん双眸を赤く滾らす。

総じて目を赤くした、不殺生鬼にかこまれ、ただ静だけが、目は常の色のまま……どうしたらいいかとうろたえていた。唇が小刻みにふるえる。母屋に立つ白衣の翁は溶岩の如き眼光を灯して、南廂に居並ぶ血吸い鬼たちを見まわしている。赤く厳しい眼差しが静で止る。白衣の翁は、若干首をかしげた。

鯊翁が勢いよく、

「不殺生鬼と只人の間に生れた子也！」

知的な雰囲気の白衣の翁が小さくうなずく。

「辰ノ結の鯊翁、辰ノ結の長にもの申す。この者、五つの結の何れかにくわわりたく思う者也！　五人の長様の助けをもとむる者也！」

鯊翁は叫んだ。辰ノ結の長なる翁はゆるりとうなずくと――静から見て左に並

んだ畳の、もっとも奥に座った。

——あんな大切な儀式があるなら初めに言ってほしい。

静は鵺翁を睨む。

赤い眼光を弱めながら、鵺翁は、にかにか笑った。この老人、人が悪い。

南廂で灯っていた眼光が悉く消えていく。

妻戸からは、恰幅（かっぷく）がよい僧、萎（なえ）烏帽子をかぶった商人風の男が現れ、白衣の老人の下座につき、つづいて、三十歳くらいの女房装束の女と、鯰髭（なまずひげ）を生やした武士が入室、女は僧に、武士は商人にむき合って、着座した。

静から見てもっとも右奥の畳だけが、誰も座らぬまま高燈台の火に照らされている。その畳は白衣の翁の畳とむき合っている。

長と思しき五人が座るとどんな小さな囁きも止った。

集会は、決して和やかな雰囲気でなく、打てば音がするような硬い気配の下（もと）はじまった。

白衣の翁、すなわち辰ノ結の長が、

「皆そろったようじゃな。まさにここ、河原院で起きた惨劇は存じていよう？

この中に下手人はいないという調査（しらべ）はついた。では——誰の凶行なのか？……今日は、それを明らかにしたい」

「総代」

話にわり込んだのは女房装束の女だった。

「酉ノ結の長、何か？」

「まず、この畳に座るのは誰でしょう？」

白いかんばせと蝙蝠という扇を、誰も座っていない畳にむける。

「都で、あたらしき結が出来たという話は寡聞にして存じませぬ。また、今日にかぎって――香を焚き染めてくるなという御達しも、解しかねるものがありました。言いつけ通り、今日は薫衣香をつつしんできましたが――染みついたものは致し方ないと、思し召し下され」

不満が燻る声だった。薫衣香とは、衣に香を焚き染めるのである。

鯊翁が、鼻をくんくんさせる。

「たしかに面妖な。いつもより……薫物結界が弱い」

薫物結界――ギリシャでは、吸血鬼・ヴリコラカスの疑いがある屍を掘る時、司祭たちが吐き気を催すほど大量の香を焚く。ルーマニアでは、死人が吸血鬼になるのをふせぐため、遺体の目鼻、耳に香を詰める。香は、凶暴なる吸血鬼をふせぐと信じられてきた。

殺生鬼、そこから生れた不死鬼の侵入を阻むには、家屋敷の四隅で香を焚き、匂いによる防御陣を張る。

「いつもより、ずっと弱い」

その大切な匂いの壁が……常より薄いと、鯊翁は言っている。

そんな脆い壁は——もし殺生鬼が襲ってきたら、砕かれてしまわぬか。

不安がこみ上げてきた。

だが、大丈夫だと思い直す。殺生鬼はある偉大な女御の取り決めにより京を追われ久しい。畿内近国のその勢力も、大いに削がれたという。都で暗躍しているにしても、小人数のはず。こんな大人数の不殺生鬼の結集に、打撃をあたえられるとは到底思えない。

己を納得させた静だが、気持ちの深い所は……不気味にぐらついている。

白衣の翁は酉ノ結の長に、

「それらについては、まさに今日の本題にかかわること。おってじっくり話すゆえよいかな？」

「……ええ」

白き翁は南廂にも聞こえるように、

「おのおの方。本日はいま一度、血吸い鬼とは何なのか、我らは如何様にしてその力を得たのか、我らの力をどうつかうべきか、考えてみてほしいのじゃ」

静は、耳を澄ませた。

「生れついての血吸い鬼は親から、誰かに嚙まれて血吸い鬼になった者は、己を嚙んだ相手から、血を受け継いだ。その血を辿った遠い先祖は――ずっとずっと、西にいた」

深い静寂が寝殿をおおう。

「金や南宋より遥か西、波斯のずっと西北に……緑の草が海のように広がる地があった。

スキタイ人である。

その地で馬を走らせる勇士の中に、残虐な敵と戦うため、さる呪術師から呪をさずけられし者がいた。太古の荒ぶる神の力をかりる呪。敵の血を啜り、その力を己の内に取り込む呪じゃ。斯様なことを重ねるうちに、その勇士の一族はより一層強くなっていった」

「…………」

「これが、血吸い鬼の由緒じゃ。我らの先祖は、三千世界のいろいろな所に行き、乱世においてその武勇で重宝された。立身する者も多かった」

スキタイに程近き東欧に血吸い鬼の貴族が多いのは、こうした背景がある。

「本朝においても同じじゃ。されど……戦乱の世が終り、泰平がおとずれると、血吸い鬼のもてる力は恐るべきものに変じた。飛鳥(あすか)に都があった頃じゃ。さる血吸い鬼の豪族が、天下を奪おうと考えた。討たれたその者の首は……空を飛んだという」

大化(たいか)の改新(かいしん)で討たれた蘇我入鹿(そがのいるか)の首は空を飛び、中臣鎌足(なかとみのかまたり)を追いかけたという伝説が大和(やまと)地方にある。この伝承は、入鹿が不死者(ノスフェラトウ)であったことの一つの証左のように思われる。

「それ以降、血吸い鬼は闇に潜り、只人との共存をはかる不殺生鬼、周りの者を次々に殺し、殺戮に殺戮を重ねてゆく殺生鬼、二道にわかれた。だが、かの女御様以降、武士、影御先の戦い、そして他ならぬ我ら不殺生鬼の働きや説得が実をむすび、殺生鬼の凶行はほとんど聞かれなくなった。特にこの都と畿内ではな。

ところが――」

一度話を区切った白衣の翁は、

「保元平治の乱より再び世は乱れた。武士の激しい私闘が目立つ東国では、遂にいくつかの殺生鬼の結が報告されるにいたった」

熊坂長範の一団が――東に拠点をうつしたという血腥い噂が、静の胸を漂う。

「また、鎮西においても殺生鬼の結が生れたという不穏な噂がある。わしはこうした話を耳にするにつけ、都が殺生鬼の脅威にさらされるのもそう遠くない、いや既に入っているかもしれぬと思い、調査をはじめた。すると――やんごとなき辺りの傍に殺生鬼が潜んでいる、左様な確証を得た。つい近頃な」

黙りこくっていた南廂から、初めは微声が、やがてもっと大きな声が漏れた。

「静かに。ここは京童すら怖れる化物屋敷ということになっておる。大声がしたら、怪しまれる」

「京に潜みし殺生鬼。其は誰です？」

僧形の結の長が顎に手を当てて問うと、白衣の翁は黙りこくった。

熊坂長範という答が、飛び出す気がして、耳をふさぎたい。

白衣の翁は、ゆっくりと、

「……院近臣」

幾人かが顔を強張らせている。瞠目した者も。

法住寺殿の主、後白河院の近くに――殺生鬼がいるということだった。

母屋に座る武士が、鯰髭をふるわし、

「院は、ご存知なのか？」

「亥ノ結の長」

鯊翁が耳打ちした。白衣の翁は、侍姿の結の長に、

「貴殿は北面の武士であられたな？」

「いかにも」

「院は恐らく、そのことに気づいておられぬ」

「……何という者ですの？」

西ノ結の長が唇を蝙蝠で隠す。

「――これからここにくる。直接、訊くがよい」

場がざわつく。

「静かに、静かに」

「こりゃぁ、こりゃぁ、驚きましたな漏刻博士」

赤ら顔、商人風の結の長が、明るく言った。

「わしを官名で呼ばんでくれるか、卯ノ結の長」

卯ノ結の長はにきび面を苦笑いで崩し、

「殺生鬼に会うゆうなら――それなりの仕度ゆうもんが、ありまっしゃろ?」

ほぼ笑顔だが――最後の一言を口にした時だけ、赤い眼火を灯し、射るような気を放つ。

「いかにも」

恰幅がよい僧が同意した。

「未ノ結の長」

鯊翁が、おしえる。

「仰せのこと、よくわかる。じゃが、わしが殺生鬼の結の長が何者なのか知った時には、集会は目前に迫っていた。次の集会までもちこせば、殺生鬼と不殺生鬼の争いなど、ゆゆしき事態が起るやもしれぬ。……朝廷の対応も気になる」

「…………」

「わしは、五人の長の総代という立場についておる。常の集会では、五人の総意を重んずるが、大事の時はわしに一任するとの取り決めがあったはず。京は人を殺さぬ血吸い鬼――不殺生鬼の庭じゃ。ところが、そこに……数十年ぶりに、人を殺す血吸い鬼が、入って参った。これ以上の大事があろうか？」

酉ノ結の長は険しい面差しで考え込み、卯と未、二人の長は不満をたらたらこぼしそうである。亥ノ結の長だけが、極めて深くうなずいている。

と、白地に、赤い菱形を散らした衣をまとった男が、焦りを浮かべた顔を妻戸から恐る恐る出す。水干姿のその男を見た鯊翁は、

「時久。辰ノ結の男や」

静に囁く。

痩せ細った時久は骨を思わせる相好で頬骨がひどく出ていた。目付きが鋭く、抜け目なさそうだ。薄い唇だけがやけに赤く、てかっている。

「構わぬ、入れ」

白衣の翁が扇で招く。

「……へい」

さかんに遠慮しながら時久が入ってくる。白衣の翁の至近まで行った時久は、女物めいた真っ赤な扇を出すと、口元を隠して、何か囁いた。

「――何？」

白衣の翁が白眉を顰める。熱い怒りをめらめら燃やし、

「名代では……あれほど、本人と……であろう」

——白衣の翁が、時久にまかせていた段取りに、何らかの狂いが生じたらしい……。

「皆の衆、ちと手違いがあって……」

白衣の翁が言った瞬間、それ見たことかという表情を、卯ノ結の長、未ノ結の長は浮かべる。苦しい言葉を総代がつづけようとした時、

「あまりお待たせするのも悪いゆえ、案内も請わずに参上しようと思う……」

母屋の隣室で怪しい女声がひびいている。

——不気味な尼僧が、供を二人つれ、入ってきた。

ざわり。静の後ろ首を冷気が走る。これが、鬼気か。

三十歳くらい。

黒い頭巾、墨衣。黒に血色の縁が入った袈裟。

——気味悪い杖をもっていた。頭部に鹿角がついている鹿杖だ。黒木で出来ていて、イラタカ数珠——大きな数珠に、獣の牙、貝、鳥獣の爪をつけた数珠——が巻きついている処は、遍歴の聖がもつものと大差ない。

問題は最上部につけられた物体。それは——作り物の生首のようであった。
本物とは言い切れぬまでも、全くの偽物とも言えない、生臭い存在感がある得体の知れぬ首だった。白粉が隅々まで塗られ口紅が毒々しくほどこされていた。美しい小僧か、美しい尼が白い歯をこぼして笑った刹那——首を斬られ、死に顔に笑みが貼りついたような首なのだ。

「……髑髏本尊や……」

鯊翁の冷温の囁きは、静をふるわせた。

髑髏本尊——真言立川流の狂気の本尊である。

空海の真言宗は、他者への大いなる慈悲をもつ者が修行を重ねれば、生きながら仏になれると説く。——即身成仏だ。

真言密教の異端、立川流は、男女のセックスが即身成仏の近道と説く。

立川流の行者は髑髏を本尊として崇める。『受法用心集』によると、この髑髏は、智者、行者、国王、将軍、大臣、長者、父、母、千頂、法界髑、この十種の何れかでなければならない。彼らは墓から髑髏をもちかえり、作り物の顎と舌をつけ、漆を塗りたくって、肉がついているように見せかける。

その後、美形の相手と交合う。

その時に出た淫水を採取する。淫水とは、男の精液と女の愛液の、混合液だ。淫水を——漆を塗った髑髏に百二十回塗る。それから毎晩子丑の刻（午前零時から午前二時頃）、反魂香と呼ばれる怪しい香を焚き、匂いを浸み込ます。その後、髑髏に符を入れるなどしてから、頭頂に、銀箔、金箔をつけ、淫水で曼荼羅を描く。これを最低五回、最高百二十回、重ねる。最終的には美少年、美女に見えるよう、厚化粧し、目には水晶玉をはめる。

加賀刀自から髑髏本尊について聞いていた静は胃液が上がってくる気がした。

黒い杖に髑髏本尊をつけた女は……一応尼姿であったが、甘葛で煮詰めた肉のような淫らさを、肉置き豊かな全身から、とろとろ滴らせていた。

女は、長き髪という一点を除けば、時代がもとめる美女の条件を悉くもっていた。

ふっくらとした顔。白くやわらかそうで、ふれれば吸いついてきそうな餅肌。小刀で線を引いたような細く挑発的な、一重の目。赤く完熟した唇。

白衣の翁は謎の女に、

「何者か？」

「黒滝（くろたき）の尼と申す。我らが長の名代として参上した」

白衣の翁は、厳しい顔で、

「わしは──西光（さいこう）殿がくると聞いておったのじゃが」

「西光──」

「あの男が、殺生鬼っ──？」

「何と……」

法皇の側近中の側近、西光が殺生鬼であるという衝撃は、南廂を強く揺さぶっている。

妖しい尼は、暴露と、それにつづくざわつきに──めげていない。全て予期していたと言わんばかりの笑みを浮かべていた。

黒滝の尼の後ろには、従僧と言っていいのだろうか？　僧が二人、いた。

この尼にしてこの僧ありと言うべきか……。

胡散臭（うさんくさ）い男たちだった。

二人とも若い。がっしり逞（たくま）しく、眼光鋭く、野性的で、何処か頽廃（たいはい）的で、遊び馴れた雰囲気の男たちだった。

そんな二人のいわくありげな美僧をつれた尼は五人の長が座る板の間を悠然と歩く。

髑髏本尊をつけた杖を脇に置く。誰も座っていない畳に、腰を下ろしつつ、黒滝の尼は、

「……臭い、臭い。何故、御所でも反魂香を焚かぬのか」

女房装束の不殺生鬼、酉ノ結の長を嫌味っぽく見た。薄ら笑いをたたえた僧二人は黒滝の尼の後ろに座る。

「反魂香とな。……外法の者どもがつかう、妖しい香か」

酉ノ結の長は相貌を強張らせていた。抗議するような目を前にむけ、

「斯様な者どもと話が通ずるとお思いか？」

白衣の翁は、黒滝の尼に、

「何故、そなたらの長は来ぬ？　ことと次第によっては……」

都に住まう不殺生鬼をまとめる翁は、両眼を赤く光らせた。

いくつもの尖った視線が黒滝の尼に刺さっている。

「嘘つきの如く言うのは止めてたもれ」

黒滝の尼は、不気味に低い声で言った。

「名代を立ててはならぬという法は何処にもないはず。我らが結――冥闇ノ結の長、西光は今、法住寺殿に勤仕しておる。天下でもっとも多忙なる身と申しても、過言であるまい」

従僧二人が、重く首肯している。

「西光は今朝までここにくる気じゃった。ところが、急遽、院からご下命を言いつかり、こられなくなった。不殺生鬼の方々との大切な折衝ゆえ、黒滝よ、たのむ、斯様に西光に言われてきたのじゃ。――我が言葉は西光の言葉と思ってほしい」

針状に細い双眸から――妖気の波濤が白衣の翁に叩きつけられた。

「次に斯様な機会あらば、その折は西光が参るのか？」

「次こそは」

黒滝の尼は応じた。白衣の翁は、強く苦い不満を、口の中で転がすような顔で、

「……わかった。では、本題に入ろう。殺生鬼の上洛を禁ずる決りは存じておるな？」

「お前たちが勝手につくった決り。したがう謂れはないと知りつつも、一応頭の片隅には入れておる」

――場が、どよめく。

亥ノ結の長は腰を浮かせる。鯰髭が憤りでふるえ太い血管が広い額に隆起していた。

「静まれ」

白衣の翁が、白い扇を振り、何とか制している。

「なあ、黒滝の尼はん」

下座から、挑むような声がかかっている。

「卯ノ結の長じゃな？　何じゃ？」

「それを約束したのは……その時の、殺生鬼の結の長なんや」

「何故、昔の取り決めに我らがしたがわねばならぬ？　お前たちの女御に言われ、都をすごすご退散した結は、今はない。我らは別の結じゃ。仮に同じ結としても幾十年も前の話。状況は、刻一刻と変る、我らがそれにしたがわねばならぬ法はあるまい。だが、それでも西光以下、我らはお前たちの顔を立てて参った」

「いかなることか」

白衣の翁は訝しむ。妖しき尼は熟し切った唇を、舐めるように開けた。

「冥闇ノ結は洛中はもちろん、山城国一円で人は殺めておらぬ。他国で採った血を京へはこばせ、西光も吾もそれを飲しておるのじゃ」

未ノ結の長が身をのり出し、

「河原院、宴の松原、西寺で、血を抜かれた屍が見つかった。そなたらの凶行では？」

「知らぬ。我らが結の者ではない」

「では別の結の者が洛中におると？」

黒滝の尼は、愉快そうに、

「……さあ。あるいは、結などに入らぬ一匹狼の殺生鬼、只人の盗人という線も考えられようが」

しばらく黙って聞いていた白衣の翁が、言った。

「例の三件が御身らの凶行でないにしても、わしの頭が古いのか……そなたの言い条に引っかかりを覚える」

「ほう」

「洛中、山城国内で人を殺めずとも、他国で血塗られし所行をはたらいておるなら、同じではないか？」

「違うのでは？」

冷たい挑発が、熱した唇を走る。

「お前たちが恐れておるのは……火の粉をかぶることだけでは？　京で人が死なぬ限り、朝廷は動かぬ。近江や摂津で百姓や漁民が幾人死のうが、御所に詰めた公卿どもも、六波羅も気にしまい」

「――そういうことではないっ！」

硬質な一喝が白衣の翁から迸る。と、黒滝の尼は、

「まあ、聞けい。漏刻博士」

細い一重の目が初めて溶岩の閃光をたたえた。黒滝の尼が、翁を、じっと睨む。すると翁は唇をぴくぴくとふるわしたが――やがて、黙り込んでしまった。何か説明できぬ力によって翁の話が無理に捩じ切られた気がする静だった。

妖尼を守る従僧二人が、蕩けるような笑みを浮かべる。

――静は、ぞくりとしている。黒滝の尼が一同を見まわし、

「聞けい。皆の者」

話を聞かねばならぬという気持ちが、胸底でふつふつと、芽吹いた。皆も同じ

気持ちのようだ。深い静寂が、廃墟の寝殿をつつんだ。

黒滝の尼は静かだがよく通る声で、

「――王血(おうけつ)は存じておるな?」


静は一度だけ――カモシカの王血を飲んだことがある。

苗が、飲ませてくれた。

おさない頃、瘧(おこり)を発症した静は高熱(ねつ)で苦しんでいた。山に入った苗は――只人の足がとどかぬ、遥か遠くまで駆けまわり二日後にもどってきた。革袋に血をどっさり入れて。苗は、それを薬草と共に羹(あつもの)に入れて、静に飲ませている。

すると瘧は――嘘の如く治った。

『王血。一千頭のカモシカで……一頭しかもたない血』

苗はおしえてくれた。

『王血のカモシカを見つけるのは簡単。この血をもつカモシカは、仲間を癒(いや)す力があるの……。そのカモシカに舐められたり、ふれられたりすると、傷が早くふさがり、病が治まったりする。だから、王血のカモシカの周りには――必ず傷ついたカモシカがいる。……まだ、少しだけ熱があるわね。今日も飲みなさい』

王血入りの熱い汁を啜った静は、母に、

『……王血の狐もいるの？』

瘧にかかる少し前、森で子狐を舐める母狐を見ていた。

『もちろん。王血の鼬(いたち)もいれば、王血の兎(うさぎ)もいるわ』

『王血の狐の周りには、やっぱり傷ついた狐が？』

『ええ、そうよ』

『ねえ、お母……王血の……人もいるの？』

『ええ。獣にくらべて数は少ないけど。これは大切なことゆえ、よく覚えておきなさい。そなたのような人と血吸い鬼の間に生れた子は、年頃になると血吸い鬼になることがある。そなたがもつ鬼の血が目覚めそうな時、王血をもつ人に長い間ふれられると……そなたの中の鬼は消える。

だからなのかもしれぬ。人と血吸い鬼の間に生れた子は……王血の持ち主を見分ける目をもつの』

黒滝の尼は、不殺生鬼たちに、

「王血の持ち主は、周りの者の病や怪我を傍にいるだけで癒す。

獣は千頭に一頭が王血だが、人はもっと少ない。万人に一人か。しかも、人は……獣に比して王血の者を察する能力が低い。故に、王血者をさがすのは至難の業」

なめらかな話しぶりは——この女が、言葉による説得になれていること、沢山の者を命令して動かしてきたことを、知らせてくれた。

「天竺の学者にして血吸い鬼たる翁がしたためし古文書が、宋人により、本朝に伝来した」

黒滝の尼が一同を見まわす。

静は、己を引っ張ってくる甘ったるい吸引力に気づき、戦慄した。黒滝の尼の声には逆らい難い力があり、一度耳をかたむけると——奥底まで引きずろうとしてくる。

周りにいる不殺生鬼たちは鯊翁をふくめて目をとろんとさせている——。

これは危うい、と静は思う。——何かの術だ。

「伝来して日も浅いゆえ、多くを語れぬが……この書物に大変興味深い一節がある」

白衣の翁を筆頭に五人の結の長も生気がない顔で、妖しの尼の話に聞き入っていた。

小刀で横に引いたような双眸で赤い魔光が一層強まる。

「王血を飲んだ殺生鬼は……確実に、不死鬼になる」

不死鬼——何百年いや何千年も生きる不死身の体をもつ血吸い鬼だ。

不死鬼の命を奪うには、太陽光で体を焼くか、胸に杭を打ち首を完全に切り離す他ない。

尼は凄まじい微笑を浮かべた。刹那、静は、黒滝の尼と目が合う。

「よいか？　不死鬼になれる殺生鬼は僅か。ところが——」

——いけない。誰か、この尼の話を止めて。

静は歯を食いしばる。

だが、五人の長をはじめ、誰も声を上げない。皆、妖尼の話に聞き入っていた。

わたしが言わなければ駄目なのだろうか？　血吸い鬼になっていないわたし、今日初めて此処にきたわたしが？　鯊翁を見る。鯊翁の双眸も灰色にどんより曇り心此処にあらずという様子だ。

　静は、声を出そうとする――。

が、一音も出ない。尼の術に因(よ)るものなのか、単に静の度胸がなくて声が詰まったか。

　黒滝の尼は、畳みかけている。

「十人の殺生鬼が王血を飲めば、十人とも……不死鬼になるのじゃ」

　瞬間、

「――それがどうしたっ！」

　眼を赤々と燃やし、鋭い一喝をぶつけたのは、すんでの処で我に返った白衣の翁だった。

　この一言で救われた不殺生鬼が何人もいた。

　半数くらいが、びくんと痙攣(けいれん)し、きょろきょろ辺りを見まわしたり、はっと息を呑んだりしていた。残り半数は――いまだ、粘つく呪(しゅ)の網(あみ)にとらわれていた。

　鯊翁、卯と未、そして酉ノ結の長は、自我を取りもどしたようだが、亥ノ結の長は……心に立ち込めた靄(もや)の中、さすらっているようであった。

　静は一まずほっとしたが――全く油断できる状況でないと、すぐに察している。

「……大丈夫や」

鯊翁が囁く。

「何をしに参った！　黒滝とやら」

白い扇が、闇の使いを、猛然と差した。

「不死鬼になるのが……如何なる道なのか、うぬはわかっておるのか！」

腰を浮かせて怒る白衣の翁に、妖尼は、

「ああ」

従僧ともども——得体の知れぬ笑みを浮かべていた。

「誰よりも存じておるつもりじゃ」

そして、黒滝の尼は大きく息を吐いている。

——吐息は南廂にとどかなかったが、母屋には充満したようだ。長たちは面貌に、驚愕、ないしは不快感を走らせる。血吸い鬼たる長たちは嗅覚が異常によかったし、黒滝の尼の吐息には……只ならぬ臭気があったのやもしれぬ。

白衣の翁が、

「そなた、まさか……」

呑み込まれた言葉に静は感づく。

――不死鬼。

「その、まさかなら？」

「ここを出すわけにゆかぬ。我らが何の用意もなく、うぬらと顔合わせしたと？」

黒滝の尼は後ろにいた浅黒く逞しい従僧に、

「これはよい。血酒でも馳走してくれるのかの」

立つ素振りすら見せぬ。

「――時久。香を！」

白衣の翁が下知した。

「へい！」

殺生鬼はもちろん不死鬼も香を嫌う。恐らく、寝殿各所に伏せた人数に香を焚かせ、冥闇ノ結の三人に、思う存分馳走するつもりだ。

赤い菱形が散らされた白き水干の男、時久は白衣の翁の後ろにひかえていた。

さっと立ち上がり、そのまま退出、母屋を駆け出すと思われた。が、時久は――

立ち上がり様、小刀を抜き、白衣の翁の脇腹を、斜め後ろから一気に刺している。

血が絡みついた叫びが皺深き翁から漏れ、赤い汁が、畳と板敷にこぼれる。

西ノ結の長が黒滝の尼に跳びかかる。

逞しい従僧が守らんとするも、それより早く、尼は、

「――臭い」

赤い魔眼で西ノ結の長を睨む。すると――西ノ結の長はぐにゃりとなり、白絹の袿(うちき)、紅の袴が、色水の桶をぶちまけたように――床板に崩れた。

髑髏本尊がついた物騒な杖をにぎって黒滝の尼が立つ。化粧した首が、翁を差して、

「あれを、殺(や)れ」

静が悲鳴を上げる。

目を爛々と光らせた西ノ結の長は、がくがくふるえる白衣の翁に襲いかかった。

――あやつられている。

西ノ結の長が懐剣で白衣の翁の首を刺している。

「これでお仲間に入れていただけますなっ」

時久が、短刀でいま一度主を刺した。

いかに生命力が強いといえども、生ける血吸い鬼・モロイイは不死身ではない。白衣の翁は酉ノ結の長に押し倒されている。猛獣と化した酉ノ結の長は、首から溢れる鮮血を、啜り出す。

不殺生鬼たちも黙っていない。

「総代の仇を取るんや！」

卯ノ結の長が、小刀を抜き払う。集会がはじまった時、白衣の翁に対抗心を見せていた商人風の長だが、今や仲間の死に本気で憤っていた。

未ノ結の長が三鈷杵で裏切りの血吸い鬼、時久を襲わんとする。

牙を剝いた口はもとより首まで血だらけにした女血吸い鬼、酉ノ結の長が垂髪を振り乱し、時久に加勢、僧形の不殺生鬼を苦しめた。

「正気にもどってくれぇぇ！」

空しい絶叫が、未ノ結の長から飛ぶ中、髑髏本尊が卯ノ結の長を指し、

「ほれ」

「香炉の傍におる者！　急いで、香、焚くんや！」

大声で別室に下知した卯ノ結の長に太刀が吹かした急風が肉迫している——。

亥ノ結の長。

後白河院を守る北面の武士たるこの長は、王血の話辺りからずっと不死鬼の呪縛下にあったことを……仲間への突進でしめした。卯ノ結の長は驚き、

「あんたと戦いたくないっ、おう、皆の衆もすくんどる場合やないぞ！」

猿（ましら）に近い素早さで、次々襲いかかる斬撃をかわす。只人にはできない。血吸い鬼は、只人を遥かに超える身体能力をもつ。

が、赤い据眼（すえまなこ）の武士が振るう剣も——雷光の如く速い。

「わしらも戦うんや！」

鯊翁が、立つ。

南廂にいた不殺生鬼が苦戦する長たちを助けんとする。静は、人波に揉まれる。

「——殺し合え」

黒滝の尼の双眼から、二つの赤い凶光が放たれた。

と——鯊翁に、さっきまで話していた牛飼いの童が猛然と殴りかかり、「御目を」と言った童女を、鱗模様の袴をはいた痩せた老侍が嚙もうとした。

静は後ろから摑まれる。

無理矢理、振り向かされた。

三十歳ほどの僧が大口を開け、牙を剝いている。母の腕と、首に嚙みついた長範を思い出した。

静は叫ぶ。

法師が——嚙もうとしてきた。

牛飼いの童の股を蹴った鯊翁が振り向き様に法師を殴り倒している。

あの女のせいである。かの妖尼の呪力にあやつられた不殺生鬼の半数が、仲間を襲っている。

不死鬼にあやつられた血吸い鬼は——生ける血吸い鬼、死せる血吸い鬼の別なく「従鬼（じゅうき）」と呼ぶ。

静を襲おうとした次なる従鬼、これは女の従鬼であったけど、次なる従鬼を突き飛ばした鯊翁は、

「何しとるんや！　祇園（ぎおん）女御様を思い出せ！」

鯊翁の太声（ふとごえ）で何人かが我に返った。

不死鬼の操心（そうしん）は絶対ではない。

したしい者の痛切な訴えや、胸に取りわけひびく言葉などで——引きもどすこ

とも出来る。もちろん、引きもどしやすい者、引きもどしにくい者がいる。

たとえば酉ノ結の長、亥ノ結の長は、まだあちら側であった。しかし幾人かがこちら側にもどってきたため、南廂では不殺生鬼が優勢となる。

それを見た卯ノ結の長も、太刀に浅く斬られ血をにじませつつ、

「そうや。梶林のお言葉を思い出すんや。おう、香はまだかっ」

刹那、

「香とはこれか」

太く尖った声が母屋の西にある部屋からぶつけられている。

そして、返り血を浴びた空の香炉が二つ、母屋に投げ込まれた。

間髪いれず——荒ぶる足音が東西から、母屋、南廂に雪崩(なだれ)れ込む。

新手が振るった刀や斧(おの)、亥ノ結の長の剣で、未と卯、二つの結の長が、赤くずたずたにされて斃(たお)れた。

あらたな敵を見た静は心胆が、体から飛び出そうになった。

——嘘……。まさかっ……。

それは武装した、十数人の凄まじき男女であった。

異類異形というべき統一感がない輩だ。

みすぼらしい野良着なのに、やけに豪華な黄金造りの太刀を佩(は)いていたり、立派な兜(かぶと)なのに、汚れた褌(ふんどし)が見えていたり。獣の皮を覆面にした者も。男もいれば女もいる。眼が赤い血吸い鬼も、常の目をした凶暴そうな只人もいる。共通点があるとすれば——刀傷が顔に走っていたり、恐ろしい険を漂わせたりして、殺伐としている処だ。

中心に、おどけた田楽笠(でんがくがさ)をかぶった逞しい男。顎が張った厳つい顔に三本の刀傷が走り、無精髭を生やしている。眉が太く若い。赤い腹巻、豪奢な絹の袴。手には——血で濡れた大きな鋤(すき)をもっていた。

この男は、血吸い鬼ではない。

只人、と断言できる。

心臓が爆発しそうになった静は面を伏せがちにして、鯊翁の陰に隠れる。鯊翁は闘気をふくらまし乱入してきた一団を睨みつけていた。今まで戦っていた南廂の者どもは突然の乱入者にはさまれ動きを止めていた。

庭の方、つまり池が腐った方にも、猛気漂う男どもが立つ気配がある。

——間違いない。あの男の一党だ。

静は大きくわなないている。

かこまれた不殺生鬼たちに、田楽笠の男は、凍てつく声で、

「見張りをしていた侍どもは皆首を刎ねた。……もう逃げられんよ」

田楽笠の視線を静は必死に避ける。

「よし、不殺生鬼どもの中から、貴族と武士、長者をつまみ出せ」

従鬼どもが、すっと脇によけ作業をしやすくする。


「何をする！」

不殺生鬼の中から——落託の下級貴族と思しき貧相な男、腕が太く目が細い武士、豊かな商人と思われる肥えた男が、庭の方に、引きずられる。逞しい武士は南廂にきた静に親切に語りかけてくれた男だった。

武士は覚悟を決めて歩く。貧相な貴族、太った商人は、抵抗しようとした。

行っては駄目、と静が叫ぼうとした時、黒滝の尼の支配下にある従鬼どもが蹴りつけ、抗う二人の体は庭に転がった。

静はうつむき瞑目する。

剣が空を切る音がして——雑草が生臭く潰れたようだ。

おぞましい悲鳴、怒号がひびく。斬りそこねがあったのだ。

もう一度刀を振る音がして、静かになった。

地獄というのは、もしかしたら何処よりも静かなのかもしれない、そんな気がした。

血色の眼光を迸らせた殺生鬼どもを左右にしたがえ、田楽笠の只人は、

「今の男たちの如く首を刎ねられたくないなら――」

抵抗力を削がれた不殺生鬼たちに、

「我らの仲間になるか、戦うのを止めて、住いにもどれっ。結を解散せよ！」

のこった不殺生鬼は、貧しい地下(じげ)の者たちであった。抵抗を止めれば、あの男の一党は、決して刃をむけぬ。静はそのことを知っている。

「まて。何故その不殺生鬼どもを……生かそうとする？」

冷厳なる声は、黒滝の尼から出た。次の瞬間、妖尼にあやつられた従鬼どもが、狼を思わせる尖った牙を一斉に剝き、紅の眼火を爛々(らんらん)と滾らせる。

鱗模様の袴をはいた老侍の従鬼が――静を引っつかもうとするも、鯊翁が振り払う。

無頼の仲間十数人をしたがえた田楽笠の男は、

「それが、お頭のやり方ゆえ。あんたも、お頭とくんだのなら、知っておろ

う？」

人をあやつる吸血尼に、一つもひるまず言い切った。

妖尼につきしたがう頑強な従僧が、恐ろしい犬歯を剝き、

「うぬは……只人じゃな？」

田楽笠は、微笑み、

「ああ」

「何故、只人が殺生鬼に下知しておる！　羅刹ヶ結の殺生鬼ども、うぬら、只人に下知されて、それでよいのか？」

妲己を守る方士の如く脇に立っていた、美僧どもが――真っ赤な口をかっと大きく開けた。野犬を思わせる牙を、長い舌が挑発的に舐める。

二人の従僧もまた血を吸う鬼であった。

田楽笠は自信をもって答えている。

「羅刹ヶ結のお頭は……只人か血吸い鬼かは問わぬ。お頭が問うのは、ただ一つ。貴か賤か。それだけだ」

羅刹ヶ結――すなわち、熊坂長範率いる盗賊団の殺生鬼どもが、床を強く踏む。

「何百年も俺たちは……虐(しいた)げられてきた。貴とそれを守る武を、この世から消す！　そのためにお頭は走りつづけている」

市女笠をかぶった女血吸い鬼が、

「貴族の真似事をし、築地でかこんだ広い屋敷に住み、下人を鞭打ち下女を辱める長者ども。斯様な輩も同罪じゃ」

「――ふ」

冷たく笑う、黒滝の尼だった。

その時である。

「おそうなったわ」

屋敷の奥からひびいた世にも太く重たい声が――静の胃に、搾り込むような圧をあたえる。

物凄い音を立てて奥の土壁が崩れ、梶林の女御を描いた屛風が倒れた。

壁に開いた穴から大男が二人現れている。

一人は、戦槌(せんつい)をもった、剽悍(ひょうかん)な男。

いま一人は、黒ずくめだ。

――凄まじすぎる男であった。

足や腕で、筋骨が爆発しそうになっている。

熊の頭皮をすっぽりかぶり、黒糸縅(おどし)の腹巻、黒袴に熊皮の尻鞘という出で立ちだ。腰にも熊皮を巻いている。角張った面の半分は——無惨に皮を剝がれていた。鋭い双眸は赤くぎらついており、その周囲は病的に黒ずんでいた。逞しい五体から猛き気を放ち、此処にいる全員の中でもっとも殺気立っている。

間違いない。苗を殺した、あの男である。父とは呼びたくない。

右手に首を二つ串刺しにした大太刀、左手に血斧を引っさげた熊坂長範は、まだふるえる娘に気づいていない。

白衣の翁の血溜りに首を二つ落とすと、ねめつけるような視線を、黒滝の尼にむけ、

「思いの外(ほか)、手強き侍がおっての」

圧に満ちた声で言う。——二年前より、恐ろしげになった気がする。

長範の足許に、血色の双眸をかっと剝いて転がった首二つは、この屋敷を守っていた不殺生鬼の、侍らしい。耳が削がれたり、恐ろしい力で、鼻を潰されたりしていた。

吹き荒れる憎しみの嵐が——左様な爪痕をのこした気がする。

首(それ)を不快げに見ていた黒滝の尼は、

「今、そなたの郎党と問答しておった処じゃ」

「郎党じゃねえ」

長範は、吐き捨てるように言った。

「それは——武士どもの言葉だ。仲間、と言い直せ」

殺伐とした声である。従僧二人が険悪な表情を浮かべている。黒滝の尼は、針が如く細き双眸をさらに細め、長範を睨む。長範は分厚い胸を、妖気をおびた三人にむけ、

「黒滝。お前(めえ)、武士の出だな？　かなりでけえ武士の屋敷で、乳母日傘(おんばひがさ)に大切にされたくちだろ？」

「…………」

「まあいい。で、問答とは？」

「お前が只人を与党にくわえておるのは我ら冥闇ノ結も存じておった」

田楽笠をかぶった男をちらりと見、

「只人に、血吸い鬼の差配をさせるのは、いかなる訳か？」

「夏通(なつみち)のことか？」

静は――田楽笠の男、夏通を知っている。長範が初めに子分にした男だった。

「いかなる訳も糞もねえ。それが、俺のやり方だからだ」

長範は苛立ちをまじえて言った。夏通がちらちらと、静を見る。――気づかれたかもしれない。

黒滝の尼は見る者がぞっとするような笑みを浮かべ、

「この世には……まげてはならぬ道理がある」

長範は恐ろしい形相で黒滝の尼を睨みつづける。

黒滝の尼は、牙を剝き、

「強き者が、弱き者を制するという道理じゃ。農具しかもたぬ百姓は、武士より弱い。只人は、我ら血吸い鬼より、ずっと脆く、弱い。虫けらほどにな。さすれば武士が百姓を統べ、血吸い鬼が只人を支配する、只人どもが……永久に、我ら血吸い鬼に生き血を捧げつづけねばならぬのは、至極当然のものの道理というもの」

どうしても得心しかねるものを、黒滝の尼の話に嗅ぎ取る静であった。

長範は鋭く、

「――気に食わねえなぁ」

威圧するように、一歩、黒滝の尼に近づくと、従僧二名、酉ノ結の長、亥ノ結の長が、守るように身構える。朱に染まった小刀をにぎった時久は長範のかなり傍にいたが、長範に切っ先をむけつつじわじわと――仲間に近づいて行く。

長範の手下には殺生鬼と只人がおり、いずれも地下の出だった。黒滝の尼の手先は皆、血吸い鬼で、自らの意志で動ける従僧二人と時久、妖尼にあやつられている残りの者、という二種類がいる。

今にも斬りかかりそうな亥ノ結の長に長範の冷たい殺意がぶつけられている。

「どう、気に食わぬ？」

黒滝の尼が囁く。

長範、笑みながら、

「武士が百姓を統べるって処がな」

妖しくとろけた声で、黒滝の尼は、

「我らの企みの途中まではそなたも賛同するわけじゃな？」

「ああ」

何かとてつもない謀の網を、こ奴らが編んでいる気がする。

「だが、途中からその道はわかれるということか？」

「だろうな。俺は貴族と武士をみとめねえ。只人の貴族、只人の武士だけじゃねえ」

酉ノ結の長、亥ノ結の長を、殺気で刺してから、

「──血吸い鬼の貴族、血吸い鬼の武士も、みとめねえ！」

噛みつくような形相を、黒滝の尼にむける。

髑髏本尊がかたかた、揺れていた。それをもつ尼が初めは小さく、やがて大きく笑いはじめたからである。

「……あははは……長範、そなた、面白いのう。ただ、そなた、今の立場に似つかわしくない気がするぞ。お前にふさわしき立場は別のものである気がする」

小刀で引いたような双眸が赤い閃光を放つ。

「番犬じゃ」

黒滝の尼は、言った。

「そなたは、真理というものを、いま一度学んだ方がよい気がする」

──得体の知れぬ磁力をもつ声だった。

長範が、すっと引き込まれるように、

「……真理？……」

いかがわしい従僧二人が、重くうなずいた。黒滝の尼は毒のある植物が咲かせた甘い花に似たやさしい声で、

「左様。吾は一応出家ゆえ、真理をわかりやすう説くのは得意じゃ。せっかくの機会ゆえ……我が法話を聞いてゆくがよい」

静の中で——法話とやらを聞いてゆきたいという、異様な気持ちが生れる。

が、即座に、

——危うい！

そんな声が胸底でひびいている。我に返った静は、この女はまたあやつろうとしているのだと、思った。従鬼はもちろん、さっき黒滝の尼の呪にかからなかった不殺生鬼が幾人か、虚ろな面持ちで話を聞こうとしている。さらに恐るべきことに——長範の手下の幾人かが、只人、血吸い鬼を問わず、ぼんやりした顔になっていた。

隣にいる鯊翁が——まともな状態であるのが、救いだ。

この女の操心は、したしき縁を忘れさせ、仲間を容赦なく殺させてしまうほど、強い。

——もしかしたら人の心の中に、この女にあやつられてしまう、穢らわしいも

の、どろどろしたもの、暗いものが、あるのかもしれない。
長範の一党を、仲間割れさせる気か、それとも、丸ごと取り込み、走狗(そうく)として
つかう気か、黒滝の尼は、歌うが如く、
「真理はただ三つ。力は正しさなり。力は美しさなり。力は不滅なり！　覚えた
か？」
頬の筋肉を痙攣させた者、唇の端を見えない力に吊られた者、血吸い鬼、只人
を問わず大勢が、虚ろな顔で黒滝の尼を見る——。
長範は呪と気づいたようだ。
が、体が動かぬらしい。——金縛りをかけられたのだ。ひどく傷ついた顔がほ
んの一瞬、引きつる。それは昔、幼い静が山で小さい崖から落ちた時に見せた顔
に似ていた……。
瞠目した静は口を開き、前にいた不殺生鬼を搔きわける。
心臓が、燃えそうに熱い。
黒滝の尼は静たちを見まわし、
「力は正しさなり。力は美しさなり。力は不滅なり！　唱和せよ」
長範が恐ろしい力で苗を殺した刹那が、眼裏(まなうら)に浮かんだ。

力は常に正しく、常に美しいだろうか——？

鯊翁の手を振り払い、静は、

「——違う！　そんなの間違っているっ」

目を潤ませ、腹の底から吠えて——思わず、前に出ていた。

全視線があつまっている。

茫然とした面持ちの長範から赤い眼火が消える。

「……し……静……なのか！」

黒滝の尼は——静と長範に、恐ろしい速さで、眼を走らせる。そして、

「娘。何が違う？」

従鬼どもが、全く同じがらんどうの顔で、静を睨みつけていた——。心というものがすっぽり抜けた顔なのだ。今まさに従鬼になろうとしていた者たちのほとんどは、今の静の叫びで正気を取りもどしていた。

静は、黒滝の尼に何か答えようとした。しかし、言葉は詰まり、出てこない。

強い感情をたたえてこちらを見ていた長範が一気に悪鬼の形相となる。

「今、何をしようとしていた！　黒滝ぃ」

亡者を食い千切る獄卒の表情で、吠えた。

髑髏本尊が——静を指す。

亥ノ結の長が、猿の如く跳躍。静に襲いかかってきた——。

長範が動く。

大太刀が亥ノ結の長の右足を後ろから斬った。

血煙上げて床に転がった亥ノ結の長は、凄まじい速度で起き、片足跳びして、長範を刺さんとする——。

火花が散った。

長範の刀が、敵剣を、叩き飛ばしている。

長範は間髪いれず——亥ノ結の長の心臓を突く。そして、素早く剣を放すと右手を相手の頭、左手を肩にかけ、鋭い牙を首に立てた。憎しみに我を忘れた阿修羅の顔だ。

——食い千切る。

物凄い血煙が起った。

長範と黒滝の尼、両者の関係（あいだ）は、裂けている。

生臭く紅染された口が、

「冥闇ノ結を根絶やしにしろ！」

「長範の一党を没倒せよ！　不殺生鬼どもも、討て――」

「夏通、静をっ！」

両首領、口々に叫ぶ。

虚ろな顔様をした従鬼が不殺生鬼に嚙みつき、不殺生鬼も牙を剝き、抗う。

寝殿の東西、南庭を制した長範の手下が、刀や小薙刀を振り、従鬼どもを斬る。

乱戦の中――鯊翁は静の手を引いて逃げようとし、夏通は大鋤で従鬼の脳を撒き散らしながら、静を捕えようとした。

西ノ結の長が長範に跳びかかるも長範が化粧屋根裏まで蹴り上げる。長範につきしたがっていた筋骨隆々たる殺生鬼が、大槌を――黒滝の尼の脳めがけて振った。

槌が、宙で止る。逞しい殺生鬼が歯ぎしりして、どれだけ力をくわえても、振り下ろせぬ……。

――あやつっている。

手を、止めよと。

妖尼は左手で、殺生鬼の喉を摑むと、恐ろしい力で潰してしまった——。

長範が子分の名を叫び突進するも、従僧ども、酉ノ結の長が阻む。

黒滝の尼の左手が、爪を前にして、今度は喉が潰れた殺生鬼の、心臓を襲う。

骨が砕ける音がして鮮血が噴火している。鋭い爪をもつ黒滝の尼の手は……猛速度で、厚い胸を突き破り、骨を壊し、折れた胸骨が心臓に刺さり、血が迸ったわけである。

「静ぁ！」

戦いながら長範は娘を呼んだ。切実な表情だった。

静は、目をそむける。

さっきは一瞬——記憶の中の父が顔を出した。その過去の父が胸の中で躍り上がり、今のあの男と重なった。だから、助けた。

——夏通の手だろうか。

誰かが背を摑むも、思い切り振り払う。

あいつは、仇、もっとも血腥い殺生鬼、猛悪なる賊、もう二度と共に暮したりしない。

いま一度、長範が呼んだ瞬間、

「――？」

静の鼻は強い香りにぎょっとしている。

それは……寺院でよく漂う抹香（まっこう）の香りだった。高く澄んだ野につれて行かれるような匂いだ。

同時に、さっき槌で開いた穴から――丸い物体が一つ、ぽんと母屋に放られる。

――紙で出来た、毬（まり）のような物体だ。

中で香が焚かれているのか。数ヶ所から、白い抹香臭を、ふすふす放っている。

それを見た黒滝の尼、青ざめた声で、あっ、と呻（うめ）く。

脇僧が憎しみで顔を歪め、おぞましき声を出す。

「来おった……影御先（かげみさき）じゃ！」

激しい動揺、恐怖が、黒滝の尼と手の者ども、長範がつれてきた無頼の殺生鬼どもを襲う。黒滝の尼はふっくらした相貌を歪め、

「者ども、退（ひ）けぇ！」

今までこの尼は血吸い鬼、只人のいかなる猛者を前にしても、全く動揺をしめさなかった。ところが今その声に――初めて恐怖がにじんでいる。長範はさすがに狼狽えていないが、ぎりぎり歯嚙みして辺りを見まわす。

濡れ縁の向う、闇の庭から、火矢が射込まれ、南廂や血塗られた母屋の畳に突き立った。

火矢からも芳香を孕んだ白煙が漂う。殺生鬼が、怒りの声で、

「香矢ぞ！」

「吸うな！」

火矢によるぼやが起きる中、香気に当てられた殺生鬼どもが、もだえ出す。深く香を聞いた者は七転八倒する――。静、不殺生鬼、そして只人たちには何ら異変はない。

黒滝の尼が、噎せながら、よろめく。

「退散しましょうっ」

二人の従僧がささえるようにして、妻戸へ急ぐ――。

黒滝の尼の恐怖が伝染した従鬼たちもそちらに駆け出した。

外から、女の声が、

「香をものともせぬのが只人と不殺生鬼！　殺生鬼は、苦しみもだえておる。殺生鬼だけ討て！　ただし、我らを襲ってくる者は、斬り捨てい」

争う音がそこら中でしている。

「こっちや」

集会のはずが殺生鬼の企み、奇襲により、血腥い魔窟と化し、今度は影御先の討ち入り。静の未熟の心はもみくちゃにされた——。混乱する静を、鯊翁が引く。

二人は、従鬼をはね飛ばし、鼻をふさいで倒れた長範の子分を跳び越え、西へ走る。

後ろで、夏通が、

「静のことはあきらめてくれ！　俺たち只人が殿になって影御先をふせぐから、あんたは真っ先に逃げるんだっ。お頭がいなくなったら……俺たち、駄目なんだよ！　行ってくれ——」

刹那、魔界の沼地を何十年もさすらってきた、悲しく凄まじい野獣の咆哮がした。

「何故わしから逃げる！」

——あの男だ。わたしを、呼んでいる。

「殺生鬼ども。これより、血路を開く！　本物の血路を……よ。ついてこい！」

長範は何とか——香気でひるむ仲間に活を入れたようだ。静の後ろで荒ぶる足音が濁流となって横へ動く。

静の行く手では崩れた柱や蔀が、凄まじい壁をなしていた。月明りに照らされたその壁は、左下に丁度大人が潜り込めるくらいの穴を開けている。鯊翁は、そこに、潜るつもりだ。

庭から香矢が射込まれてきたのを、二人は掻い潜る。刹那、静の双眸は赤く輝く。床板の裂け目を二人は敏捷にかわす。

猛速度で穴に突っ込んだ——。

暗い西廂に踏み込んだとたん床板が危険なほど大きくしなり静はあっと声を漏らす。

左右に視線を走らせた静は、右方、極めて奥深い廃墟の闇で、男が二人弓をこちらにむけているのをみとめた。笠をかぶり模様が描かれた白覆面で顔を隠した二人組だ。

それは——静の双眸が赤く光っていたからこそ、見えたのだ。

「止め……」

鯊翁が止める間もなく――一人がこちらを射た。

熱い衝撃が腹を打つ。

吹っ飛ばされた静は勢いよく転がった。

衝撃で床板が裂け、埃（ほこり）を巻き立てながら床下に落ち、背を強く打った。

――そこで気をうしなった。

第三章　昔男

影御先だけでなかった。

襲ってきたのは――。

河原院は六波羅と目と鼻の先ゆえ、当然と言えば当然かもしれぬが、平家の侍まで殺到している。長範は貴族や武士と距離を置く影御先にしてはめずらしいと思いつつ、目を爛々と光らせて大太刀を振るい、血の竜巻を起して、六波羅の兵どもを斬りまくる。異常の力が漲る肩や腕がさすがに音を上げ、動きが鈍くなった時、どうにか切り抜け夜の河原に出た。

川向うに――強大な館がある。

築地にかこまれたそこは、六波羅。清盛が住う要害である。清盛は、武士どもの王、一門と子飼いで十数ヶ国を独占する大貴族の家長、帝の妻の父である。

長範は一太刀浴びせに行きたい気もする。が、もっと人数がおらねば無理だろう。

六波羅の南には、後白河院の法住寺殿がある。

一度も会ったことはないが院につかえる西光こそ――。

……冥闇ノ結の長、あの尼の上にいる男らしい。

死なずの尼がそこに逃げ込んだ怖れもある。

魔の尼の隠れ家を法住寺殿にもうけることなど、西光の力なら、たやすい。

京への進出を目論む長範がつくった隠れ家は江州にある。

だとすれば、逃走経路はかぎられる。六波羅の北をまわり、東山を突破、近江へ抜ける他ない。

五条大橋は静まり返っていたが、

――罠かもしれねえ。橋向うに、弓を構えた強兵がいるかもな。

長範一党は五条と四条の間で、鴨川を徒歩渡りした。

対岸は、祇園と清水坂の賑わいにはさまれた寂しい辺りで、ススキが茂り田が広がっていた。

追いついてきた夏通に、

「二手にわける。お前は、半分を率い、祇園の森から東山に登り、江州へ。俺は残り半分と一緒に――鳥辺野から東山に入る。清盛、重盛の屋敷の裏山を逃げる算段。連中も、まさかそうくるとは思わぬ」

二手にわけることで——全滅をふせぎたい。安全なのは祇園、危ないのは鳥辺野、自分が斃れても遺志を継ぐ者をなるべくのこしたいと思っている。

「お頭……」

「何も言うな。さっきはお前が、殿(しんがり)をつとめてくれた」

河原院の方では、夜空が朱に染まっていた。

既に、多くの仲間が、討たれていた。

「承知しました」

戦力的に弱い者は安全な方へくみ込む。半数をつれた長範は鳥辺野を目指し、

夜の清水坂に出た。

五条大橋から清水寺へ上る坂道には、祇園の犬神人(いぬじにん)や車借(しやしやく)という運搬業者、そして坂者と呼ばれる極めて貧しい者たちが暮していた。

——清水坂は寝静まっていた。

人っ子一人いない。

小さき家々が眠りこける中、長範一党は全筋骨を警戒で堅くし、足音を消し、駆ける。

——京の奥つ城(おくつき)、鳥辺野に入る。

只人(ただびと)なら、鳥肌が立つような、野であった。

イバラや草が茂った土饅頭(つちまんじゆう)が、いたる所で盛り上がっている。

石を積んだ塚の上に卒塔婆(そとば)が並び、その真ん中に石の阿弥陀(あみだ)三尊が据(す)えられている。部分的に崩れた柵の中に方形の石組みがあり、立派な五輪塔が立っていた。

それら石をふんだんにつかったのは、高貴な人の墓であろう。

庶民の屍(かばね)は——土饅頭や石組みの間に、無造作に捨てられていた。

だから、そこら中に、白骨が散乱し、髑髏(しやれこうべ)が転がっていた。

蛆(うじ)が湧き出た腐乱死体、犬やカラスに喰われて、骨がのぞいた骸(むくろ)もある。

死人の燐(りん)が燃えて、青い鬼火がたゆたい、底知れぬ腐臭が土に浸み込んでいた。

鳥辺野——西の化野(あだしの)、北の蓮台野(れんだいの)と並ぶ京の風葬の地である。

殺生鬼は心地良さげに、只人は面差しを堅くして歩く。

と、何か音がして、長範は刀をさっと構える。

「…………」

藪蚊(やぶか)が何匹も顔にぶつかる。

——匂いが長範の面に、ふれた。

白檀や伽羅の嫌な香りではない。つんと澄ました公家や僧好みの悪臭でなく、消し様がない獣臭さ、生臭さをふくんだ芳香、殺生鬼好みの匂いだ。麝香に、猫の睾丸、犬の陽根、鹿の血、狼の腸と糞、数種の毒草、蛇の屍の粉を混ぜた反魂香だ。

……殺生鬼がいるのか？

長範は手振りする。

荒くれ者どもは唇をきつくむすんだまま首肯している。

人を隠すほど高くススキが茂った所があった。

草がつくるむさい壁を、大太刀で、分ける。蚊が、どばーっとぶつかってくる。

——こんな数の蚊、見たことねえ。

ススキの向うに行った長範は、はっとする。

青い鬼火がたゆたい……牛車が一台轅を下ろしている。

その傍に灰色の水干をまとった童が胡坐をかいていた。気味悪いほど痩せていて、阿古陀香炉を捧げもっていた。反魂香は——此処から漂ってくる。

闇が面相を塗りつぶし顔貌はうかがい知れぬ。

「……お待ちしておりました」

牛車の中から、濡れたような、若い男の声がした。

「何者だ？」

鋭く問うた長範は油断ない足配りで——まわり込む。

殺生鬼と只人の混成部隊は得物を素早く構え、牛車を半月状にかこもうとする。

これを見ても歳若い牛飼い童は、微動だにしない。ただ黒い牛がぱたぱたと尾を振って虫を力なく払っている。

長範の赤く鋭い視力は——異常な数の羽虫が黒牛にまとわりついているのを見切っている。

蚊であった。

ふつう血を吸う蚊は群れず、集団で飛ぶのは血を吸わない揺り蚊だ。しかし今、血を吸う蚊の大集団が一頭の牛に執着している。皮の上を這ったり、頭から角へ、跳ねるように動いたり、牛の脇腹に石の如くくっついたり。

牛車の前から男が出てくる。

黒い靴が――地に落ちていた髑髏を、粉々に踏み砕く。

「敵ではありませぬ」

やさしく囁きながら出てきたのは、若い貴人であった。

冠をかぶり、緋色の袍をまとい、蝙蝠をもち、血色の指貫をはいている。

服装から見るに五位の殿上人と思われる。

丸眉で、口には紅を差し、白粉をつけていた。

長範たちは見る見る敵意を燃やす。この男が贅沢な暮しをするために、雪の荘園で鞭打たれ、凍え死ぬまではたらかされる下人たちの姿が、眼裏に浮かんだ。

荘園という地獄を抜け出し、いくつも山を越えた先に、もう少しだけましな所があると信じて、枯れ葉が舞う森に入り長い間駆けてきた少女たちは、長範が獣道をおしえると――痩せ細った顔に喜びを浮かべていた。

姉を死に追いやり、妹を嬲り殺した冷酷な侍ども、長範の皮を笑いながら剝ぎ取った侍は、都の貴族に仕えていた。

貴族ども、武士ども、貴族の如き屋敷に住み沢山の下人を消耗させる大長者ども、お前たちの喉を――。

猛獣の激情が長範を満たす。

燃えたぎる憎しみの焔を感じたか、若き男は、

「お味方するためにきたのですがな……」

丸眉の下で……異変が起きている。いかにも怜悧な右目が、赤く燃え、犬歯が鋭い牙に変る。左目に、変化はない。

——貴族の血吸い鬼か。

吸血貴族は、獣的な口を灰色の蝙蝠で隠し、

「……熊坂長範殿。わたしを料理するのは、話を聞いてからでも遅くありますまい？」

血を吸う主の許ではたらく雑色や雑仕女は、只人の許ではたらく使用人より、一層恐るべき境涯にある気がする。長範は険しい形相で血を吸う貴族を睨みつづけた。

赤い袍の血吸い鬼は、歩み寄ってくる。黒い靴が白骨死体を踏む度に——砕ける音がして、粉が散った。物凄い力であった。

吸血貴族は長範の刀の間合いに入りかける。

そこで、ぴたりと止り、

「わたしに荘園はなく、使用人も、ここにいる牛飼い一人」

まるで、心を読んだように、囁いた。

一見若いと思ったが老人に似た落ち着きももっている。細面で顎は尖り、鼻は高く耳は異様に大きい。首はほっそり長い。

白蛇を思わせる男であった。

「名は？」

長範は、問う。

謎の貴人は黙っていた。

手下たちは斧を構え、太刀を抜きかけ、一言でも下知すれば――襲いかかる構え。

ところが相手は余裕を崩さず、牛飼い童も黙然と香炉を捧げもっているだけだった……。

長範は青筋をうねらせ、

「屋敷は？」

「――ふ」

常の目の色になった貴族は扇を下ろすと、にこやかに、

「家名というものはそれだけで力をもちます。貴方は、あらゆる家名を滅ぼし、

広い屋敷に火をかけようとされているのでは？　今まで、そうして生きてきた。違いますか？」

「……違わぬ」

「さすれば――我が名も屋敷も、今さら問う必要はありますまい。何故なら、それらのことは貴方の中で既に無であるゆえ」

上手く言いくるめられた気がするが咄嗟に反論できない。男の声調には――こちらの心を無理矢理引きずり、男がひねり出した理を呑ませてしまう、得体の知れぬ説得力がある。

手下たちの面相も変っている。

口をぽかんと開けたり、首をかしげたりして、聞き入っていた。

不死鬼か――。

「ともあれ……話をするには名がなければ不都合ですな。昔、男ありけり……こうはじまる昔物語がある。これにちなみ、昔男でいかがか？」

男は、また、片目だけ赤光を灯して提案した。

長範は牙を舐め、

「昔男か……。まさか己が業平だなどと言い出すのではあるまいな」

伊勢物語(いせものがたり)を読んだ覚えはないが、その主人公、昔男は在原業平(ありわらのなりひら)を指すということは知っている。

「業平にあこがれる、昔から生きておる男、というほどの意味ですよ」

黒い靴が牛車の方へすっと動き、

「話の前に、夕餉(ゆうげ)でも共にしませぬか？　河原院ではいろいろあって……難儀なされましたな。酒肴をととのえてあるのです。さ、さ、こちらへ」

――罠であるまいか、という思いが、長範の中を駆ける。昔男が黒滝の尼の仲間であることは十分考え得る。昔男から漂うおぞましさはあの女怪がまとうそれによく似ていた。

と、扇を唇に当てた昔男は、

「――黒滝の尼とは縁もゆかりもござらぬ。貴方の活躍ぶりを風の噂(うわさ)で知って、一度お近づきになりたかっただけなのです」

全て見透(みす)かしたように言うのだった。

昔男について、長範は歩き出す。大太刀を鞘(さや)に入れ、

「俺の子分はややこしくてな、米や酒が好きなのと、血しかやらねえって奴がいる」

「心得ています。熊坂殿には特別な馳走を。仲間の方々には……酒と雉、壺に入った血を仕度しております」

灰色の扇で、土饅頭を指し、

「あちらに酒やら血壺やらが」

手下どもがそちらにむかう。

「俺の馳走は？」

長範が昔男に訊くと、

「牛車の中に」

牛飼い童が、すっと香炉を置く。さっき昔男が降りる時に踏み台にした榻をかかえると牛車の後ろに据えた。

乗車は後ろから、下車は前からと決っている。牛は特につながれていなかったが、黙然と立っていた。動きと言えば時折尾を横に振るくらい。

二人は車の後ろにまわる。

昔男は榻に乗り——御簾を上げる。

長範は身構える。

さっきは気づかなかったが、車中の闇に人が蹲っていた。ふだんならもっと早く気づくが、甘い肉汁を思わせる反魂香が鼻をおかしくしている。

腰に手を動かした長範だが、中にいたのは力をなくし動けなくなった男女であった。

――昔男から、金縛りをかけられ、動けぬらしい……。

死せる血吸い鬼に成せて生ける血吸い鬼――殺生鬼、不殺生鬼に成せぬ業である。

片目だけ赤く光らせた血吸い鬼は憐れな男女を反物（たんもの）を取るように軽く引きずり出した。

一人は、武士らしい。

刀は奪われていたが直垂（ひたたれ）姿。流水に車輪模様、肩や脇腹など部分的に、鱗模様が散らされた洒落た直垂で、上質な絹の袴には花菱が並んでいた。

女は、公家女房らしい。

長い垂髪、八重歯が可憐（かれん）で、目がぱっちりと大きい女だ。

男が惚れぬいているのは表情で読める。

二人は顔面を引き攣（つ）らせて見つめ合っている。声を出そうとしているが、出ない。声も、逃げるという動きも――目に見えない力で封じられていた。

長範の配下は河原院で武士の妻を、宴の松原で公家を襲っていたが、西寺の傍で百姓女が殺められた件は、あずかり知らない。もしかしたらこの男の仕業かもしれないと直覚した。ととのっているが若干（じゃっかん）小太りな青年武士の頰を、昔男の指がつつく。

「男は平宗盛（むねもり）につかえ、かなりの地位にある者。女は法住寺殿の女房。親が決めた許婚（いいなずけ）がいるようですが……」

女は歯を食いしばり身もだえする。脂汗を浮かべた男は、必死に口を動かす。が、声が出ない。男が絶望的な表情を浮かべる。

吸血貴族は言った。

「鳥辺野近くの小家で密会しておりました。寂しい所ゆえ……誰にも気取（けど）られぬと思ったのでしょうな。それが、運の尽きでした。さあ……どちらになさいます？」

長範は——悪鬼の形相で、若き武士を見据えていた。

この男の目と鼻は……。顔の皮を剝いだ武士に、よく似ていやがる。

むろん、別人である。あの男はとっくに、この世にいない。

だが、消し様がない憎しみの火が長範の全血液を煮立たせていた。

「……男を、もらおう」

「では、女をもらいましょう」

嚙み殺すことも出来たが、長範は小刀を出している。

少し後――。

赤く不吉な月が、鳥辺野を照らしていた。

長範と昔男は汚れた口周りを、牛飼い童が差し出した懐紙で綺麗に拭う。

反魂香がすぐ傍らで焚かれていた。

長範は懐紙を放ると、

「俺に話があるんだったな？」

「王血のことです」

昔男は、答える。

「既にいかなるものかはご存知でしょう？」

「血吸い鬼、やってりゃあな」

「王血を貴方やお仲間が飲めば……天下無双の軍勢が出来ると思いませぬか？」

長範は、嵐の如き猛気を、昔男にぶつけ、

「――何を考えていやがる？」

昔男は淡々と、

「わたしはただ貴方の力になりたいだけ」

その表情から読めるものは、一つもない。

黒滝の尼は長範に、

『王血を飲めば――そなたは不死鬼になれる。不殺生鬼どもは、迷える半血吸い鬼と……つながりやすい。不殺生鬼をしたがえ、半血吸い鬼をつかい……王血の者をさがそうぞ。もし京の不殺生鬼どもが抗う場合、そなたの武力で――。共に都に力をのばそうと思うておる者同士。悪い話ではあるまい？』

と、誘っていた。

だが様々なもつれから冥闇ノ結との関係は破裂している。

そこに現れた昔男は、左様ないきさつも既に存じているようである……。

「王血をもとめておいでてでしょう？」

不死鬼になりたいという望みは――たしかに、ある。

自分と側近が、不死鬼になれば、万の軍勢も影御先も恐るるに足らぬ気がする。

「王血をお飲みになり——天下をお取りなさいませ」

「……天下なんぞ、欲しかねえよ」

錆びた声音だった。昔男、口元を扇で隠し、

「ならば、王血をお飲みになり、貴方が憎む全てを……壊せばよい」

「お前は何故王血の力を知っている？」

「長く貴族の血吸い鬼をやっていれば、つてがございます。海の向うにも」

王血を得るには半血吸い鬼が要る。もっとも身近なはずの半血吸い鬼の面影が、胸の中を走った——。

長範配下の只人の男と血を吸う女が夫婦になり、子をもうけたが、その赤子は先月病になり儚くなっていた。だから王血をもとめる長範は王血を得る手立てがない。

昔男が、片側だけ光る赤眼でじっと見詰めてくる。

長範はつい、本音を引き出され、

「……半血吸い鬼が要る」

「半血吸い鬼の、目ならありますが」

昔男は光っていない左目を指している。

「何？」

「これは半血吸い鬼の目。抉(えぐ)り取って、埋め込んだ」

静の目をこの男が抉り取っている様が眼裏に浮かび、長範は噛みつきそうになる。

昔男はすかさず、

「もっとも近くに住む王血の者は、洛北にいます。ええ——鞍馬(くらま)の辺りに」

長範の傍らには顔の皮を半分剝がされた若い武士が、首を切られて転がっていた。

第四章　鞍馬

深々と雪が降る中、凍てついた長い山道を、物詣らしい女に手を引かれ、幼子が登っていく。昨日あれだけ降ったのだから、今日こそ降るまいと思っていたのに、山に入った所で雲行きが怪しくなり、登りの途中で、雪がぱらつき出した。もうもどれない、登り切ろう、この子をつれて都にもどる方が……危うい、と女性は考えていた。

山踏みする二人を見下ろす杉林は分厚い綿の衣をまとっている。

雪は、三千世界から音という音を消していた。ただ、重みに耐えかねた梢が落とす、一瞬の滝の白い音だけが、二人の耳に入ってくる。

その雪の音を聞いた女性は、はたと足を止めた。

白い百合の花に似た、儚げなこの美人を常盤という。

「いかがされました？　母君」

子供が途方に暮れた瞳でこちらを見上げていた。

常盤は痛々しいほど赤くなった小さな手を引き、再び辛い坂を登りはじめる。

二人の足が真新しい雪に跡をつけてゆく。

「そなたの父君と初めて会ったのも……そなたを産んだのも、雪の日でした」

じっと常盤を見上げていた七つになる男の子が白い息を吐く。

「父君と母君があった日の話を、まだ聞いておりませぬ」

「わたしは九条院様のお屋敷で、雑仕女をしていました。お米を炊いたり、九条院様のお使いになるお湯を沸かしたり、御屋敷の床を拭いたりしていたの。九条院様のお屋敷にはよく関白殿下がお越しになりました」

大和の賤の家に生れた常盤は、近衛天皇の妃・九条院の屋敷で下働きをしていた。関白とは九条院の義理の父、藤原忠通のことであり、この忠通を守る荒武者の中に——源義朝がいた。

「ある冬の寒い日のこと。九条院様のお屋敷に、天下一の雑芸を披露したいと申して、旅回りの傀儡の翁と孫らしき小さな童がやって参りました。たまたまお越しであった関白殿下は面白がり、真に天下一なら褒美を取らせる、もしさしたる芸でなければ罰を受ける覚悟はあるのだなと仰せになると、老人は、もちろんと答えます。

その時、御屋敷には他のやんごとなき女院様や、幾人かの雲上人がおられました。関白殿下はそれらの方々をあつめるゆえ、庭で芸を披露せよと仰せになりました。

さて……やんごとなき方々というのは、席につかれるにも、順番など大層ややこしいものなの。九条院様に関白殿下、他の女院様、雲上人の方々、これらの方々の並びを考え、それ相応のしつらえをしてお呼びする。……これだけのことに思いの外、時がかかったのよ。その間、老人と子供は庭でまたされていました。女院様方をお待ちする内に、雪が降りはじめた」

山寺の参道をはさむ杉木立からどっと雪がこぼれる。常盤はふるえながら、幼子を引いて、

「雪の中、披露された芸ですが……とても拙く、天下一とは言えなんだ。幾人かの女房様からは、悪い意味での笑いが漏れました」

「……悪い笑いとは何ですか？」

童子が転びかけたため、

「気をつけて。人を馬鹿にした笑いということよ。九条院様は取りなそうとされましたが、関白殿下は、大層お怒りになりました。面目を潰されたと思ったのです。武士を呼び、打ち据えよと、怖い顔でお命じになりました。この時、棒をも

って走ろうとした侍たちを止め、自ら雪の庭に降りて行った侍大将がおりました。

その御方は二人の傀儡の後ろに立ち棒を振りかぶった。ですが、なかなか振り下ろさぬ。関白殿下が『いかがした』と問われますと、その御方は雪の中に棒を放り捨て、膝をつきました。そして、こう言われた」

その武士は雪の庭から関白・忠通を見上げて言上した。

『――殿下。この者たちの手は、雪ですっかりかじかんでおります。恐らくまた打擲(ちょうちゃく)されている間に凍えてしまい、満足な芸ができなかったのでしょう。今、打擲し、追い返したら、天下一の芸は二度と見られますまい。願わくは、御慈悲を賜(たまわ)りたく……。春、鴨川(かもがわ)の水が温(ぬる)うなりましたら、いま一度お呼びになり天下一の芸を心ゆくまで堪能なされませ！』

関白が黙っていると、武士は、

『坂東(ばんどう)の荒武者も、身をきざむような氷雨(ひさめ)を浴びれば、弓が上手く射れぬことがござる。そのような敵の首級を挙げましても、何とのう後味悪いものにござる。できれば最善の武者振りの敵と矢を射かけ合い、組打ちしたい、それがしも、それがしの郎党たちも斯様に思うております。この者どもの最善の芸を見たいと思うゆえ、今、打擲することはできませぬ』

『よくぞ申した、これぞ武士の情けであらしゃいますな』

九条院は言った。

「関白殿下は傀儡の翁に、春、万全の仕度をして参れと仰せになり、お帰しになった。さて、雪の庭に一人立つ侍大将は、居並ぶ雲上人の方々にこう言われた。『皆様、せっかくお集まりいただいたゆえ、天下一の雑芸の代りに、天下一の武芸をお見せしましょう！　薙刀、もて！』そして、深々と降る雪の中、薙刀を水車の如く恐ろしい速さでお回しになったのよ。さらに、自らに降りかかる雪を、次々に切り散らされた。

……神業と呼ぶべき武芸……。

女院様方、雲上人の方々から、喝采が飛んだのは言うまでもありませぬ。関白殿下も悦に入っておられました。その御方が雪の庭にお降りになったのは、傀儡の翁と童を助けるため。薙刀をお振りになったのは、主たる関白殿下の面目をほどこすためよ」

常盤は我が子のかじかんだ手を強くにぎりしめている。

「牛若丸。その御方こそ、そなたの父――源義朝様なのよ」

鞍馬山の長い坂を登る牛若丸は、雪を撥ね退ける元気な声で、

「はい！　もっと、御父上のお話をお聞かせ下さい」

「九条院様は、さぞ体が冷えたであろう、義朝に湯をつかわせ、と仰せになりました。この常盤が湯殿まで案内した。義朝様に手拭いを差し出した時、手と手がわずかにふれ合った。どういうわけか、あの御方の手は炎のように熱かったの。わたしが、『もしやお熱が？』と訊ねますと、『……このことは是非内密に。なれぬことをするものではないな』と、はにかみながら仰せになりました。……高いお熱があったの。それなのに、決して周りにさとられず、警固のお役目をしっかりこなし、雪の中で薙刀までお振りになった。わたしは体を温めたあの御方に、生姜の入った薬湯をお出ししました。それが、ご縁の初めです」

「ああ、母君様。父君様のような強い武士がもっと多ければ、源氏は平家に負けなかったのに」

常盤の面相は一気に険しくなる。刺さる語気で、

「――それは違う」

牛若丸は、はっと胸を突かれた顔になった。

常盤は竹杖を置いている。真っ白い静けさの中で、常盤の二つの掌が牛若丸の冷え切った頬をはさんでいる。母の手は、初めは氷のようであった。だがすぐに、常盤の手と牛若丸の頬の接触点は小さいがたしかな熱をおびはじめる。

常盤は真っ直ぐに牛若丸を見詰めて、言った。

「よいか。そなたの父君はいつも仰せでした。『人の強さは、人により違う。百の人がおれば、百の強さがある。弓が強い、馬術に秀でる、知恵深い、百姓に好かれやすい、皆これ強さ』と。その強さを引き出すのが大将の役目と仰せでした。だから、そなたの父君は、たとえば家来に……雪の庭に降りて、何か芸をせよなどとは、決して言いませんでした。己の強さや、己のしてきたことを、人にはもとめぬ。己に厳しく、周りに温かい男子でした。これは大切なことです」

「……はい」

常盤は少し朗らかに、

「ただ、そなたは武士ではなく、僧になるゆえ、大将の心得など要らぬのやもしれぬな……」

牛若丸は悲しげに首をかしげ、何も答えなかった。

平治の乱で、源氏の棟梁・源義朝が平清盛に敗れた時、常盤は今若、乙若、牛若の三人の子をかかえていた。類稀な美女であった常盤は義朝に深く愛されたのである。

常盤は三人の子をつれて平家の追っ手を逃れ、大和の龍門なる山里に潜伏したが、母が敵に捕らわれ、拷問にかけられていると知り、子連れで自首した。自らの命と引き換えに母を救おうと考えたのだ。

この時、常盤は後で思えば……自分でも身震いがするような考えをいだいていた。

夫と自分が死んでしまえば、後にのこされた幼子三人は後ろ盾をうしない、生涯、謀反人の子として蔑まれる。──生き地獄を味わわねばならぬ。

そんな地獄に落すよりは、訳のわからぬまま母と一緒に斬られた方が、この子たちは幸せなのではないかと、追い詰められた常盤は考えた。

この思考が母の命を救う代りに、自分と幼子三人を差し出すという行動を常盤に取らせた。

一方、平清盛としては、敵将・義朝の子――たとえば、義朝の正室が産んだ十四歳の頼朝（よりとも）や、常盤が産んだ三人などは、皆、斬首しなければならぬと思っていた。

ところが思わぬ横槍が入っている。

清盛の義母、池禅尼（いけのぜんに）が――

『頼朝殿を斬ってはなりませぬ。死んだ我が子に似ておるのじゃ。……瓜二つ（うりふた）なのじゃ。清盛殿、どうか、どうかお情けをっ』

こう言ったのだ。

清盛としては災いの元となる河内源氏の子らを一掃したかったが、池禅尼の顔も立てねばならぬ。

大いに迷った末――頼朝は伊豆に流した。

こうなると、平家としては、頼朝を許した以上、頼朝より幼い源氏の子は斬れない、斬れば辻褄（つじつま）が合わなくなるという難問に陥（おちい）った。

そんな時、常盤が自首してきた。

敵将、義朝が愛（め）でに愛でた常盤の類稀なる美貌、天女の如き佇（たたず）まいも、清盛を動かしている。

最大の敵であった義朝が愛した女を手に入れたいという背徳的な欲望が、清盛にはあった。

だが、その女は子供三人を斬れば、手がとどかない所に行ってしまう。舌を嚙むか喉を突いてしまう。

清盛は常盤が自らの妾になること、三人の子は仏門に入らせることを約束させ、これを斬るのを止めた。常盤は清盛の女子を産んだが、清盛の彼女への関心は一年ほどで薄れ、藤原長成(ながなり)という者に嫁がせた。上の二人はすぐに仏門に入れたが、もっとも幼い牛若については、今日まで手許でそだててきた。長成はよくできた人で、幾重にも傷ついた常盤を深く愛し、牛若丸も大切にしてくれた。だが、もうこれ以上は——平氏の鋭い目もあるゆえ、都に置いておけない、こう考えた常盤は長成ともよく相談の上、我が子を鞍馬寺(くらまでら)につれてきた訳である。

牛若丸としては、常盤が何処かで心を翻(ひるがえ)し、引き返してくれたらどんなに幸せだろうと思っている。まだ七歳、恋しい母と、はなれたくなかった。

山道はいつしか石段となり、雪の石段の上方で鞍馬寺の厳めしい堂舎(どうしゃ)がまち受けていた。あそこまで登れば、常盤と自分との間にある見えない糸が、断ち切られてしまうのを、牛若丸はよく知っていた。

塩辛い滴(しずく)が頬を垂れて牛若丸の口に入る。

「母上……」

「泣くな。そなたは、武人(もののふ)の子ぞ！——坂東武者をたばねる清和(せいわ)源氏の棟梁の子です」

「僧になりたくありませぬ！ あそこに行きたくない……。母上や、弟や、あたらしい父君と一緒にいたいのです」

涙に霞(かす)む目に上でまち受ける墨染(すみぞめ)の一団が、はっきり見える。

常盤は、厳しく、

「弱音を吐くな！」

牛若丸は泣きじゃくりながら頭(かぶり)を振る。

「その約束で……生かされたのよ。牛若、そなたは武士になろうなどと思ってはいけない。もし、武士になれば、その時は平氏に殺されます」

「では、どうして——武士の棟梁の子だなどと言うのっ！ 何で、母上はそう言うんだっ」

常盤は目をきつくつむり、ぽろぽろと涙を流した。

「こうする他ないのよ。この寺で、立派なお坊様になるのです。……母はそなたに生きてほしいのじゃ」

永万元年（一一六五）、河原院で惨劇があった八年前。七歳の牛若丸は鞍馬寺に入り、東光坊蓮忍という僧に弟子入りしている。

遮那王という名をあたえられた。

二年後――。

遮那王は鞍馬寺の厳しい山内生活になれつつあった。当初、遮那王は都を思い、目に涙を浮かべたりした。

遮那王は、稚児という者になった。

僧につかえる有髪の少年だ。

色惚けした一部の僧が、この稚児を衆道の相手としていることは、公然の秘密である。

だが、遮那王の師、東光坊蓮忍は厳格で潔癖な人だった。

鞍馬寺には蓮忍の如き僧が多かった。

だから、遮那王はぬるま湯の中で、蝶よ花よと大切にされるのではなく、雑用の嵐に放り込まれている。遮那王が鞍馬にあずけられた翌日、蓮忍は稚児たちをあつめ、

『寺男の高延、安光に、雑用を申し付けたのは誰じゃ。そなたらか？　愚か者！　高延、安光は米の運搬、油の買い付け、馬の世話、炭焼き……いろいろ役目があるんじゃ。前にも申したが掃除、洗濯、炊事、これはお前たちの役目ぞ。また、風呂焚きについては、安光の手がまわらぬ時は、そなたらも率先して、手伝うように。春になればわしと一緒に畑にも出てもらうぞ。坊さんはな……己が食う青菜、大根、芋くらいは、自らつくらねば』

山の樹がまだまどろみ、厩の馬があくびしている頃から、起き出し、まずは水汲み。朝餉の仕度を手早くすませ、朝の読経をする。長い廊下を水拭きしたり、厠を掃除したり、畑の面倒を見たり、風呂の薪をわったりしながら、読み書き、様々な作法をおそわる。

都にいた頃、遮那王は斧をにぎったためしもなければ、粥を炊いた覚えもなかった。

だから、わからないことは山のようにあり、厳しい師や小鳥のようにかしまし

い兄弟子に幾度も小言を言われている。雑用や小言よりも辛かったのは——心無い嘲り、毒のある仕打ちだった。

鞍馬寺には当然、平家の公達の子で武芸より学問にむいた子、平家と密着する公卿の子弟も、稚児として入寺している。

こうした子らが徒党をくみ、

「謀叛人の子っ」

「家来の長田に風呂場で討たれた無様な大将の倅、風呂に入る時は気をつけよお！」

と、散々な嘲りをくわえてきたのだ。

遮那王は初めの内は血がにじむ思いで耐えていた。だが——常盤のことで嘲りを受けると、頭の中が真っ白になり、自分より大きい稚児に殴りかかっていた。気がついた時にはそのにきび面の稚児に馬乗りになり、面貌が血だらけになるほど殴っていた。

蓮忍に引き離されるまで、止めなかった。

蓮忍が下した裁きは、両成敗であった。

初めにからかった稚児も大いに悪いと叱りつつ、遮那王の報復は仏弟子を目指す者としてやりすぎと、烈火の如く怒っている。

遮那王は薪小屋に閉じ込められている。反省するまで、飯抜きと言われた。

何故、反省しなければならない、当然のことをしたまでだ、理不尽な仕打ちだ、糞坊主(くそ)、意地でも反省するかと、思う。怒りが湧いてくる。

その時は本当に——鞍馬を出たいと思った。

逃げたいと願った。

都に、母の許にもどりたく思った。

ふるえながら薪を殴りまくり、泣きじゃくった。

腹が鳴った。飢え死にしても蓮忍めに抵抗しようと思っていたのに、腹は飯をもとめる。

そんな時、薪小屋の遣戸(やりど)が、そっと開いた。

男が入ってきた。

薄汚れた衣を着た翁で日焼けしている。寺男の安光だった。この細い腕で、よくあれだけの重荷をかつげるものだと、いつも感心している翁である。

「稚児様、こいつを食べて下せえ」

温かい笑みを浮かべた安光は焼いた握り飯と味噌を遠慮がちに差し出した。

——かぶりつく。この世で食べた飯の中で……もっとも、美味（うま）かった。

「東光坊様には……」

腹をぐーっと鳴らしながら、安光は指を罅割（ひび）われた唇に当てる。

「ありがとう。そなたは……。ありがとう」

遮那王は、心を込めて言った。

この寺にうずたかく積まれたありがたい経典に書かれた何百万という言の葉よりも、この老人の中に在るものが、仏に近いのではないか、そう思う遮那王だった。

＊

そんなこともあって、辛い、苦しい、嫌だ、と思っていた毎日が、違うふうに見えている。

この寺で学ぶことは全て——強く賢い武士になるための修行になり得る、あらゆるものを吸い込んで見返してやる、ここは吸収できるもので溢れているでないか……そう気づいた。

遮那王は変った。

貪欲に、書物を読み出した。

鞍馬寺の書庫には経典のみならず沢山の漢籍があり、そこには智が詰まっていた。

夢中で字を覚え、わからぬ字は蓮忍や兄弟子に訊き、片っ端から読んだ。蓮忍はいつも親切におしえてくれて、その字のもつ他の意味や、その字をつかう故事成語などを次々に話してくれた。

畑仕事にも遮那王は明るい喜びを見出している。自らがそだてた蕪や青菜が汁の実となり、口に入る時、小さいが、たしかな喜びがじんわりと体の中に満ちていくのを発見した。

もう一度、冬がすぎ、夏がきて、また次の冬が近づく頃、遮那王は滅多に京を思い出さなくなっていた。

見事な、満月の晩であった。

兄弟子たちと眠っていると、

「遮那王……遮那王……」

呼びかける声がしている。初めは、夢かと思った。

再び、寝入ろうとすると、また名を呼ばれ、

「出て参れ」

只事（ただごと）ではない、と思った。何者かが呼び出そうとしている。――父の遺臣がたずねてきたのか、何らかの企みがある者か。唇を一文字にむすんだ遮那王は音もなく身を起すや、獣を追い払うために置かれた棒をつかむ。

そっと遣戸を開け、表に出る。

やけに冴えた銀色の月光が、檜皮葺（ひわだぶ）きの屋根や太い柱の縁を照らしていた。

底知れぬ広がりをもつ、森の黒影は、魔界から出てきた羅刹（らせつ）の群れのようであった。

その一部が分離した存在（もの）か？　総髪の見るからに怪しい人が立っていた。

山伏であるらしい。

長い銀髪を、山風に靡（なび）かせ、鼻が高い仮面をかぶっている。天狗面（てんぐめん）である。

低く凄みがある嗄（しゃが）れ声で、

「遮那王」

「誰だ」

遮那王は棒を影にむかって構えている。

「大分練(ね)れてきたように思うたゆえ……話をしに参った」

「名を問うている」

「……魔王大僧正(まおうだいそうじょう)」

「嘘だっ、それはお面だろう？」

「——ふわっ」

鞍馬山には——魔王大僧正なる天狗が棲(す)むという言い伝えがある。魔王を名乗る怪老人は、

「あすこに大檜(ひのき)があろう？　あの檜の上で、一人思索するというささやかな楽しみがある。お前が大ぶりな大根を収穫し、喜んでいたことも、他の稚児に殴りかかったことも……全て見ていた……」

「曲者(くせもの)」

棒先に鋭気が籠る。

と、

「甘い。それでは——斬れぬ。案山子(かかし)なら斬れよう。じゃが、そなたが斬りたい相手は案山子ではあるまい」

影は、ふわっ、ふわっ、と笑った。

「何」

遮那王は歯嚙みする。鋭気が強まる。影は黙ってうなずいた。

――かかってこいという合図であった。

「――――」

遮那王は、影にむかって無言で棒を振る。影は遮那王の攻撃を難なくかわし、

「突いてみい」

遮那王は相手の腹の辺りを突いている。

影は棒が当る一刹那前にひょいとよけ――遮那王の得物(えもの)を難なくつかんでいた。

「誰の手先だ?」

「……さて。当てられたら、おしえよう。まだやるかね?」

棒がはなされる。影の誘いに、遮那王は、

「もちろん」

「書物もよいが、武技も鍛えねば。そちらの方は――練れておらぬようじゃ」

遮那王は思い切り、棒を振るう。

――――!

小さいが痛烈な痛みが遮那王の白い額(ひたい)で弾(はじ)けている。

素早くかわした影が、硬い木の実を放ったのだ。

だっと駆け寄った遮那王は相手の胴を払おうとした。

高跳びした影は、遮那王の頭上で、

「——遅い」

とん、と着地した音の方に、遮那王は棒を薙(な)ぐも、

「え……」

影も形もない。

森の方から、

「兵は拙速を尊ぶという。古(いにしえ)の呉(ご)の兵家の言葉じゃ。……また明日くる」

翌日も、翌々日も、遮那王は影に棒を当てられなかった。経を読みながら、火吹き竹をくわえながら、長い廊下を雑巾がけしながら、どうすれば当てられるか、ずっと考えたのに。その努力は粉々に砕かれた——。

三夜しくじった遮那王はついにあきらめ、棒を放り、ひざまずく。

総髪を靡かせ、夜闇に溶け込もうとした天狗面に、

「お待ち下さい」

立ち止った相手に、

「わたしに、武芸をおしえ下さい。……強くなりたいのですっ。お願いします」

「何ゆえか？」

「………？」

「どうして、強くなりたい？」

影は問うた。

遮那王は、答に窮している。

——この影が何者かを知らぬ。本心を明らかにしていい相手か、わからない。

影は星夜を仰ぎ、

「仇（かたき）を討（う）つためか？」

ぐっ、と顔が反応する。あらゆる誤魔化（ごまか）しは、この男に通用しない気がした。

「……さん（左様）」

影は初めて顧みて、

「それだけか？」

遮那王に歩み寄り、

「……それだけのために、強くなりたいか？」

影がかぶった天狗面を静かなる月明りが照らしていた。

「上を見よ。数知れぬ星があろう。歳星(さいせい)に金星、天狼星(てんろうせい)、そして名もなき星。わしは名もなき星の生に思いを馳せられる人に、天下(てんが)を治めてほしい」

白い星、赤い星、青い星、沢山の星が瞬く大いなる漆黒を流れ星が駆ける。

「己の一家のことだけ考える小人(しょうじん)が、天下を治めても、将来の人、異朝の人は嘲笑うだけ。願わくは……将来の人、異朝の人に賢者と敬われる者に、粟散辺土(ぞくさんへんど)といわれるこの小さき島々を治めてほしい。一国の守(かみ)、万の兵を率いる将は、そうした存在(もの)であってほしい……。一つ、約束せよ。我が武芸、兵法を、仇討ちのためだけにつかうことなかれ！　天下万民の安寧(あんねい)のためにつかうのじゃ。それを約束できぬ者に、おしえるものは何一つない」

「約束します」

遮那王は、頭(ず)を下げている。

「その約束を破った時……わしがお前を斬る。容赦なく殺す。よいか？」

――何人をも突き破る尖った気が籠った言葉だった。

遮那王は相手の気を受け止め、一つも物怖じせず、

「はい。承知しました。お師匠様！」

影は長いこと遮那王を睨んでいた。

ややあってから、

「……ついて参れ。ここではいずれ、僧たちに気取られる。住持や蓮忍とは古い知己じゃが、わしがそなたにいろいろおしえていると知ると、奴ら、大騒ぎするかもな。ふわっ」

夜の山道を松明もなく、さっささっさと登って行く老山伏を追いながら、

「弟子入りする以上、お師匠様が誰なのか知りとうございます！」

「――鬼一法眼」

「鬼一法眼様……」

「一応鞍馬山に住しておる」

鞍馬寺には属していないようだ。

「そなたはわしを、平家の回し者と疑っておるかもしれぬが、わしに主はおらぬ。強いて言えば……天下万民であろうか」

月明りに照らされた太い木の根が、網になって地表におおいかぶさっている。

二人がくる少し前まで、立ち並ぶ高い木々は押し殺した声で話し、露出した根どもは、山肌を縦横無尽に転げまわっていた気がする。

そんな木の根道を怪しい面をかぶった男と白皙の麗しき童子が疾走する——。

二人は鞍馬山の奥へ奥へ、登る。

まがりくねった山道を月光と木の根を頼りにしばし登ると、板葺きの小さな祠が現れた。

祠は恐ろしい厳をもった大杉にかこまれていた。太く、高く、ごつごつした老杉だ。奈良に都があった頃、鑑真の弟子が開いたという鞍馬山。その開山の日を、ほう、と溜息をつきながら見下ろしていたような古い樹どもだった。

「ここなら、邪魔者はおらん」

鬼一法眼はようやく足を止める。

さっきの場所からずっと山を駆け登ってきた遮那王は息をぜいぜい切らしている。

「本気で武芸を学びたいなら、朝の務めのはじまる一刻半（約三時間）前にここにこい。できるか？」

遮那王は夜明け前から忙しくはたらき出し、とっぷりと日が暮れても書見していた。

もしここに務めの一刻半前にくるのなら、忙しい毎日が、凄まじい修行の趣を呈してくる。

「やります！」

――どうしてもこの翁から学びたい。

鬼一法眼は落ちていた杉枝をひろい、遮那王の喉を狙ってすっと構え、

「威勢がよいの。じゃが、息が上がっておるな」

「何の！」

ふっと笑った鬼一法眼は、誘うようにだらりと枝を下げる。

「ではかかって参れ」

「タァ――！」

渾身の一撃は、難なくかわされ、急速で跳ね上がってきた枝が、棒を吹っ飛ばす。

ビシーン、と肩を叩かれた。

「遅く、甘い！」

飛ばされた棒をひろうと鬼一法眼が殺気をぶつけてくる。

上からくる攻撃をふせごうと遮那王が頭を守ると、脇腹をしたたかに打ち据えられ、

「構えが、雑」

この日から、修行がはじまった。

それから二年——。前年に出家、入道相国(しょうこく)と呼ばれた清盛にならい後白河院も出家した年。

遮那王は十一歳になっていた。

京からは院の寵臣にして愛人、藤原成親(なりちか)配下の乱行の噂などが、山深き鞍馬にもとどいている。後白河院は多くの白拍子など美しい女も愛したが美男も愛(め)でた。成親は、その一人である。院はいわば暴行犯というべき成親配下を庇(かば)い、比(ひ)叡山(えいざん)を挑発していた。

成親配下が暴行した相手は叡山の手の者だった。そして、比叡山は——平家一門と極めてしたしかった。

どうも、西光、成親ら院近臣は、平家に叡山を攻めさせようとしているらし

い。

もし清盛が叡山を攻めれば、平家と延暦寺、両者が培ってきた密なる絆は一日で崩れる。

遮那王は、あまり平家と院にまつわる話を、鬼一法眼としなかったが、この噂を聞いた時、どうにも自分の中で整理がつかず、老師に訊ねた。鬼一法眼はしばし考えていた。

やがて、

「……わからぬ。院が稀代の策略家なのか……己の家来を庇いたいだけの暗主であるのか……今の話だけでは、見えてこぬ。院のお人柄を間近で見た覚えもないしな」

「お師匠様にもわからぬことがあるのか……」

「当り前じゃ。愚者は、わからぬことをわかったふりをする。わしは智者とは言えぬが、愚者から抜け出す第一歩は、わからぬものをわからんと、潔くみとめることよ。ただな、一つ言える」

「何でしょう？」

恐ろしい声調で、

「――世の中は乱れる。その時こそ……わしがおしえたことを、つかう時ぞ」

師の岩屋であった。

鬼一法眼は、山中の洞窟を住いとしている。遮那王には時折山仕事があたえられた。仏に供える花を、摘んでくるのだ。そんな時は昼に師と会い、修行していた。昼の修行の後は岩屋にまねかれ六韜、三略など兵書の講義を受けたりした。

そこは……岩を穿った棚に、沢山の書と、武器が入った箱が積まれた、異様な所だった。

椀や鉢、水筒、桶は、全て鬼一法眼の手作り。

畑仕事をしている様子はない。

山菜や栗、ドングリ等を採取し、食しているのだ。しかし麦や粟、蕎麦粉、時には米が……何者かの手によってはこび込まれていた。詳しくは聞かなかったが、蓮忍など鞍馬寺の知り合いの僧、近くの農民などがとどけているのだろうと、推察している。

こうして遮那王は鬼一法眼から、棒術、刀術、素手をつかった格闘術、様々な受け身、さらに跳躍術と兵書の知識、天文道をおそわった。一気に水を吸い込んでそだつ植物のように、その上達は目覚ましかった。

――真夏の一日である。

灼熱の日差しに焙(あぶ)られた青葉が、山じゅうで噎(む)せ返っている。蟬音が轟(とどろ)いている。

遮那王は師からかりた兵書をかかえ、喉をからからに渇かして鞍馬山を走っている――。

樹々がつくる陰の斑(まだら)が、汗をにじませた白皙を、次々につかまえようとした。

遮那王がまとう水色の水干(すいかん)で、藍色の葦(あし)が涼しげにそよいでいた。

「走れ。もっと疾(と)く！」

遮那王は己を叱る。次々に立ちふさがる樹を身軽にかわし、羊歯(しだ)を蹴散らし、汗の滴をこぼして、道なき道を猛速で駆ける。

――武道の基本は足、と鬼一法眼は常々語っていた。

足は速い動き、高い跳躍、敵の攻撃をささえる粘りにかかわる。

足が遅い軍勢はその動きが後手にまわる。

京に生れ、様々な学問を修め、故あって出奔(しゅっぽん)――熊野(くまの)山中で山伏兵法を会得、諸国の山をめぐって武技を磨いた、遮那王が知る師の過去はこれくらいだ。

兵法の蘊奥を極めた師は個の戦いでは足、集団の戦いでは無数の足が踏む道、移動手段、足を動かす基となる兵糧が大切であると、知っていた。

だから遮那王は今、意識して、疾く疾く、駆けている。

もう一つ——疾走の動機がある。さっき美しい女性に掻き起された惑いを、振り払いたい。

遮那王に文をよこしたのは公家か高位の武家につかえる十六歳くらいの女房だった。

鞍馬寺は京から若狭方面に行く街道に近い。

祀られているのは——毘沙門天。北天を守護する武の守り神だ。

それゆえここには、北に旅する官人、武家、商人が参詣におとなう。もちろん、都から日帰り参詣、泊りの参籠にくる人も多い。仏前で甲斐甲斐しくはたらく遮那王を、挑発的な目でじっと見つめていて、女の童に託した文をとどけさせたのは、そうした参詣人の娘であった。

大寺院の美しい稚児は……当時の女性にとって、憧れの対象、追いかけたい対象、もし許されるなら恋人にしたい対象だった。美少年稚児、美青年稚児を見つけた乙女たちは、その寺に通いまくる。その稚児に祭りで微笑みかけられようものなら、ぽおっと頰が赤くなるし、手がふれようものなら、卒倒しそうになる。だから遮那王に文をくれた女性は、妙な女ではない。

これは、よくあることなのだ。

おまけに遮那王は、色白、面長、鼻筋は通り、唇は薄く、両目はやさしげに大きくて二重。透き通った瞳は麗しい光をたたえている。

ただ、七歳から精進物だけ食べているせいで、幼い頃から狩りをして猪肉、鹿肉、雉肉を食らってきた武家の子にくらべ、背は低い。そこが難点ではあったが、四肢は武芸の修練、山仕事で鍛えに鍛え抜かれている。それなのに——ごつごつしておらず、すっきりしている。この女が文をくれる前から一部の女房たちの間で青き葦模様の水干を着た稚児は、噂になっていた。

当の遮那王は——返書を出せば、得体の知れない沼にはまってしまう気がしていた。

恋文は、清流にすてた。

それでも、たった一通の文で、胸が掻きまわされたのは事実だ。

その惑うた気持ちを振り払いたくて凄い勢いで駆けていた。

さかんに幹をくねらせ、女のなまめかしい太腿を連想させる椎(しい)の樹と、孤高の老人が叫んだような洞を、かっと開いた大杉の間を、走る。

岩屋が近づいてくる。

「────」

師が住む洞穴から思いもよらぬ人が出てきたため、遮那王ははっと立ち止っている。

それは自分とさして歳(とし)の変らぬ少女だった。

肩が蜜柑(みかん)色、裾(すそ)が白色、上から下に行くにつれ、徐々に色が薄くなってゆく小袖を着ていて、蜜柑色の部分で白い水玉が遊んでいた。

少女は遮那王を見つけると、

「……天狗爺さんの知り合い？」

天狗爺さんとは鬼一法眼のことなのだろうか。

遮那王が黙って突っ立っていると、少女は荒い息に気づいて、

「水を飲む？」

竹筒を差し出してきた。

「かたじけない」

遮那王は、竹筒の水を全部飲んでしまった。

さかんに蟬時雨が落ちてくる中、少女はぶふっと笑い、

「凄い飲みっぷりだね」

「……すまぬ」

「まあ、いいわ。帰りにせせらぎで汲んできゃあいいんだから」

そう言うと少女は、遮那王をじろじろ覗き込んできた。飾り気がないが、気さくで親切そうな百姓の少女である。髪は後ろで一つ縛りにして、短め。肌は浅黒い。口は愛嬌があり、やや大きい。鼻は丸っこく黒目がちな目は大きめ。瞳は、茶色っぽかった。

「天狗爺さんに何かおそわっているわけ？　あの人、物知りだもんね」

「…………」

清盛は——子供を密偵としてつかうという。だから、遮那王は警戒した。

それは「禿」と呼ばれる赤い直垂を着た集団で、常に都を巡回し、平家の悪口を言う者をさぐっている。

平家物語に云う。

入道相国のはかりことに、十四五六の童部を、三百人そろへて、髪をかぶろ

にきりまはし、赤き直垂を着せて、召しつかはれけるが、京中にみちみちて、往(おう)反(へん)しけり。おのづから平家の事あしざまに申す者あれば、一人聞き出さぬほどこそありけれ、余党に触れ廻して、其家に乱入し、資材雑具を追捕し、其奴を搦(から)めとって、六波羅へゐて参る。

清盛は十四歳から十六歳までの屈強な少年三百人に、赤いお仕着せを着せ、平家に異心ある者を厳しく探らせ、見つけた場合は住いを徹底的に壊し、家具を奪い、六波羅につれ去って拷問をくわえ——仲間がいないか吐かせていた。

これについて鬼一法眼は、

『禿は三百人と言われるが……末梢(まつしょう)まで考えれば、もっと多い。一人の禿は何人もの同じ年頃の子供、童、童女とつながっておる。最低、十人。そうした沢山の子供から平家の悪口を言う大人がおらぬか、聞き取りをおこなう。告げ口した童には、赤い禿を仲介に、六波羅から褒美が出る。

わかるか遮那王。清盛がつかう子供の密偵は、少なく見積もって三千人……多く見積もれば、都じゅうの子供が彼の耳目という形になる。

恐ろしい時代、恐ろしい街よ……。

平安京の全ての大人が……子供らを怖れておる。隣近所の子供に、密告されぬか、常にびくびくし、果ては己が子に六波羅に売られぬか気を揉む始末。わしは平家に期待する処もあったのじゃが、この禿の一件で——はっきり見限った』

遮那王はこの少女を——赤い禿につながる者で、自分を探りにきたのではないかと、疑ったわけである。

「そなたは……」

「あたし？　あたしは、浄瑠璃（じょうるり）。この近くの里に住んでるの。今日は天狗爺さんに蕎麦粉（そばこ）をとどけにきたんだ」

浄瑠璃は悪戯っぽく笑って、

「変な名前って思ってる？　薬師如来様の東方浄瑠璃浄土の浄瑠璃ね。天狗爺さんが、つけてくれたんだって。天狗爺さん、あたしの親戚だからさ」

「……ご親族がいたという話は……初耳だが」

「——ぶふっ」

浄瑠璃は、くしゃっと潰れたように、笑った。笑った時の白い歯のこぼれ方が可憐（かれん）だった。

「ご親族って……面白い言い方だね」

「面白い……かな？」

「面白いわよ。あんた。ねえ、何て言うの？　名前」

「遮那王」

「鞍馬寺の人？」

「そうだよ。その……法眼様のことを、もう少し訊いていい？」

「いいよ。そこ、座ろうよ」

二人は、ノキシノブという一つの葉しかもたぬ羊歯や、ふかふかした苔(こけ)で彩(いろど)られた倒木に腰かけた。虫が倒木の裂け目に逃げ込んでいく。

「さっき、親戚と言っていたけど」

「あたしのひい祖父(じい)さんの、妹が、都の偉い人の洗(すまし)になったの。で、その偉い人の子を産んだの。それがあの人」

鬼一法眼は、雑仕女の子であった。遮那王と似た境涯に生れた男だった。

激しい蟬時雨(せみしぐれ)の下で、浄瑠璃は、

「あの人には弟がいたの。その弟の母親は……どっかの偉い御姫様だったらしい。だからあの人は京のお屋敷を出なければいけなかったんだって」

「……それで山伏に？」

「そう。あんまり細かい処まで知らないけどね。ほら、天狗爺さん……気難しいでしょ？　あんまり昔の話、したがらないし」

浄瑠璃は悪戯っぽく顔を顰めている。

遮那王は、ついつられて、

「……たしかに」

「――誰が、気難しい！」

後ろから嗄れ声を浴びせられた二人の面を驚愕が走る。

はっと、顧みると――三間（約五・四メートル）後ろに薬草をどっさりかかえた天狗面の山伏が、仁王立ちしていた。厳烈な気が遮那王に放たれる。

「お師匠様……」

鬼一法眼は気配を断って、後ろから近づいてきたのだ。鬼一法眼は大きく頭を振り、

「この程度の隠形が見切れぬようでは、まだまだ、練れておらぬの」

遮那王は赤面し、

「全くわかりませんでした。一層、精進します」

草を踏みしだいて、歩み寄りつつ、

「いや、隠形も隠形の見切りも既におしえたはず。術の練りではなく、心の練りが足りぬ。女子（おなご）と話し、浮かれ心を起して、胸がざわつき、見えるものも見えなくなったのであろう」

鬼一法眼は浄瑠璃に、

「浄瑠璃。この遮那王に下らぬちょっかいを出してはならぬぞ」

「ひどいな。あたし、蕎麦粉をとどけにきたのに。この人に、あんたのことを訊かれたから、おしえてあげただけだよ」

浄瑠璃はあっかんべーをした。

無言で洞穴に消えた鬼一法眼は、遮那王と浄瑠璃が近づきすぎることを、危惧しているようである。

「あたしのせいで怒られちゃったね」

浄瑠璃が囁いたので、遮那王は首を横に振る。

しばらくすると鬼一法眼は右手に書物、左手に薬草をたずさえて出てきた。

遮那王がもってきた兵書を受け取り、代りにあたらしくもってきた書をわたす。

「お前がまだ読んでおらぬ兵書じゃ。次、会う時までに、目を通しておけ」

「はい」

浄瑠璃に薬草を一束わたし、

「湯で煎じてから、母御に飲ませよ。効くかもしれぬ」

「わかった。あんがと」

浄瑠璃とは途中まで方向が一緒だった。夏山を歩きながら、二人は、いろいろな話をした。

浄瑠璃の浅黒い面がすっと上をむき、

「あ……」

「どうした？」

しまったという面持ちを浄瑠璃はこちらにまわす。

遮那王は浄瑠璃が——とても可愛らしい猿に似ていると思う。

「隣の家の手伝いをたのまれてたよ。行かなきゃ。またね！」

駆け去っていく浄瑠璃の上に、斜めに傾いだ胡桃の木があって、青い蔓がぐるぐるにからみついていて、黒色に美しい深山烏アゲハが飛んでいた。

浄瑠璃とはその後、二度たまたま出くわしている。

一度目は鮎（あゆ）が泳ぐ渓流の傍で、二度目は百姓も手伝う鞍馬寺の祭りで。

言葉を交わす内、遮那王と浄瑠璃の仲は、急速にちぢまっている——。

浄瑠璃は貧しい百姓の長女で、母は病気がちであった。幼い弟の面倒を浄瑠璃が見ることが多かった。浄瑠璃は遮那王とはまた違う苦しみや不安をかかえていた。

そんな浄瑠璃の助けになってやりたい、支えになってやりたい、という思いが、この麗しき稚児の胸底に芽生えていたのである。遮那王は、貧しい家に生れ、弟たちの世話で奔走する浄瑠璃に、大和の賤の家に生れ、雑仕女としてたまたま義朝の寵愛を得、夫討たれし後は三人の子をつれて乞食のような姿で大和の奥まで逃げ、様々な苦労を重ねて七歳までそだててくれた常盤を、重ねていたのかもしれない。

遮那王と浄瑠璃はいつしか恋仲になっていた。

鞍馬寺で僧になるのなら、やがては戒律という厚壁が立ちふさがってくる。鬼一法眼はいつか遮那王に下山し、僧とは別の道を歩んでほしいと思っているようだったが……その師すら、今は恋などしている時ではないと思っているらしく、遮那王と浄瑠璃が親密になるのを危ぶんでいるようである。また、身分の違いもある。

——二人の恋にはいろいろな障りがあった。

遮那王も浄瑠璃もわかってはいたが、燃え上がる気持ちを、もはや抑え様がなかった。

浄瑠璃には不思議な力があった。

ある時、遮那王は鬼一法眼との稽古で、ひどい怪我をしている。晒(さら)しを巻いて痛みをこらえ、浄瑠璃と逢い引きをした。その時、浄瑠璃は遮那王の怪我に、晒しの上から、掌をかぶせた。温かみがふわっと痛みをつつみ込む。

浄瑠璃に会う前より……痛みがやわらいだ気がする。

坊舎にもどった遮那王が晒しをほどくと、明らかに傷が小さくなっていた。

浄瑠璃の村では、田に犂(すき)を入れるため、牛を飼っていた。子牛が病になった時、浄瑠璃が一晩中さすってやると、具合がよくなったという。

鬼一法眼は浄瑠璃について、

「あれの母と同じ病の者を、諸国を遊歴しておる時……見た覚えがある。癒(い)えるのは……難しい。恐ろしい病じゃ。あれが傍にいるゆえ病の進みが遅いのやもしれぬ。左様な力をもつ者がいるという話を…… 古の書で読んだ覚えがあるが、それなのだろうか」

薬師の浄土の名をもつ娘は、理屈では説明できない不思議な力をもっていた。

遮那王は鞍馬山において――学問の師、東光坊蓮忍、武芸の師、鬼一法眼、初恋の人、浄瑠璃を得た。

承安元年（一一七一）。清盛の娘、徳子が高倉天皇に嫁いでいる。

平家一門の権力はいよいよ眩い頂に近づいた。が、光強くなった分、影もまた、濃くなっている。

まず、一門の驕りが目立つようになった。

たとえば平時忠の――

「この一門にあらずんば人に非ず」

という言葉である。

時忠は、清盛の武家平家とは違う、文官貴族の平家、堂上平氏であって、清盛の妻、時子の弟だった。

さらに平家は知行国（その一門が国司を代々つとめる国）をふやしたり、国司の代理人・目代に一門の者を命じて、地方の利権を我が手に掻き集めていったが、このやり方が度をすぎるようになってきた。地方に住う多くの弱小武士、寺社が、平家や平家に近い勢力に土地を奪われ、貧窮化——悲鳴、不満が起りはじめた。

それにともない治安も下がった。

徳子入内の翌年には、大和で——平家に近い比叡山延暦寺の勢力・多武峰が拡大、大和に根を張る大寺院、興福寺と摩擦が起きた。これに対し、興福寺が訴えを起しても、公の裁きは常に延暦寺有利であったから……興福寺は不満の熱を高めている。

さらに伊賀では平重盛の家来が春日大社の神人を斬り、不穏な噂が流れた。

また、京では——かつてないほど、強盗の害が、深刻化してきた。

平家の悪口を言い、赤い禿に家を壊される者が年々ふえてゆく。

それと連動し——鞍馬寺にも暗い臭いが漂い出した。

平家を誹る者はおらぬか、と、常に目を光らせ、ことあらば密告して褒美を得ようと企む輩が、ふえてきたのだ。そして、左様な輩の中心には、かつて遮那王を嘲ったあの一派がおり、連中の目や耳は……当然のことながら格別に鋭く、遮那王にそそがれている。

自分が、刃の上に立たされているのをよく知っていたからだ。

遮那王は平家の悪い噂を聞いても何も言わなかった。

さて、鬼一法眼を知っている蓮忍は、遮那王がかの隠者の許に足繁く通っていることに気づいていたらしい。

ある時、呼び出されている。厚ぼったい丸顔で、鈍そうだが、実に頭の回りが速く、ふだん穏やかだが、怒ると鬼の如く厳しい師は、

「鬼一法眼殿の許に通っておるようじゃな」

「……はい」

蓮忍、穏やかに、

「何を学んでおる」

「山伏の心得、行法、山での暮し方、天文です」

——武芸、兵法については、口が裂けても言うなと、天狗面の師から念押しされている。

「……それだけか？」

「はい」

蓮忍は——じっと遮那王を見詰めてきた。心の中まで斬り込んでくる目であった。

やがて、丸っこい鼻をくりっとさわると、にっこり、

「うむ。……良きかな。わしも比良山中で鬼一殿と二月ほど山岳修行した覚えがある。あの御方は、実に深い森羅万象についての知見をお持ちじゃ」

少し、ほっとして、

「はい、そうなんです」

蓮忍は遮那王をじっと見詰めたまま、

「あの御方の許で、そなたが学ぶことに、わしは反対ではない。寺院の中で通常学べるより遥かに多くを得られるであろう……。よし、そなたは学よりも行に興味があり、幾多の行を諸州の山で積んでこられた鬼一殿の薫陶を受けている、そうじゃな？　だから、今後は、夜、出て行くのを止めなさい。気づかぬと思ったかね？　白昼堂々、鬼一殿の岩屋に向かい、行についてのありがたいお話を聞いてくるように」

遮那王は顔を輝かす。

「承知しましたっ」

出て行こうとした遮那王を呼びとめた蓮忍は、

「のう、賢いそなたゆえ、わかっておるとは思うが……何をどう見、何をどう言うかは、人次第。下らぬ言いがかりをつけてくる者もいよう。そなたは大丈夫と思うが、あまり他の用事で寺を出ることがあればこの蓮忍、感心せぬぞ。……肝に銘じておけ」

――暗に浄瑠璃について言われている気がした。僧になれ、という六波羅の意向は、政(まつりごと)にかかわるな、剣をもつな、という意味に止まらぬ。

子孫をのこすなという意味もあった。

浄瑠璃との恋は、遮那王に目をつけている例の稚児連中の、格好の攻撃材料になり得る。遮那王に目をつけている稚児には、京の公家娘と恋文をやり取りしている者もいた。

だが彼らと遮那王は――全く異質の立場に立たされている。

「わかったな。遮那王」

「……はい」

遮那王はかんばせを硬くして答えている。

鬼一法眼をたずねるのはたやすくなった。だが、浄瑠璃と会うのは細心の注意を払わねばならなくなり、自ずと逢瀬はへってしまった。浄瑠璃に悲しい思いをさせてしまった。

遮那王の腕の中で、浄瑠璃は泣くことが多くなった。

――あの、くしゃっと潰れる笑顔が、少なくなっている。

母の病が重くなり、働きが悪くなり、弟たちが大きくなって食べる量がふえてくると、浄瑠璃の家のかかえる貧しさは陰を濃くしていった。遮那王は、常盤からもらい、ほとんど手をつけずにのこしていた僅かばかりの宋銭を、浄瑠璃にあたえようとした。

だが、浄瑠璃は首を横に振るばかり。

最終的に、

「かりるという形なら……」

と、答えて宋銭を受け取った。もちろん遮那王に、返してもらおうという気はない。

だが……それとて焼け石に水であった。

承安三年（一一七三）。遮那王は、十五歳になっていた。

——晩夏である。

赤い燈籠（とうろう）に火が灯り、姫蛍（ひめぼたる）が儚（はかな）げに舞っている。みじかく、淡い恋の炎を燃やし、輪舞している。厳（いか）めしい杉の傍でまっていた浄瑠璃は遮那王を見ると駆け寄り、逞（たくま）しい胸に顔をうずめた。

遮那王は、浄瑠璃の首にやさしく腕をまわした。

ここは貴船（きふね）神社、結社（ゆいのやしろ）。

貴船神社は、鞍馬寺のすぐ西に在る。

洛北の山からこぼれる清らな急流、貴船（きぶね）川、この川の傍だ。

神代の昔、玉依姫（たまよりひめ）が当地に船に乗って降り立ったのが、地名の由来という。

深い山と澄んだ川がある貴船は古来、都を守る水神の地として信仰をあつめてきた。

本社、結社、奥宮にわかれており、本社は水神を祀る社である。

結社は磐長姫命（いわながひめのみこと）を祀っている。

神話によれば——瓊瓊杵尊（ににぎのみこと）は、美しい花の女神、木花開耶姫（このはなさくやひめ）に恋をした。求婚をすると木花開耶姫は、父親である山の神の許しを得なければならないと話した。山の神の答は、美しき姫神の姉で岩石神、磐長姫命も妻にしてくれるなら、喜んで、というものだった。

瓊瓊杵尊は喜んで応諾した。

ところが、婚礼の場に現れた磐長姫は、恐ろしい醜女であった。瓊瓊杵尊は、美しい妹、木花開耶姫だけを妻とし、醜い姉、磐長姫には指一本ふれず父神の許におくり返した。

深い悲しみに沈んだ磐長姫は貴船の地にとどまり、ある決意をしている。

二度と同じ悲しみに落ちる娘がいないよう、縁結びに心を砕こうという決意だ。

その場所、結社は古来、縁結びの聖地として、恋する若者たちに名高い。

もっとも上流にある奥宮は――水神信仰の源であり、凄まじい龍の力が渦巻く地と考えられている。古よりこの力を闇の呪術につかう者が後を絶たない。貴船の奥宮は、丑の刻参りがはじまった所として名高い。

水を生命と考えれば、貴船とは――生命と恋、人がかかえる闇、矛盾するいくつもの力がせめぎ合う奥深き地である。

夏の終りの夕刻、遮那王と浄瑠璃は結社で、逢い引きをしていた。

森厳たる杉林が青い夕闇に重い姿をぼかされつつあった。

小さい祠にむかって、苔むした石段が少しばかりあって、両側に赤燈籠が立っていた。

遮那王が恋しい娘の腰に手をまわすと、姫蛍が一匹、浄瑠璃がまとう小袖の肩に浮いた水玉に音もなく止った。やがて——光の糸を引きながら、蛍は去ってゆく。

「遮那王様」

「遮那王でいいと言ったろう？」

少し見上げ、寂しげな顔のまま、口元にだけあのぎゅっと潰れるような笑みを浮かべ、

「みんな、遮那王様って呼べって言うもの……」

「…………」

「もう、会えないかもしれない」

浄瑠璃は泣きながら言った。

遮那王は、腰にまわした腕の力を強める。

「何故、そんな悲しいことを言う？」

浄瑠璃は、しばし口を閉ざしている。

遠くで狼の遠吠えが聞こえた。

胸に面をこすりつけるように、

「駄目なの、もう。人商人が、長者様に払えなかった出挙の分を置いていった わ。あたしが家を出ないと……うちはやっていけない」

今度は、遮那王が黙り込んだ。

「好きよ。心の底から。だけど、一緒にいられない」

浄瑠璃は囁いた。縁結びの道に立つ遮那王は歯嚙みして、

「人買いに身売りするというのか？」

「そう。死ぬわけじゃない」

遮那王の顎に口づけして、目にいっぱい涙を浮かべて、

「あたしは……江口か神崎、青墓に売られる」

いずれも名高い遊里である。

浄瑠璃は熱をおびた手で、遮那王の頰をさすりながら、

「もしいつか、貴方が山を出て、偉い人になったら、迎えに来て。……あたしは その三つの里の何処かにいるはずだから」

そして、浄瑠璃は嗚咽した。

遮那王は面貌を歪め、力いっぱい、やわらかい娘を抱きしめる。

「……痛い」

少し力を弱め、

「――行かせぬ。そなたを行かせたくない！」

浄瑠璃は激しく頭を振る。かすれ声で、

「笛を聞かせて。いつもみたいに」

「今日はもってきていない」

「どうして？」

「大切な話があると申したゆえ。逃げよう。わたしは、鞍馬から、そなたは、人商人から」

「あたしが逃げたら……家族はどうなるの？」

「そなたの家族も逃げるのだっ」

「何処に？」

――七歳まで過ごした京の屋敷が眼裏に浮かんだ。だがあそこに遮那王と浄瑠璃、そして浄瑠璃の家族が逃げれば、間違いなく――六波羅が動く。平氏の兵に追捕される。それは、遮那王や浄瑠璃たちのみならず、せっかく慎ましやかな幸せを手に入れた母と、その家族の一生を滅茶苦茶に壊す道だった。――何処に、逃げればいい？　何処に？　必ず正解があるはずだ。遮那王は懸命に頭をはたらかす。

浄瑠璃が囁く。

「……草を結ぼうよ」

恋人たちは、この社で――草を結び合わせて、結ばれたいと願う。

その時だった。

ザッ、ザッ、ザッと、貴船川の方から参道を歩み寄ってくる足音がある。

二人は体をはなし、そちらを見ている。

五人の荒くれ者が近づいてきた。

赤燈籠に照らされたそ奴らを見た遮那王は一瞬武士かと思うたが、すぐに違うと気づく。

太刀を佩いた男が二人、小薙刀が二人、大きな鋤のようなものを引っさげた田楽笠の男が一人。野良着の上に腹巻を着込んでいたり、ぼさぼさ髪を風に揺らしたりしている。

これは――追い剝ぎだ。

本能が告げていた。

浄瑠璃を庇うように立ち、

「何奴?」

荒々しい気を横溢させた五つの影は、立ち止った。おびえる浄瑠璃の息を背が感じる。

田楽笠をかぶった筋骨隆々たる影が、凄まじく低い声で、

「小僧。鞍馬寺の者か?」

遮那王は毅然と、

「そうだ」

武芸の稽古につかう木刀は坊舎近くの森に隠してあり、今日はもっていない。遮那王がもつ武器は小刀一本。とても太刀や小薙刀、鈍器になり得る大鋤に勝てぬ。胸が熱くなる一方、皮膚は冷たい殺気を覚え、ひりひりする。

「お前に用はない。——女に用がある。女を、わたしてもらおうか。なぁに、乱暴するつもりは無え。ちとその女と、話がしたいのだ」

田楽笠はゆっくりと鋤をさすっている。

「——人買いの手先か?」

「人買い？　違う。俺たちは、別もんだ……」

薄く笑んだ田楽笠に、遮那王は、叫んだ。

「どうして、わたせようか。ことわる！」

田楽笠は首をひねり、

「では、力ずくでもらうがよいか？」

せめて、木刀があれば——。遮那王は険しい面持ちで五人を睨みながら思った。

田楽笠の隣、がっしりした大入道が、鎖で佩いた太刀に手をかけ、

「稚児さん、よしときゃいいのによう。怪我ぁするぜ。いや……怪我じゃすまんかもな」

今自分たちを痛めつけようとする力に、浄瑠璃の一家を押し潰そうとする見えざる力に、己を鞍馬に押し込めた力に、遮那王は血が噴火しそうな憤りを覚える。

「どうかな！」

声をぶつけ、石を摑んだ。同時に、目付きが鋭い、ぼさぼさ髪が小薙刀を、大入道が太刀を振りかぶり、襲ってくる。

石を二つ——相手の額に投げる。

強く命中し、ひるんだ。

その隙に、

「こっちだ！」

浄瑠璃の腕を摑むと——社の奥、森に駆け込んだ。


夜闇が森を黒く塗ろうとしていた。

森の底を埋め尽くすシャガや稚児百合の海原が、一様に輪郭を溶かし、灰色の暗澹に呑まれようとしている。己を寇なわんとする者が、何者かも知らぬまま、
手を繋いで疾走する遮那王と浄瑠璃の眼前を、蛍が一匹横切る。

五人は怒号を上げ、恐ろしい勢いで迫りくる——。

浄瑠璃が倒木に足を引っかけ、生い茂る稚児百合の中に、崩れた。

遮那王は浄瑠璃を助け起し長く太い葉付きの枝をひろった。

追い剝ぎ五人が、殺到してくる。

「遮那……」

浄瑠璃が泣き声を漏らす。

「何もしなきゃ、殺す気はなかったんだぞ、小僧っ！」

ぼさぼさ髪が物凄い剣幕で怒鳴り小薙刀を振りかぶり猛進してきた。

遮那王は一瞬のためらいの後――相手の喉を枝で突いている。

棒先が、肉に当り、衝撃が、掌につたわる。心臓を赤い手で摑まれた気がした。

この男を突かねば――己が死んでいた。浄瑠璃がつれ去られていた。

男は、くぐもった声を上げ、喉を押さえて、蹲（うずくま）っている。

「やってくれたのうっ」

田楽笠が吠える。

浄瑠璃の前に立つ遮那王。魔が漂うような不気味な森で、大樹どもが、争いを見ていた。

太刀が、くる――。

首を狙った一閃に遮那王は神速で身を低め、下から枝をまわし、脛に当てる。

「この稚児、手強いぞ！　気をつけい」

田楽笠の警告がひびくと同時に、一気に前へ跳んだ遮那王は――大入道の頭頂に枝を打ち下ろす。強烈な一撃に、涎（よだれ）を吐いた処を、頬に二撃目をくらわせたから、敵は近くにあった桂に衝突。シャガの海原に崩れる。同時にさっき喉を突いた男が動かなくなった。

初めて人を殺めた、その冷たい戦慄が全身を駆けた時、猛き鋤が――殺意をもって襲いきた。

遮那王は後ろ斜めへ跳んでかわしつつ、右前方から肉迫してきた太刀をもった男の足を、枝で横払い。

男は小さく呻いて、退く。

――全て鬼一法眼の修練のたまものである。

山伏兵法から練り上げた己の兵法を、老師は、鞍馬流と名付けている。鞍馬流が京に生れた剣法、京八流（きょうはちりゅう）の基となってゆく。

もう一人、小薙刀をもった男は右にいた。

遮那王はそ奴を襲うと見せかけて――いきなり、身を翻し、左斜め前にいた田楽笠を突かんとした。

田楽笠はさっと後ろにかわす。

小薙刀の男が浄瑠璃に跳びかかろうとした。浄瑠璃が逃げる足音がする。

遮那王は右手の枝で田楽笠を牽制、左手で石をひろい、浄瑠璃をつかまえようとした追い剥ぎに投げる。

疾風(はやて)の如く飛んだ石は、賊の頬を打ち、

「げっ」

——蹲っている。刹那、浄瑠璃の悲鳴がした。

「遮那王！」

はっとした遮那王は、そっちを見る。

いつ、現れたのか——凄まじい大男が浄瑠璃を捕えていた。

「逃げて……あたしのことはいい。逃げてっ！」

浄瑠璃が泣きながら叫ぶ。

猛々しい男であった。

身の丈は、六尺（約一八〇センチ）をゆうに超す。

体中の筋肉がごつごつしており、総身から荒ぶる気が漂っていた。何よりも恐るべきは目だ。——赤い。溶岩(マグマ)の如き焔(ほむら)が、双眸(そうぼう)で滾(たぎ)っていた。

さしもの遮那王も冷たい拳でぶたれたような衝撃を覚え口を大きく開けている。

……鬼か。

男の四角い面貌は、半分が——凄まじい傷で埋め尽くされていた。

犬歯が牙状になっており、長いぼさぼさ髪は髷を結わず下に垂れていた。

黒い腹巻、熊皮をまとう総身から——無数の棘をもつ気が、放たれていた。

そんな男の太腕が浄瑠璃の首を後ろからかかえ、拘束していた。

浄瑠璃は脅え切っている。

半面をおおう傷がほころぶ。

「この——熊坂長範様の仲間を、ずいぶんと、可愛がってくれたみてえじゃねえか」

熊坂長範の名は鞍馬山にも轟いていた。主に、東国を荒らす凶暴な盗賊だ。

人ならざる鬼という噂もあるとか。

人血を酒として飲んだ鬼の一党は、源氏の頼光の頃を最後に、いなくなったという話だ。それは言い伝えであった、鬼など初めからいなかったのだと囁く者も、出てきていた。

が、目の前にいるこの男は——鬼と呼ばずして何であろうか。

現に、隠形の術、それを察する術を会得した遮那王に……全く気取られず、すっと浄瑠璃を捕えてしまったでないか。

自分の腑甲斐なさが苛立たしい。この素早い敵が、許せない。

「その娘をはなせっ！」

眦をきっと上げ遮那王は大喝した。悲痛な声である。

瞬間——ブン、と重い猛気を感じ左へよける。

大鋤が後頭部をぶちわろうと振り下ろされたのだ。

田楽笠だった。

遮那王が、すかさず応戦しようとすると、

「夏通、止めぃ」

長範が、重い声で命じている。

黒い影が二つ、すっ、すっ、と音もなく異常の速さで樹から樹へ跳びうつり、長範のすぐ後ろに着地した。

いずれも双眸が赤い。

一人は恐ろしい目付きの、げっそり瘦せ、頰がこけた女。四十ほどか。髪を振り乱し頭に五徳を載せていた。この五徳に燃える小松明を二つ、立てている。白い小袖で、縄を帯代りにつかい、素足であった。武器はもっていないが、爪が異様なほどのびている。

もう一人は、男だった。半裸。茶染の汚れ袴をはいている。上半身は、隣の女に負けず劣らず痩せているが、肩や腕の筋肉が瘤状に盛り上がっている。土砂運び、材木の伐り出しなど、領主が命じる辛い労働で鍛え抜かれた体だった。そんな体に……刀傷矢傷が数多見られる。顔は——恐ろしげだ。鏑矢が激突したのか。右頬の肉が、ごっそり吹き飛んでおり、筋肉が露出していた。右の犬歯など歯も何本か欠けており左耳が刀によって根から斬られていた。

赤茶けた長い髪を、後ろで一つにたばねている。

そんな痩せた面貌に、赤熱化した双眼、野犬を思わせる左の犬歯が見られる。

鎌を二丁腰に差していた。

長範がかっと牙を剝き、

「だいぶ、この女に惚れぬいているみてえだな」

恐怖を、怒りで塗り消し、

「その人をはなせ！　わたしの妻になる人だっ！」

全ての声の塊を——長範にぶつけた。

その言葉で浄瑠璃の体は稲妻に貫かれたように、びくんとふるえた。

「はなす訳にはいかぬ。俺たちは——でけえことを成す」

双眼で赤光が強まる。

「そのためにはもっと強くならねばならぬ！　この女は、王血をもつ。強くなるために要るのだ」

「お前たちが何を成すためであっても——浄瑠璃をわたす訳にはゆかぬ！　その手をはなせっ」

遮那王の言葉を涙を浮かべて聞いていた浄瑠璃は——歯を食いしばり、体をばたばた暴れさせ、全力で逃れようとした。

浄瑠璃の抵抗を見た長範は一気に頭を摑み——喉に齧りつく。浄瑠璃が悲鳴を上げ血がぼとぼと流れる。

「何をするっ！　貴様ぁ——」

火柱が遮那王を貫く。激情が全筋肉を白熱化する。

妖賊はあふれる浄瑠璃の血で、自らの額に蛇のような模様を描き、異朝はたまた古(いにしえ)の言葉で何か叫んだ。闇の神に贄(にえ)を捧げ、何事かを祈念したようだ。

　昔男は、娘の名を告げた後、

『王血を啜りし者が、確かに甦(よみがえ)る法を知っています』

と、囁いていた。

　遮那王は長範を枝で突かんと、疾風(はやて)となって走る。

が、黒風が吹き、枝の先端を薙(な)がれた――。鎌を両手にもった血吸い鬼だ。猛速で鎌を薙ぎ、枝先を払っている。遮那王はみじかくなった枝で――そ奴の下腹を狙うも、猿(ましら)の如く跳んだ敵は、遮那王の目を鎌で刺さんとする。

　転がり、よける。

　浄瑠璃はがくがくふるえながら血を吸われている。

　――浄瑠璃、死ぬなっ！

　すぐ次の殺気が旋回してきたため、遮那王は鎌がくるであろう処に枝を動かし――受けた。木の粉(こ)が散った。激情で、身が砕けそうだ。

鎌はもう一本ある。

赤茶けた髪をふるわし、敵は遮那王の脳天を、鎌で叩き裂こうとした。

遮那王は起き上がり様、蹴りを血吸い鬼の腹にくらわす。

――敵がひるんだ刹那、首に常人なら即死する手刀を当てた。

が、血吸い鬼はしぶとい。

くぐもった悲鳴を上げるも斃（たお）れぬ。

それを見ていた長範は、血に染められぐったりとなった浄瑠璃を、女の手下にまかせ、

「面白え、餓鬼だ。俺が直々に相手してやる」

鎌をあやつる半裸の血吸い鬼を、下がらせている。

ドスが効いた声で、

「――行くぞ」

圧倒的な爆風が――迫ってくる。

長範は刀も抜かず突進してきた。

あっという間に、遮那王が振った枝を摑むと――いともたやすく、折った。信じ難い力だ。長範は折り取った枝を、ばっと振るい、遮那王の枝を叩き飛ばす。

次の刹那、岩石の如き長範の足が、遮那王の腹にめり込んだ。

恐ろしい痛みに蹴飛ばされ、艶やかな青葉を茂らせた稚児百合を何本も足で倒しながら、背が――衝羽根樫(つくばねがし)に激突する。その際、後ろ頭も幹にぶつかり、火が脳中で散った。

逃げる間はない。暴風を起して、突進した長範、遮那王の頭を引っつかみ、一度ぐいっと寄せて、もう一度、衝羽根樫にぶつけ、止めを刺そうとした。

殺される、と思った。

――その時だ。

金属の風が長範の首めがけて飛び、遮那王をはなした強敵はさっとかわしている。

三鈷杵(さんこしょ)――山伏の道具。

遮那王は起きんとしたが、体は逆に崩れる。腹と後頭部と、背にわれるような痛みが走っており、衝撃で変に嚙んだ口から、鉄の味がする涎が垂れている。自分を助けてくれた人を見る。

金剛杖をもった、山伏の影が――シャガを踏みわけ、やってくる。

小薙刀をもった長範の手下が襲いかかるも、天狗面の山伏は左手で投げた三鈷杵を、賊の肩に当て、ひるんだ処を――金剛杖で顔を打ち据え、昏倒させる。

遮那王は瞠目し、

「お師……」

――鬼一法眼であった。

「貴船の方が騒がしいと思い、きてみたら……血吸い鬼であったか」

鬼一法眼は、言った。遮那王は血吸い鬼について半ば伝説上の存在と思っていた。が、老師は、彼らとあいまみえた経験があるようである。

「知ったような口じゃねえか」

長範が顎についた浄瑠璃の血を拭った瞬間、鎌をもった血吸い鬼が鬼一法眼を襲う。

鬼一法眼は、金剛杖を振り、二本の鎌を叩き払い、血吸い鬼の頬を打擲。茶袴をはいた半裸の敵は――数間先、鳴子百合の叢に吹っ飛ばされた。

「浄瑠璃がっ――」

遮那王の叫びを聞いた鬼一法眼、浄瑠璃を見る。明るさと闊達さが魅力であった娘は今や血まみれになり、ぐったりと動かない――。天狗面の下から悲しみが溢れた気がする。遮那王自身の胸も、悲しみと怒りが渦巻いている。

「只人でそこまで出来りゃぁ大したもんだ、爺い」

長範が太刀も抜かず鬼一法眼に突っ込む。

ぶつかって、押し倒し、喉を食い千切らんとしている。遮那王は恋人を、師を守ろうと――激痛をこらえて、立った。後頭部から血が出ているようだ。

鬼一法眼が、跳ぶ。

血吸い鬼の突進を跳躍でかわし、上から金剛杖で長範の額を――バシーンッ、と、打ち据える。

止りかねてそのまま駆けた長範が、遮那王前方に鬼一法眼が着地すると同時に、振り返る。

額から血を流した敵将は、

「――ふんぬ」

ギラギラ眼火を燃やし、牙を舐め、好敵手にまみえたことを楽しむような笑みを浮かべた。

「動けるか」

「わたしより、浄瑠璃をっ」

師弟は素早く話す。

鬼一法眼は、いま一度、縁続きの娘を見た。

浄瑠璃を確保した女血吸い鬼は、牙のあわいから、低い唸りをもらした。

その斜め後ろ——鳴子百合の叢で、しぶとい二丁鎌が起きる。遮那王の後ろ数間では、さっき、頭と頬に二発くらい、樹にぶつかって蹲っていた男が、痛みをこらえ起き上がったようである。こ奴は血吸い鬼でなかったが強い膂力をもつ侮り難き敵だ。

鬼一法眼は長範を警戒しつつ頭火の女に杖をむける。

二丁鎌が、完全に立つ。長範が跳びかかる機を、うかがう。

小刀を抜いた遮那王は、樹に背を密着させ、動けぬふうをよそおい、田楽笠ら、後ろにいる三人が、鬼一法眼を襲うようなら奇襲する構え。

「……来な」

頭火の女が囁くと——鬼一法眼は、

「——覚悟」

刹那、鬼一法眼が、女に跳びかかる動きを見せる。

が、女を狙って動いた鬼一法眼の金剛杖は、途中で向きを変え——今度は太刀を抜いて猛進してきた長範に薙がれている。長範が止った。

右手で金剛杖をもつ老師は体を捩じり左手で独鈷という法具を出す。独鈷を、猛速で——田楽笠の腿に投げ当てた。遮那王の右後ろにいた田楽笠が呻く。これにより遮那王から見た右方が——いわばがら空きになった。

「逃げよ、遮那王ぉ！」

師は吠えた。

——浄瑠璃を助けようという鬼一法眼の動きは、敵を欺く策だったのだ。

が、遮那王は恋人を助けようとする。

右ではなく、前へ走る。

鬼一法眼は、絶望したように、

「もう助からぬ。浄瑠璃はっ——」

師のすぐ横にきた遮那王に浄瑠璃を左腕でかかえた女鬼が灰袋を投げる。

灰が目に入り、痛みが走った。

大入道、そして足を引きずる田楽笠が、右手をふさごうと、動く。

「そなたの——使命を思い出せっ！」

ぐったりと動きを止めた浄瑠璃が死んでしまったとは信じたくない。だが、父を殺し、母を辱め、源家の郎党を四散させ、貧窮に突き落としたあの男は、今、都で巨大な権勢を振るい、赤い禿（かぶろ）や武力をつかって人々をふるえ上がらせている。清盛と平家一門を――討たねばならぬ。それは鞍馬山で自分を見せなかった遮那王が、ずっと心に期していたことだった。そのために血がにじむような修行に今日まで耐えてきた。

二方向から魔風が、鬼一法眼を襲う。長範と二丁鎌。

自分がすぐ逃げなかったせいで、師が苦境に立たされていた。

「すまぬ！……浄瑠璃」

腸を切り裂く思いで叫んだ。

そして、師が切り開いてくれた退路を、走る。

鬼一法眼は長範、二丁鎌をふせぎつつ、

「わしがふせぐゆえ真っ直ぐ走れ！　思い川を越えよ！　魔性は清流を跨（また）げば、追ってこられぬ」

と、老師の呻きを背中が聞く。

「法眼様！」

立ち止った遮那王は顧みんとする。

「振り返らず、走れぇぇっ！」

遮那王は、全力で走る。熱い涙が次々に溢れてきて、視界がぼやける。

――闇の帳(とばり)が完全におおいつつある森、だが深更(しんこう)の修行が遮那王の夜目を常人より発達させており、次々に現れる倒木、岩、蔓などを、正しく掻い潜り突き抜けた。

後ろで二丁鎌と大入道らしき二人の叫びが聞こえ――人が倒れる音がした。

僅かな水音が、前から聞こえる。

「鬼は上からくる！」

背後で、老師の警告がひびく。

魂が小さく千切れたような儚げな花が沢山咲いていた。

合歓(ねむ)だ。

分厚い猛気が上から、くる。それを感じつつ桃色の花を散らしながら――一気に、流れを跳び越えている。

思い川。

その昔、和泉式部(いずみしきぶ)は――遠ざかってしまった夫の心を引きもどすため、当地の神に祈った。その思いにちなんだ川の名だ。

遮那王が草を折りながら転がったとたん、水上で剣風が吹いた。

——長範だ。

樹から樹へ、大猿の如く巧みに跳び、飛び降り様に斬りかかった。人並み外れた能力(ちから)のなせる業だろう。

同時に遮那王より少し下流をわたろうと一陣の風となった鬼一法眼が駆けてくる。

師は、遮那王を斬りそこね上流をむいてしゃがんでいる賊将めがけ、独鈷を放つ。

察した長範、咆哮を上げ、斬りかかろうとする。

——お師匠様が斬られる！

咄嗟に、小刀を長範に投げた。

遮那王の小刀が長範の肩に刺さり、長範の刀が、大跳躍して思い川上を行く鬼一法眼の——腿(もも)を裂いた。

「お師匠様っ！」

師も賊も声一つ立てぬ。

どさっ。

鬼一法眼が、着地している。背も斬られているようだ。長範は小刀が刺さった巨大な肩を荒く動かし、赤き眼でこちらを睨む。血を流した老師も、師を助け起した稚児も、小川をはさんだ向うに仁王立ちする黒く大きな影も、何も言わない。

ただ双方、闘気を漲らせ睨み合う——。

やがて長範が踵(きびす)を返す。

腕の中で、

「奥宮まで……はこんでくれ」

「……すみませんっ」

熱い滴(しずく)が、天狗面にこぼれた。

やさしく、弱い、嗄れ声が、

「何を謝る? さあ、早くせい」

今日貴船で会わなければ浄瑠璃は殺されなかった、師も斬られなかった、師の言葉を聞かず浄瑠璃を助けようと前へ突っ込んだ自分は、誤っていたのか、恋人を救う手立てはなかったのか、あの男を倒すことは自分にはできなかったのだろうか、様々な悔いが遮那王をもみくちゃにしていた。

歯を食いしばり深手を負った師を奥宮へはこんでいる。

森におおわれた山が、清らな水をこぼす。こぼれ水がいくつか肩をよせ合い、一つの清流となり、山里にむかう。山里を貫く川たちが次々とまじわり、一つの大きな川となり、より広き里や町を潤す。貴船の奥宮は、山からやってきた清らな流れが、初めて里に会う所、人の世界と獣たちの世界の境につくられていた。

黒々と神寂(かむさ)びた森にかこまれた小祠の下には竜宮につながる口があるという。

ここにものを落とすと、すぐに天が曇り、嵐になるという。

その社の前に、石を積んだ塚がある。

舟形(ふながた)石といい、玉依姫(たまよりひめ)が乗ってきた黄船(きふね)を石でかこんだものとつたわる。

遮那王は、舟形石の前に座った鬼一法眼の手当てをしていた。

老師の体には——無数の瘢痕(はんこん)があった。凶暴な病が、体の内で牙を剝き、嚙みついた痕である。一瞬息を呑んだ遮那王は疱瘡(ほうそう)、つまり天然痘(てんねんとう)の痕とすぐにわかっている。

——お師匠様の天狗面は、この痕を隠すためのものだったか……。

水干を裂いて晒しをつくったため遮那王は下着姿だった。

全てを洗い流すような貴船川の瀬音が聞え、二人の上には、満天の星がある。

手を動かす度、あの男が浄瑠璃の喉に嚙みつく様が、火となって甦り、胸が焼けそうになる。

「そなたも頭から血が出ておろう。手当てせよ」

温もりをおびた声で言う老師だった。刀傷が痛かろうに、その素振りは一切見せぬ。

「わたしは、大丈夫ですっ。お師匠様の方が深手です」

「順番から言えばわしの方が先に逝くのじゃ。よいのじゃよ……」

「そんなことを、言わんで下さい！」

遮那王は、感情的になった。

「浄瑠璃につづき、お師匠様までいなくなったら、わたしは……」

「浄瑠璃のことは気の毒であった。……じゃが、そなたのせいではない」

――真にそうだろうか？　遮那王は、自分の心の傷を自ら抉る。浅黒い浄瑠璃の、くしゃっと潰れたような笑顔が甦り、胸が痛む。

「あまり己を責めぬことじゃ。浄瑠璃はそなたに愛でられ……幸せであった」

ぶるんと体をふるわせた遮那王は血がにじむほど強く唇を噛む。自己嫌悪が、胸を浸してゆく。だが今、浄瑠璃につづき、師の命の火も——。

応急的な手当てが終ると、遮那王は老師に肩をかし近くの民屋につれて行った。

その家の主は、鬼一法眼と顔見知りで、甲斐甲斐しくはたらいてくれた。遮那王は仮面を取って水を飲ませ、傷口を清らな水で濯ぎ、真新しい晒しでしばり、筵に寝かせている。同時に鞍馬寺東光坊に使いを走らせる——。蓮忍に、薬をもってきてもらうのだ。

蓮忍をまつ間、遮那王は師の瘢痕夥しい顔、そして体から噴き出す汗を、冷たい布でひたすら拭っている。

連子窓からそそぐ青い月光が、二人を悲しく照らしていた。

少しまどろんだ師が顔をこちらにむけ、

「そなたに話したいことがある。浄瑠璃から何処まで聞いておるか知らぬが……わしはさる殿上人の家に生れた。母は雑仕女でな」

体が、苦しげに動く。

「やはり……あまり話されると、お体に毒です」

首が力なく横に振られて、しぼり出すような声で、

「よい。今話しておかねばならぬ。弟が生れてしばらくして……わしら母子は屋敷から出され、かなり小さな嵯峨野の別宅をあてがわれた。体よく追い払われたのじゃろう。その頃、都で疱瘡が流行り、わしはあの恐るべき病にかかった。疱瘡はうつる。このままでは母も倒れる。わしは……家を出て、一人静かに山に隠れ、そこで死ぬとつたえた。母は、薬師様を深く信じておるゆえ、疱瘡にはかからぬ、もし疱瘡で死んでも薬師の浄土に生れ変るはず、と頑なに言い張り、わしを止める。わしは母を置いて一人嵯峨野の家を出た」

「…………」

遮那王は平家の手によって母と引き離され、鬼一法眼は疫病によって天涯孤独の道を歩み出した。

老師は一度苦しそうに話を切り、深く二度息を吸うと、

「山中で倒れ伏しておると、わしに近づいて水を飲ましてくれた、あばた顔の僧があった。うつるゆえくるなと言うと、疱瘡は一度かかれば二度とかからぬ、とその人は答え……わしを庵までつれていってくれた。それが師との出会いじゃ」

師の介抱もあり鬼一法眼を襲った死病は退散している。

丹波(たんば)の山から、嵯峨野の庵に降りると……母は亡くなっていた。隣の百姓に訊くと、鬼一法眼が出て行ったのを深く悲しみ、ほとんど食を断って、息絶えたという。

見つかったのは――逝ってから幾日かたってからのことだった。

激しい憤りが若き日の師を襲っている。

「あのまま一緒にいてやった方がよかったのでないか、左様な苛立ちを覚えた。苛立ちはやがて……母を孤独に沈めた父にむいて行った……。父と弟、父の正室への怒りに変っていった」

夜風が木々を吹き荒らす音が、窓越しにする。

「――見返してやる。そう、思うたよ」

鬼一法眼の師は高徳の僧でありながら、山伏の行法にも通じていた。

「わしは験力(げんりき)なんぞないと思うておったが、ともかく修行を積み、帝や摂関に接近、父や弟を見返そうと決めた」

諸州の山を巡り、山伏修行に明け暮れた。

「山伏兵法、天文を会得したのもその頃。寺社から寺社へ動くわけじゃから……同じく寺社と縁深い影御先(かげみさき)なる者どもと、二年ほど共に旅した覚えもある」

「……影御先……」

「ちと、水をくれい」

水を一杯飲ますと、疲れがにじむ声で、

「――血吸い鬼を狩る狩人じゃ。その功績を誇らず、存在をひたすら秘すため、知る者は少ない」

「………」

「北は陸奥、南は薩摩、いろいろな国に行った。放浪するうち、様々なものが見えてきた……。わしはそれまで、都の貴族が偉い者だと思うておった。故に我が父より――もっと力をもつ貴族に、近づこうとしておったのじゃ。じゃが……都から遠く離れた国々で、朝から晩までやすまずにはたらいている無数の人々、名をのこさず倒れてゆく者たちは……少しも偉くないか？

……考えてみよ。

京で豪奢に遊び暮す公家どもの召し物、食べ物、諸道具を一体、誰がつくり、育み、ととのえておる？」

九条院の雑仕女をしていた常盤の泣き顔、鞍馬寺にいつも美味しい蔬菜をとどけてくれた浄瑠璃の、あのくしゃっと潰れるような笑顔が――遮那王の胸に浮かんだ。

遮那王は面を大きく歪め、押し出すような声で、

「民たち……です」

「そう。倒れるまではたらかされている者どもに、いま少し、ましな食べ物、ましな着物を、とどけられぬじゃろうか……？　都が六十余州から奪う富を、幾割か、田舎の人々がもそっとましな家に住めるよう、のこせぬじゃろうか？　斯様なことを考えた。

師が亡くなりわしは京へもどった。すると、あれほど憎んだ父や弟は……朝廷内の潰し合いに敗れ、憐れみを覚えるほど……落ちぶれていた。わしは大江家につかえた。古よりつづく学者の家じゃよ。かの家で加持祈禱する傍ら書庫への出入りを許され、六韜、三略、孫子……震旦の史書経書、様々な書を読み耽った」

岩屋で見せてくれた書物はその時に写したものが多いという。

「鳥羽院が世を治め、武士の台頭がいよいよ目覚ましくなってきた頃よ。わしは震旦の史書から、次に起ることを予見した。――乱が起きると思うた。この国の武士には項羽、樊噲が多いが、孫武、張良がおらぬ」

「……猛者はいるが万の兵を動かす知恵者はいないと？」

「左様。大軍をあやつれる知恵者がおらねば、凶暴な戦がいつまでも、つづく。話し合いでおさまるものも――戦でおさめる形になる。苦しむのは……民じゃ。わしが、左様な者になろうと考えた」

鬼一法眼は、鳥羽院の権臣、信西・藤原通憲に兵略の知識でもってつかえた。保元の乱では信西の軍師をつとめたという。

「そなたの父御……義朝殿もかかわった戦じゃ」

「そうだったのですか……」

保元の乱では――崇徳上皇側が、悪左府頼長、源為義、源為朝、平忠正、対する後白河天皇側が、信西、藤原忠通、源義朝、平清盛という陣立てであった。

この戦は、兄・崇徳上皇と弟・後白河天皇、父・源為義と子・源義朝というふうに、天皇家、藤原摂関家、源氏、平家が、それぞれ一族内で真っ二つに裂け血みどろになって食み合っている。

源為義は、遮那王にとって祖父、為朝は叔父である。

結果は、後白河天皇方が勝った。

「戦いが終った後、そなたの父、義朝殿は親である為義殿、それに弟たちの命乞いをされた。ところが——信西殿は聞き入れなかった。あの御方はすぐれた学者であったが……情に薄い処があった。あろうことか、義朝殿に、為義殿を斬れと命じた。わしは激しい言葉で止めた」

鬼一法眼は信西に、

『怖れ多くも朝廷たるもの——親が子を慈しみ、子が親を大切にするという人の道を、民にしめすべきもの。もしそれをしなければ、貧しさに負けて、子を川で踏み殺す親、親の寝込みを襲って斬りつけ銭を奪う子で、世の中は溢れましょう……。これは——無明の世にござる。救い無き世にござる。

今、朝廷が子に親を斬れと命じますと、民百姓に……子が親を殺してよいと教えることになりまする。断じてなりませぬ！

源義朝殿は此度の戦でもっとも大きい手柄をお立てになりました。清盛殿の手柄よりも、大きい。これは誰しもみとめる処。その義朝殿が……どうか父上、弟たちの命を助けてくれと申しておるのでござる。義朝殿の功に免じ、帝に刃をむけたという為義殿の罪を一等減じ流罪にする……これは、治者として当然のこと。為義殿を斬ってはなりませぬ。また、百歩譲って斬るにしても、義朝殿以外の者に斬らせるのです。ただ、その場合、義朝殿の胸に深く怨みがきざみつけられるのを、忘れてはいけません』

火が出る語気で諫めた。

「じゃが、信西殿は……わしの言葉を聞き入れなかった。かの兵乱で一番の手柄を立てた義朝殿に、実の父御を斬らせた」

遮那王の面相で、青筋が立っている。

「わしの言葉が耳に痛かったと見え、信西殿はわしを追放した。信西殿は、こうした諍いもあったからか、義朝殿の恩賞を軽くし、平清盛殿への恩賞を極めて重くした」

父、義朝は——それから三年後、信西を討ち、熊野から引き返してきた清盛の大軍に撃滅され、家来の長田に裏切られて、散った。平治の乱である。

「母が鞍馬の出であったゆえ、わしはこの山に隠れ住んだ。以後、我が志を受け継ぐ者が現れるのをまちながら、兵書の考究に時を費やした。そんな時、そなたに会うた。弟子入りを許した晩の言葉、覚えておるな？」

「忘れるはずはありませぬ」

鬼一法眼は遮那王の手をさがす。遮那王はしっかりと、皺深き手をにぎりしめている。

「震旦の賢者は言うた。……七十にして矩を越えず。七十になった吾は思うがままに振る舞うが、人の道ははずれぬ、という意味じゃ。……そう。人は思うがままに振る舞ってよい。荘園の下人たちが惚れた相手とむすばれぬのは、間違っておる」

下人たちが、妻を娶ったり夫をもったりするには、主の許しが要るのだった。許しが出ねばあきらめるより他ない。

自分と浄瑠璃のような、いろいろな背景の違う者が、好き合った時、何の障りもなく一緒に暮せる世がくればよいのに——と願う遮那王だった。

「惚れた相手と暮せばよい。丹波に生れし者が一生丹波で生きねばならぬという法はない。近江でも、もっと遠く坂東でも、好きな所に行くがよい。人が思うがままに生きる……それが、世の在るべき姿じゃ。じゃが、思うがままに生きるとは、多くの者を殺めたり、多くの人を苦しめたりしてよいということに非ず。左様な所行は……他の者が思うがままに生きることを、ひどく妨げる。故に、許されぬ。他の者がこの世を営んでくれるからこそ、人は思うがままに生きられるのじゃ。思うがままに生きたことが、自ずと人の道に添う。知恵者の生き方じゃ。思うがままに生きたことが……自ずと他の者の喜びや幸せにつながり、苦しみを取り除く。真の英雄の生き方じゃ」
老いても、実に強い手がふるえながら——若い手を、ぎゅうっとにぎってい
る。
遮那王は目に光る水を浮かべながら、師の話を聞いている。
冬野の如く嗄れた声で、
「のう遮那王。わしがおしえたことが真の英雄をそだてる何かになってくれたな
ら——これ以上心地よきことはないぞ」
十五歳の稚児は手を強くにぎり返し、言葉をつかわず、思いをつたえる。
鬼一法眼は厳かに、
「いつか、山を下りよ」
押し殺した、強い声で、
「東へ行けいっ。東には——そなたの父の郎党たちが、おる。下山と東下り、こ
れはそなたの生涯の正念場となろう。よいか、一人で山を降りても……一人で東
に行けぬぞ」
「心得ています」
満悦げにうなずいた鬼一法眼は、

「そなたなら、きっと良き人に恵まれる……」

もっと多くを老いた師からおそわりたいという思いが遮那王にどっと押し寄せた。

「面を」

天然痘によってひどく傷ついた顔に恭しく仮面がかぶせられる。

少し後、鞍馬寺から蓮忍が薬をもって、駆けてきた。

——鬼一法眼が亡くなったのは、その三日後のことである。

第五章　影御先(かげみさき)

模様が満ち満ちている。

たとえば、三角がずらりと並んだ鱗(うろこ)模様が視界をふさいでいる。

静は、鱗柄の中を、たゆたっている。

『とっても簡単』

庭梅の声がする。

『布を、山形に畳(たた)んで』

三角に畳んだ白布を静はもっている。

『二つの細い板、そう、その板で……布の真ん中をはさんで。そしたらしばる。もっと、きつく。それを今度は──藍(あい)の中に入れて。半分だけね』

白い三角形の食べ物の真ん中を箸(はし)できつくはさみ、それを青い水の中に、半ばだけ浸す感覚だ。

『もういいわ。板をはずし……広げてみて』

広げると──さっきまで真っ白だった布に、青い三角が、ずらりと並んでいた。

『これが板締め。真っ直ぐの線や、丸い線が、同じようにつづいている模様は、大体このやり方で染まる。線の内側が塗り潰されているのも、塗り潰されていないのも』

『夾纈。……天平の頃、唐土よりつたわりし染め方じゃ』

後ろに立つ加賀刀自がおしえた。

板締めによって生れる様々な模様が、次々に静を、やさしくつつむ――。

桃色の亀甲模様、亀の甲羅に似た六角形が、ずらりと並んだ柄だ。

黄と黒の横縞がめくれた先に翠煙を思わせる緑の七宝繋ぎが広がる。四分の一ずつ重なった円が、連続している。

白と黒の石畳が静を抱きしめる。白い正方形の次に、黒き正方形、その次に白い正方形……二色の正方形がひたすらくり返される。いわゆるチェックだ。

布を四角にしたり、板の形を変えたり、漬け込む角度、面積をいじるだけで、全く違う柄が現れる。

加賀刀自の声がする。

『次は、纐纈をおしえてやれい』

庭梅が耳元で、

『沢山の色をもつ極楽の花や鳥も、模様を彫った板の上から色水をそそげば、染められる』

庭梅が、そっと、

『絞り染のこと』

布を糸で縛り、その部分だけ染め抜くやり方を静はおそわる。

ふと、赤い水の盥に視線を絡め取られた。

赤水がどんどん溢れてくる。

いつの間にか、広い板敷に誰もいなくなっていて、ただ赤い恐怖の水だけが

――腰まで濡れるくらい溢れていた。苗の首が水面を漂っていた。

――静は母親を呼ぼうとしている。

だが、声は出ない。

と、

さあ、家にもどろう。

あの男の声がして、静より大きな手が赤水から現れた。

そこで――目が覚めた。

静は二、三度瞬きをした。

天井が高い部屋だった。

首をもたげ、見まわす。

——広い。

異様に広い畳敷きに静は寝かされていた。

まるで、夏の青田か、海のように、畳が敷き詰められている。

畳の果てに白く光る壁がある。それは木の格子で区切られた白壁で、正方形の区画ごとにぼんやりと厳かな光を放っていた。

松の影か。

光の壁の右側に葉も幹も悉く黒い大松が立っており、その傍らに萎烏帽子をかぶった男の後ろ姿がある。一瞬、邦綱邸にもどったと思い、胸が凍てついた。

息を呑む気配に男は顧みる。

「気づいたか？　紙で出来た襖や」

「鯊翁……」

聞きなれたガラガラ声だ。

「明り障子ゆうもんらしい」

静は茫然とした面持ちで、

「ここは……何処？」

きょろきょろ視線を迷わす。

「小松殿。平重盛様の館や。……影御先にしてはめずらしい。武士と関わりをもつなんてな」

鯊翁はにこにこと障子を開けた。

天を衝くほど大きい松が生えた、見たこともないほど立派な庭が眼前に現れ、静は声をうしなった。

明り障子はこの時代、清盛を筆頭とする平家一門の邸宅に、初めて現れたのである。

障子を閉じた鯊翁は、

「お前はな、あれから三日眠りつづけとったんや」

にこにこと、近づいてくる。

「腹に当ったのは鏑矢で、打ち身の他、怪我はなかった」

鯊翁の話によると――影御先は河原院に、冥闇ノ結と羅刹ヶ結が現れると突き止めた。影御先は通常、朝廷など公権力と共闘することは少ないが、殺生鬼の戦力が極めて大きく、場所も六波羅と目と鼻の先だったため、平重盛に討ち入りについて相談した。

重盛は伊賀でお忍びで狩りをした折、血吸い鬼に襲われ危機に瀕し、影御先に救われた過去がある。

以来、両者は浅からぬ縁でむすばれているという。

影御先の話を聞いた重盛は、伊賀での恩返しがしたいと、即座に鎧を着込んだ。だから、あの日、影御先にくわえ、重盛率いる軍勢も、河原院に殺到している。

「他の不殺生鬼はどうなったの？」

鯊翁は、深く溜息をつき、

「多くの者が、あの混乱の中で斃れた。お前も見とった思うが黒滝の手下になった者も多い」

苦しみがにじむ声色だった。

生き延びた者は、殺生鬼からも影御先からも逃れ、行方をくらますか、影御先の手でここにつれてこられたという。

「結は……どうなるの？　辰ノ結とかは」

鯊翁は力なく頭を振り、

「五つの結の長のうち四人が、あの夜に斃れ、のこる一人は」

西ノ結の長だ。

「黒滝の尼の手下になった。とにかく……ここにつれてこられた者で結を一つつくり、影御先と力を合わせ、殺生鬼をふせぐゆう話にまとまったのや」

自分はどうすればいいだろうという迷いが静を満たす。

——あの男を、許せない。あの男と同じくらい、黒滝の尼も危険な存在である気がする。黒滝の尼の上には西光がいるらしく……西光は、後白河院に仕えている。

とても、一人で対処し切れる問題ではなかった。

鯊翁が言う。

「お前が起きた言うたら、磯禅師殿も喜ぶ、思うわ」

静が白首をかしげると、

「影御先の頭や。わしも、初めて会うた。何やろ……」

鯊翁の扁平な顔で二匹のオタマジャクシが恥じらうように泳ぐ。

「……麗しいお人や……」

＊

磯禅師は四十歳ほど。

温かいが、決して弱くない、強い胆力を感じさせる女人であった。どんと重い石が胆の中に据えられているような感じなのだ。黒滝の尼ほどではないが肉置き豊かで涼しげな目、山桃を思わせる果実的な唇をしていた。

水色と黄、二色のカタバミが散らされた香色の小袖を着ていて、腰に巻いた褶だつものという布には黒い七曜が染められていた。黒い一つ星を六つの星がかこむ——魔除けの紋である。

磯禅師は縹色の袍をまとった直衣姿の公卿と共に入ってきた。

肌が浅黒いその壮年公卿、薄い口髭を生やし、逞しい。片方の目はやさしく垂れ気味で、もう片方の目は鋭く吊り気味である。

磯禅師は静に、

「まだ、腹は痛みますか？」

頭を振ると、

「大事なくてよかった。そなたを敵と思い違いし、我が手の者が、鏑矢を射たのじゃ。許してたもれ。こちらは、重盛様です」

特に気負いもなく言った。

「そう、硬くならんでよい」

平清盛の嫡男、重盛は、朗らかに笑う。静が知るただ一人の公卿——中納言邦綱とは違い、冷やかに見下したり、立場の違いにまかせて威圧したりするような処がない。

——だが、この人が血吸い鬼の話をする場にいてよいのだろうか?

静の疑いを重盛は察したらしく、

「やはり、わしははずそうか?」

「いえ、重盛様にも聞いてほしいのです」

そう言った影御先の女首領は静をのぞき、手をにぎると、

「もう、寝ていなくてよいのか?」

穏やかにたしかめる。

「さすがに三日も寝ていたゆえ、大丈夫です」

静が答えると磯禅師と重盛はからから笑っている。唇をほころばせた磯禅師

は、

「では静、そなたが何故あの場にいたのか、あの時何を見聞きしたのか、全て話してほしい」

　磯禅師からも、深みがあるやわらかな気が漂っていた。ただ、そのやわらかい表皮を一つ一つ丁寧に取りはずしていった先に――実に硬い核がある気がした。

　二人とも、話しやすい雰囲気であった。だが、この者たちを……真に信じられるのか？

　静は――若狭時代に遡って話す。複雑な生い立ち、長範が苗を殺めた夜、つい先頃までさる公卿のもとではたらいていたこと、あの日初めて集会に出たこと、そしてあの夜の惨劇を途切れ途切れに話した。

　人に話したせいか、胸につかえていたものが少しだけ取れた気がする静だった。

　真剣に耳をかたむけていた重盛が、静に、

「のう、先程……さる公卿のもとではたらいていたと言った」

「……はい」

重盛はじっとこちらを見詰め、

「それは、誰じゃ」

静は答に詰まっている。――逃亡した雑色、雑仕女が、身柄を拘束された場合、元の主の許に送り返されることが多い。そして、元の主の許では、恐ろしい罰が手ぐすね引いてまっている。――残虐な若君が胸底で笑った気がした。

重盛は、同情を込め、

「安堵せよ。元の主が何者でも、この重盛、そなたを送り返したりせぬぞ」

元の主の許を逃げ出したと話した時点で、重盛は何か深い事情があると汲んでくれたようなのだ。

磯禅師も励ますようにうなずいた。この御方を信じてよいのよと、言われた気がした。

静は唇を嚙み、重盛を真っ直ぐ見る。

「中納言邦綱様です」

硬い面持ちで打ち明けた。

重盛はほんの一瞬面を曇らせるも、すぐに朗らかな表情にもどり、

「わかった。わしも、我が郎党も、そなたを中納言邸にもどすことはない。そこ

は信じてくれい」

白い歯を見せて笑った重盛は、やや褪せたような色合いの唇を律儀そうにきゅっと結んだ。

磯禅師は深い所にすっと潜るような言い方で、

「……そなたは、この後、どうしたいと思っておる？」

鵞翁の視線を感じる。

静は長いこと黙り込んだ。

石になったという松浦佐用姫のように、体が固まったのでないか……。そう不安になるほど長き時間であった。胸底で考えが固まってゆく。

静の視線が黄や水色のカタバミから、ふんわりした禅師の顔へ動く。

「あの男は……お母を殺しました。そして、これから先、もっと多くの人を殺す」

恐ろしい計画を立てていたあの男、苗の首を嚙み千切るあの男、自分を切なげに呼んだあの男が、眼裏に浮かんだ。憎しみが燃え立つ。同時に、強すぎる憎しみが自分をあの男と同じにしてしまう気がする。その疑いを、今は立ち止ってはいけないという思いで、振り払う。

「……──意を決す。あの男を止めなければならない。わたしが、止めたい。そう思っています」

磯禅師、強くうなずき、

「よくぞ、申した。だが静……長範はお前にとって、父親じゃな？」

「父親なんかじゃないっ」

噛みつくように答える。

ふるえながら胸に手を当て、きりっと大きく澄明な瞳を潤ませて、

「心の中では──父ではありません」

磯禅師はやさしく笑んでいる。

「戦うわけか？」

「……はい」

「辛く長い道ぞ」

「わかっています」

静は決断を下すのは慎重だが、一度決めれば梃子でも動かぬ頑なさがある。

磯禅師と鯊翁は目を見合わせていた。

やがて、磯禅師が、

「ならば一つ提案がある。――影御先に入れ」

静は瞠目する。

「そなた一人なら、熊坂一党は追えぬ。また仮に追えたとしても、返り討ちにされるか、捕まる。長範は今度こそ、そなたをはなすまい。影御先に入り……共に彼奴(きゃつ)を追うことが、そなたが目的を達する早道と思うのです。いかがか？」

静は考え込む。

――影御先に？

「……わたしのような者が……」

磯禅師は首をひねり、

「わたしのような者とは？」

「わたしは、血吸い鬼と只人(ただびと)の間に生れた子。縁を切った父は、殺生鬼の頭……」

磯禅師は全てを包み込む柔和な面差しで、

「それが、何か？　わたしの父も悪名高い殺生鬼だった。わたしは……父が母を犯して生れた子。母は父から逃げた」

「…………」

「だが、その度に、父は恐ろしい嗅覚で母を見つけた」

睫毛(まつげ)が強い感情でふるえている。苦悩の刃が禅師の胸を刻む音が、しそうであった。

磯禅師が経験している鋭い痛みが静をも刺す。

「あいつは、何度も母の血を吸いにきた。……お前の血は、取り分け美味と笑いながら。母は血を吸われている最中に……息絶えたの。わたしの影御先としての第一歩はね、母の命を奪ったあいつを、あの世へ送る処からはじまった」

過去を思い出す険しい顔様が、静を見てやわらいでいく。強い語調で、

「半血吸い鬼ということを、気にしている？　全く心配無用。――わたしも、そうだから。父親が殺生鬼だから影御先の資格はないと？　そんなことは、全くない」

静の頬に、温かい手がふれ、

「大切なのは……心よ」

磯禅師と静はしばし無言で見つめ合う。

魂と魂が、ふれ合った気がした。

「不殺生鬼もまた、影御先の味方よ」

磯禅師の言葉を聞いた静は鯊翁を見ている。

扁平な面貌をややほころばせた鯊翁は、

「せや。影御先は血吸い鬼を狩る狩人と、よう言われるけど正しくは違う。――殺生鬼によって、この世を守るつわものなんや。わしは望んでもおらんのに、殺生鬼から、血吸い鬼になった。もしそれがなければ、今頃河内で……」

河内の情景を噛みしめているのか、眉をよせた鯊翁は、眩しいような、苦しいような面持ちであった。

「殺生鬼は望んどらん者を血吸い鬼にしたりする。……辛い思い、仰山したわ。血吸い鬼になりかけの頃はな。わしと同じ思いをする童をへらしたい。こない思うて……わしも影御先に入ろう思うんや」

「鯊翁……」

鯊翁の答が気持ちを大きく押してくれる。

静は、赤みが強く下の方が厚い唇をふるわし、

「禅師様。わたしも入りたく思います。……あの男と、戦いたく思います」

決して大きな声ではないが強い決意が籠った言い方だった。

「よくぞ、申した。本来ならばあたらしく仲間になったそなたらを、みっちり鍛えねばならぬ。だが、時がない。――殺生鬼どもは、王血の者を狙っている」

その情報は鯊翁を初めとする不殺生鬼により、禅師につたわったのであろう。

「より強い血吸い鬼――不死鬼にならんとしている。一刻の猶予もない」

黒滝の尼は、不死鬼であるらしかった。あの女と同等の妖力が、長範を初めとする殺生鬼にも伝播する。考えただけでも、背筋が凍る。

磯禅師は言った。

「急ぎ、王血の者を――殺生鬼の手から守るべし。日本中の影御先に、わたしはつたえた」

影御先は――五つの集団にわかたれるという。

一つ、畿内の影御先。正確には、畿内とその近国の影御先で、磯禅師を頭とする。

いわゆる五畿内と、近江や丹波、伊賀など、合計十六ヶ国の殺生鬼を取り締まっている。

一つ、濃尾の影御先。正確には、濃尾とその近国の影御先で、美濃、尾張、信濃など、都からの中距離国十一ヶ国を管轄する。

一つ、東国の影御先。伊豆、越後をむすぶ線より東の殺生鬼に、目を光らす。

一つ、山海の影御先。山陰山陽、四国地方を領分とする。

一つ、鎮西の影御先。九州を領分とする。

磯禅師は言った。

「初めは……王血者を寺社に保護するという案が浮かんだ。だが、寺社には様々な者が出入りする」

「お寺の抹香臭さは……殺生鬼の敵なのでは？」

静が言うと、磯禅師は、

「そう。だけど、只人を手先とする――殺生鬼もいるでしょう？　それに今、寺社の一部に……穏やかならざる噂があってな」

深い事情があるような言い方であり――影御先としてはたらかねば、おしえてもらえぬ気がした。

「そこでわしが、助力を申し出た」

重盛が口を開く。磯禅師は、静、鯊翁に、

「影御先は長い間、朝廷と距離を取ってきた。遠い昔、朝廷につかえる大豪族が、殺生鬼だった……という話もあるしね。我らは寺社を拠点としてきた」

寺社は数多あり、その全てが殺生鬼の牙城と化すことは、なかなか考えられない。朝廷は強大であるが一つであり、万一、殺生鬼の貴族が権勢を振るえば、大変なことになる、と禅師はつけくわえる。

「故に我らは、朝廷と距離を置いてきた。が、此度ばかりは、そうも言っていられなくなった。重盛様の力をかりぬわけには……」

畿内とその近国にいる王血者は小松殿に、他地域にいる王血者は重盛が信頼する各方面の武士の館に、羅刹ヶ結や冥闇ノ結の跳梁跋扈が鎮まるまで保護する、これが影御先の当面の方針だった。

「王血の者をさがすには、そなたの目が必要。わたし一人だけでは手が足りぬ」

「わかりました。喜んでお力添えしましょう。だけど、わたし……」

静は、不安になる。

「王血の人がどう見えるのかいま一つわかりません」

「……王血の人を見ると、我ら、半血吸い鬼の血が、騒ぐ。血が囁き合うような音がするのよ」

「古い言い伝えなんやが、王血の者は、澄み切った水が流れたり、霊水が湧き出ずる所におるとか」

鯊翁が、ガラガラ声をはさんでいる。

「さて、わしはいろいろ、調査(しらべ)があるゆえ、これにて」

重盛が立つと、磯禅師も、

「腹がへったでしょう？　粥(かゆ)など食べて、今日はゆっくりなさい。明日はいろいろ仕度をし、明後日には発つ。王血者をさがす旅に」

「あの――」

出て行こうとした二人を静が呼び止める。

「今、思い出した話が……」

禅師は、やわらかく、

「何じゃ？」

「院近臣、西光様が……黒滝の尼の後ろにいるようです。西光様は、殺生鬼であるようです」

早口に報告した。

「その話は既にお二人につたわっとる」

鯊翁が囁く。縹色の涼しげな直衣が、静の傍に、もどってきた。一方は垂れ気味、もう一方は吊り気味、形が異なる二つの目が、静を直視する。

重盛は、言った。

「その件については……極めて慎重にすすめねばならぬ」

小松殿のすぐ西南に後白河院の御所、法住寺殿がある。千体もの仏像が並ぶ三十三間堂を中心とする御殿だ。この眩い御殿の主に睨まれれば朝敵になり得る。

法住寺殿で最大の権力を振るう寵臣が西光だった。

「河原院でそなたが耳にした噂だけで、西光殿を追及するのは、不用心。わしが申した調査というのも、まさにここにかかわる話である。故に静……その話はもう誰にもしてはならぬ。全てが明るみに出るまで、そなたの胸の内に秘しておくのじゃ」

磯禅師が何か言おうとすると、重盛は手で制した。

「禅師。手をかす以上、ここはわしにまかせてくれ」

磯禅師は、言葉を呑み込み、眉中を曇らせ、ゆっくり首肯した。

二日後——静は、磯禅師、鯊翁と共に、京を後にした。

同日、西八条邸を訪れた重盛の姿があった。

西八条――六波羅と並ぶ、もう一つの清盛の館であった。

六波羅は、都の葬地、鳥辺野に近い。故に、ここは平家がくる前、空也など高名な聖が活動していた。

――寂しい土地である。

一方、父、清盛が、時子と暮す西八条は、京のもっとも賑やかな辺りにある。

時子の子でなく、先妻の子たる重盛。父が――祖父、忠盛との思い出が詰まった六波羅より、時子と住む西八条を大切にしているような気がしていた。父はそれを口に出しては言わぬ。だが、重盛の肌は、西八条に行く度にそう感じる。

父が義母（池禅尼）の住いたる六波羅に、秘かな苦手意識をもっていたのと同じように、重盛もまた義母（時子）が暮す御殿、西八条に――潜勢的な折り合いの悪さを覚えていた。

重盛の肌にはむしろ、武骨な祖父が池禅尼と暮した六波羅の風が、合う。

だから重盛は、六波羅よりもさらに深く鳥辺野に潜る形で小松殿をきずいた。

入道相国清盛は西八条の竹の間と呼ばれる一室で氷酒を飲んでいた。比良山地の氷室から、不眠不休で駆ける速足の男たちによってはこばれた氷に、極上の酒をかけて飲むのだ。

清盛が、大陸風の、瑠璃の盃で氷を鳴らすと、隣に座った、ふっくらとなまめかしい美女が、龍の肌が溶けたような青磁から、美酒をそそいでいる。

「そなたはこの女を知らなかったな？」

清盛は氷酒を音を立てて飲む。女は、重盛にも氷酒をつくってくれた。
十七、八歳。男装の白拍子だ。白い水干、紅の袴をはいていた。
「重盛に名をおしえてやれ」

「仏と申しまする。お目にかかれて、実に嬉しゅう思います」

白き舞姫はほとんど表情を動かさない。加賀の高名な白拍子で、重盛も名を知っていた。

そう言えば影御先をたばねる磯禅師もまた——白拍子という仮の姿で動いている。

氷酒を一口啜った重盛は面差しを堅くし、

「この前参上した時は……祇王なる白拍子がお傍にいたと記憶しております」

複雑な感情が、仏の額を走る。清盛は苦い声を漏らす。

「祇王は……もう、ここにおらん」

仏は少しうつむき加減になった。

重盛は、仏から清盛に視線をうつし、

「……ほう」

「水菓子をお持ちしました」

花のように着飾った美女たちが入ってきた。

水菓子を盛った赤い高坏(たかつき)が、清盛、重盛の傍に置かれている。朱漆に金の蝶が飛んだ盥(たらい)には、氷水がたっぷり張られ、予備の水菓子——桃、梨、山桃が沈んでいた。

清盛が不興げに、

「嵯峨野(さがの)におる」

仏は、青ざめていた。

清盛が新しくやってきた美女を、重盛にはべらせようとすると、

「父上。大事な話があって参上しました。お人払いを」

水菓子をもってきた美女たちと、安心したような白拍子が、退出してゆく。

父と子は二人きりになった。

高麗縁(こうらいべり)の青畳がしかれた部屋。左右の明り障子は、悉(ことごと)く開けられていた。

左にある障子の先は、なよ竹がそよぐ涼しげな壺庭、右側はかなり広い庭で、懸りと呼ばれる四つの木の間で公達たちが貴々しき足捌きで蹴鞠に興じていた。歳がはなれた弟、宗盛が公家の子弟と遊んでいるようだ。

重盛の表情がかすかに曇る。

「ふう、暑い」

父の広い入道頭から汗がにじんでいる。

「父上」

少し、にじり寄る。

恐い顔で、

「また説教か」

「説教などとんでもない。苦言、あるいは一つの意見と思し召し下され」

「ふふ。数ある子の中で、このわしに堂々と意見出来るのはそなたと徳子だけじゃ。聞こう」

苦々しく、されど少し嬉しげに言う清盛だった。虎髭をすっと撫で、こちらを睨む。

重盛は居住いを正して、

「父上は祇王に俄かにつれなくし、最後には出て行けと仰せになったとか」

清盛は明らかに、少し困っていた。

重盛は、声を押し殺し、

「父上は、祇王とその母刀自にあたえていた扶持米を俄かにお止めになったでしょう？　そして、その扶持米を仏とその家族に下された。また、ついこの間まで……父上は何処に行くにも祇王と一緒でした。これが、何処に行くにも仏と一緒に切り替わった。これでは、しまいには……」

「それがどうした？」

「――お慎(つつし)みなされ」

清盛は厳(いか)めしい眉を上げ、氷酒でやや赤らんだ福々しい相好(そうごう)を、前に出し、

「何ゆえか。仏も祇王も、芸を売り、生きる者。わしは祇王の芸を高く評価して参った。ところが仏の芸の方が練(ね)れていると気づいたのじゃ。祇王の芸を見なくなり、仏の芸を見るようになるのは、人の自然の情じゃろう？」

父上と祇王、仏の間柄は、白拍子と客の関係を……超えており、男と女と言うべきその間柄を、芸の練れ具合の話に縮小するのは、いかがなものかという言葉をぐっと呑み、

「──祇王の怨みを買います」

「たかが、一人の白拍子でないか」

「──いいえ」

強い語気が、重盛から迸る。

「祇王にも縁者がいましょう？　生れ故郷には、友もいましょう。一座の者も多かった。それら全員の親兄弟、妻子、縁者、友人、そのまた友、これを悉くまとめますと、どれくらいになりますか？」

「…………」

「祇王一人を敵にまわすのは、祇王の後ろにいる多くの者を敵にまわすことにつながる。父上は──天下を預かる御方、平家一門、さらにその郎党全ての将来を預かる御方。ご自身の御振舞いについて、よくよくお考えなさいませ」

厳しい面持ちで意見した。

「将たる者……時として、横暴に振る舞うこともありましょう。されど、常に横暴に振る舞われますと、家来や下々の者に溶岩の如き不満が溜る。これが噴火する時を怖れるのです」

「そなたはいつも、わしに正論を言う。では……此度のこと、そちならばいかがした？」

　重盛は少し驚いたように、

「それがしならですか？」

　ちょっと、考え込み、

「みどもなら……祇王にも仏にも、惑うておりませなんだ」

「祇王も仏もそなたの傍にはべっておったら、いかがした？」

「ならば、簡単です。それがしなら、双方愛でます」

「双方か……。どちらも、天下一己が美しいと思うておる女ゆえ、なかなかそういうわけにはゆかぬような……」

「父上は祇王を三年ですてられた。この世でもっとも美しい女人と褒めちぎった女を三年で……。これは面妖なることのように思いまする」

　山桃を一つつまんだ重盛は、

「女人とは」

　口に放ると、種を出し、数度噛んでから、飲み込む。

「鮭の楚割の如く……幾度も噛んで、じっくりと味を知るべきもの」

「楚割……。まさか、堅物のそなたに、女人について説法を受けるとは思わなんだ」

　豪快に一笑した清盛は、

「して、今日は何用で参った。まさか白拍子のことだけ言いに来たのではあるまい」

　眉を顰め、体を後ろに引いた清盛は、厳めしい静黙で、さあ話せとうながす。

　重盛は声をひそめ、

「血吸い鬼の件にござる」

「河原院の一件か？」

「はい。黒滝の尼の後ろに——さる男の名が浮かんできました」

　この一件について、重盛は裏も取れない情報を父に報告するわけにはいかないと考えていた。故に血吸い鬼との噂がある西光の荘園に間者を飛ばし、不穏な噂がないかさぐっている。この緻密な調査に重盛は、数日要している。

　清盛は、問う。

「誰じゃ？」

「院近臣、西光」

「——」

意外な名は入道相国の頭をしたたかに打ち据え、しばし言葉は出ない。

口をあんぐり開けていた清盛は、

「……たしかなのか？」

「河原院でおこなわれた血吸い鬼の集会で、西光の名が出ました」

清盛は眉雪に指を当て、

「西光は、その集会にいなかったのであろう？」

「西光の荘園に人をやってしらべました。何かしくじった下人や下女が……大きな槽が並んだ一室で斬られたと。赤く染まった槽を見たという話も。さらに、西光の荘園から京へ、重い水甕が月に三度、はこばれている」

清盛は瞑目し、考え込んでいた。

「ここ数月ほどですが――院のご身辺で焚かれる香の匂いが変ったと話す女房も」

「――西光が殺生鬼と、言いたい訳か？」

多くの民草は血吸い鬼の禍がとうの昔に終ったと信じ込まされている。

が、それと実際に戦った者、廟堂の権臣などは、血吸い鬼の脅威がいまだ終っていないという事実を、知っていた。

「父上。西光をすて置けば、この先どんな由々しきことが起るか知れませぬ。速やかにお許しを。それがし――一軍を率い、退治してご覧に入れます」

「まて」

清盛は手を前に出している。

濫(みだ)りに動くな、と止める所作だった。

清盛の指が赤く甘酸っぱい球体をつまむ。氷で冷やした山桃を口に入れた清盛は――咀嚼(そしゃく)するのも忘れて、真剣に考えていた。やがて、種を出した清盛は、果肉を飲むと、

「今、院を刺激する訳にはゆかぬ。我らが摂関家を始めとする公家の怨みを買った時、院が後ろ盾になって下さった」

清盛は娘の盛子(もりこ)を藤原摂関家の当主・藤原基実(もとざね)に嫁がせていた。基実が二十四歳の若さで亡くなると、遺産の行方が問題となった。清盛は盛子に、夫の遺領を相続させるとして――摂関家が営々と築き上げた巨富を奪い取った。

これは基実の弟たちの反感を買っている。

「次にわしは……南宋との交易で日本を豊かにしようと思っておる。院は広い視野をお持ちで、この計画にすぐに前のめりになって下さった。問題は……頭の固

い公卿どもじゃ。奴らは宋人を都に入れる一事でも轟々と非難をはじめる」

「院はむずかしい御方……。南宋との交易が軌道に乗り、我らの力が盤石となるまで、ご機嫌をそこねる訳にはゆかぬ、そうお考えなのですな？」

「そうじゃ」

清盛は腕組みしてうなずいた。

「今は、むずかしい時期なのじゃ」

重盛は、額に皺を寄せ、

「おっしゃることはごもっともなれど、西光は残虐なる血吸い鬼。すて置けば
――院のお命も」

「滅多なことを申すなっ！」

重盛はひるまず、

「さらに、西光の毒牙にかかり、今日も無辜の民が命を落としておるのです。世の安寧を守る者としてこれはどうにも看過出来ない」

清盛は苛立たしげに、

「まだ……確たる証拠がある訳ではない」

「十分証拠は出そろったと思いますが」

「不十分じゃ。わしも西光について詳しゅうしらべるゆえ、そなたは手を出すな。約束せよ、重盛」

厳格な声音であった。

重盛は貝の如く答えない。

「そなたはわしが、平家一門の命を預かっておると申した。郎党の命も将来も、預かっておると。ならば言おう。今は我ら一門の天下が未来永劫たしかになる、大事な瀬戸際ぞ。もし徳子が皇子を産めば——」

後白河法皇の子、高倉天皇と、清盛の娘、徳子の間に子が生れれば、清盛は間違いなくその子が帝になるよう動くはず。その運動を成功させるには、法皇と公家百官のなるべく多くを、味方につけねばならない。

入道相国が腰を上げる。

「帝を我ら一門から出し」

何かに憑かれた顔で、こちらに歩み寄り、

「宋人との交易をあやつり、日の本で動く銭の過半をにぎれば——」

息子の耳に、覇王の唇が近づく。

「我ら一門の天下が不動のものとなると心得よ。今が……切所じゃ。重盛」

目を爛々と光らせた、清盛は――重盛の屈強な肩に手を置き、

「身勝手な父と思うか？」

「…………」

「わしは常に一門の将来を思うておる。そなたらの将来を見据えて、戦って参った」

「わかっています」

「女人のこと、この入道、小松殿の諫言、恐れ入った。以後、気をつけるとしよう。じゃが、西光の一件、そなたの案を採る訳にゆかぬ。これは一門全体の帰趨にかかわる事柄。――ゆめゆめ、勝手な真似はするなよ」

「……はっ」

退出した重盛は忸怩たる思いをかかえていた。都を守るために、一刻も早く西光を何とかせねばならないという考えは、変っていない。ところが父は、政治上の思惑、権力闘争の論理によって、西光討伐を引き延ばしたいようである。

――これでは禅師に、申し訳が立たぬ。

伊賀で狩りをし、夜の山で道に迷い、魔性に襲われた。

美しい百姓娘の姿をしたそ奴は、重盛の若党を瞬時に皆殺しにした。

——禅師がい合わさねば、わしは死んでいた。

磯禅師が現れる直前、重盛を襲おうとした魔性は、つと立ち止り、奇怪な言葉を口にした。

『ほう……わぬしにも、鬼の血が』

あの日の光景が重盛の中でざわざわと粟粒（あわつぶ）を立てながら甦（よみがえ）っていた。

と、

「兄上ではありませぬか」

蹴鞠を終えた一団が、井戸端で女房から冷や水をもらい渇きを潤（うるお）していた。その一団から、宗盛が飛び出て、長い廂（ひさし）を歩いていた兄に話しかけたのだった。

足を止めた重盛に、赤ら顔の宗盛は、蹴鞠仲間を紹介する。

「藤原邦綱殿のご子息、鈴代丸殿です」

「小松殿。お初に御目にかかります。鈴代丸と申します」

目付きが鋭い、色白の少年が品よく会釈した。

顔貌はととのっているが、何処か冷たげで爬虫（はちゅう）を思わせる少年だった。

重盛はこの少年の家ではたらいていたという静を思い出している。

井戸端から、巨漢が近づいてくる。

噴き出した汗が、白く大きい顔で、白粉（おしろい）を溶解させようとしていた。

権中納言・藤原邦綱。鈴代丸の父で、静の元雇い主だ。でっぷり太った男で、太鼓が一つ入ったような腹をしており、丸眉、眠たげな目、鉄漿（おはぐろ）をきっちり塗っていた。

挨拶した権中納言は、何を考えているか、容易にうかがい知れぬ笑みを浮かべ、

「そう言えば幾日か前……河原院に賊が立て籠ったとか」

この男に、あの美しい娘の居所などおしえれば——間違いなく嬲（なぶ）り殺してしまうだろうと思いながら、重盛は、

「……ええ。そうなのです」

黒い口が益々大きく笑み、

「見事討ち果たされたとか。小松殿と麾下（きか）の勇士たちの武勇で、王城の安全はたもたれておりますな。いや、祝着（しゅうちゃく）、祝着」

重盛は邦綱を信頼できぬ男と思っていた。策略家の邦綱が、弟にべったり付着

していることに警戒を覚えてしまう。

卒なく会釈し、立ち去ろうとした時、宗盛が、

「それは知りませなんだ。摂州からかえったばかりゆえ……」

江口に神崎、住吉の浦……摂津は遊び場所にはことかかない。

――また、摂津か、という思いが重盛を貫いている。

先妻が産んだ重盛と、時子が産んだ宗盛。

二人の折り合いは――悪い。

第六章　山を、下りる

恋人と師をうしなった遮那王は深く傷つき、悲しみの淵に沈んでいた。

すぐにでも熊坂長範を追い、仇を討ちたかったが、それはむずかしかった。

禍々しい夜が明けると、遮那王は鬼一法眼を蓮忍にまかせ、里人たちと共に昨夜の森にむかった。

そこに浄瑠璃と、喉を突いた男の亡骸があると思ったが、何もなく――ただ血溜りがのこっていた。

浄瑠璃の形見としては最後に立っていた辺りに、髪の毛が幾本か落ちているばかりであった……。稚児百合の葉に恨めしそうに絡んでいたのだ。

露に手を濡らしながら髪をひろいあつめている。

遮那王は鞍馬の葬地に薄幸の恋人の墓を、件の岩屋の傍に老師の墓をつくった。土饅頭をきずき手ずから経文を書いた卒塔婆を立てている。

浄瑠璃の家をたずねると恐ろしい剣幕をぶつけられた。

浄瑠璃の父は、娘が遮那王のせいで死んだと思っていた。

深く詫び小家を後にすると、童が追いかけてきた。浄瑠璃の弟だ。母が話したいという。

草葺屋根の小家にもどると、父は田に出ていた。浄瑠璃がもっていた明るさが不思議になるほど、狭く暗い家であった。干したワラビの葉に倒れ伏した母親に、守れなかったことを詫びている。

するとと骨の如く細い母親は、

「さっきは、あの人がひどいことを申しましたな……。浄瑠璃が俄かに死んでしまい、いろいろなことが重なって……」

人商人からわたされた金子も、この家族は返さねばならない。

白髪が目立つ母親は、齢よりずっと老いて見えるかんばせに、苦しみを走らせ、

「あの娘を売ろうとした罰が当ったと思うております……」

悲しみをたたえた目が——浄瑠璃に似ていた。

「みじかい間だったかもしれませぬが、貴方様に愛でられ……あの娘は本当に、心から楽しげでした。遮那王様の話をする時が……一番楽しそうだった。だか

ら、貴方様を恨んでおりませぬ」

その一言に、少しだけ救われた気がした。

遮那王は一刻も早く――妖賊を追い、討ちたかった。浄瑠璃と鬼一法眼、二人の復讐のためだけではない。あの男の一党をのさばらせれば多くの者が殺められる気がした。

――自分と同じ悲しみに陥る者を、もう、出してはいけない。

下山し、広い天下に歩み出すことは、死んだ老師も、誰よりも、遮那王自身が切願している。が――それを妨げる輩が、いた。

例の一派。

平家一門、もしくは平家とつながる公家の家に生まれ、鞍馬寺で僧や稚児をしている輩だ。

連中にも遮那王が浄瑠璃なる娘と恋仲で、追い剝ぎに殺された恋人の復讐のため、鞍馬から出るかもしれぬという話は、つたわっていた。奴らは遮那王が鞍馬から逃げたら密告し褒美を得てやろうと手ぐすね引いていた。常に目を――光らせていた。

――感情にまかせて、何の当てもなく下山しても、思う壺だ、長範に行きつく前に、六波羅に捕われる。

遮那王は読んでいた。

もう少し警戒の網の目がゆるむのをまつ他なかった。

さらに、遮那王は――恋人と老師をしっかり弔いたい、二人の死に、逃げずにむき合いたいと思っている。

しばらくは鞍馬寺で二人の菩提を昼夜弔いつづけた。中秋、遮那王は浄瑠璃が斃れた森のすぐ傍にうつりたいと願った。蓮忍は貴船への百日間の参籠を、見張り付きで許してくれた。

すわ、遮那王が脱走する兆ぞっ――あの連中が色めき立ち、貴船の里人に鼻薬を嗅がせ密偵にしたのを、遮那王は冷静に見切っている。

貴船に籠った遮那王は連中の期待を裏切っている。

前にもまして、一心不乱に、二人の菩提を弔った。夜明けと同時に庵を発ち、結社、浄瑠璃が斃れた森、思い川、奥宮、師が息を引き取った小家、岩屋の前をめぐり手を合わす。

草に髪が絡んでいた森には自ら彫った天女像、岩屋の前には、自ら彫った天狗像を据え、花を絶やさない。

庵にもどると自室に籠り経を読み、皆が寝静まってから森に出——武芸を稽古した。

鞍馬を出る、そしてまず長範を討つ、次に東に下り、源氏譜代の郎党をあつめ、打倒平氏の兵を挙げる。

月夜の森で一心不乱に木剣を振るう遮那王の武技は天狗の域に達しつつあった——。

だが、どれほど武技を磨いても、圧倒的な膂力(りょりょく)と素早さ、身軽さをもつ血吸い鬼に、勝てる気はなかなか湧いてこない。

また日本のほとんどを掌握する平家一門に勝つ術(すべ)も見えてこない。

——何と強いのだ、熊坂長範。

何と巨大なのだ……平清盛。

これでも、これでも、これでも我が太刀はとどかぬか!

遮那王は己の力の無さに焦りつつも、確実に武技を磨いている。

そんな十五歳の遮那王に——近づいてきた者がいる。

冬の冷たい足音が山頂から里に降りつつあった。

紅に染まったモミジが、水を飲みに降りる赤蝶のように、石段に葉を落としてゆく。

遮那王は本社にむかう石段を箒ではいていた。

箒の先が、掌形の赤い落葉で止る。——血で濡れた浄瑠璃の手の如く思えた。

と、

「あんた、遮那王様かい？」

石段を登ってきた裸足の童に、声をかけられる。

背が低く、目がギョロリとしていて、顎は張っていた。髪はみじかく、みすぼらしい荒縄を帯代りにしている。見るからに意地っ張りな顔をした素早そうな子だった。

——隠してもしょうがない。

遮那王は、箒を止め、

「……ああ」

「あんたと話したいって人がいるんだよ」

またモミジの葉がはらりと落ち、赤燈籠の屋根を滑る。

「誰だろう？」

「くれば、わかる。すぐ下でまってんだ」

遮那王は箒をもったまま童子について石段を降りた。

――平家の手の者だろうか。

穏やかな顔で石段を降りる遮那王だが、様々な思案をはたらかせていた。

鹿が鳴く声が聞こえた。

貴船神社の石段の下でまっていたのは、一人の盲僧であった。鳥居の傍の石に腰かけ琵琶を脇に置いていた。高下駄をはき、茶に若竹色の格子が入った粗衣をまとっている。

若く背が高い。細く穏やかで、静かな目をした男で、髪は五分ほど。薄い無精鬚が生えているが粗衣に乱れはなく、清潔感がある。一本筋が通ったような、ピリッとした居住いから、几帳面な性格が知れた。

遮那王と童子が立ち止ると盲僧は首をひねった。

「わたしが、遮那王だ」

なおも警戒心は、消えない。若い盲僧は遮那王から少しそれた所を見ながら、

「少進坊と申しまする。使いにやった子は、三郎です」

「わたしと話したいということだが」

少進坊は、面差しを引き締め、

「――九郎御曹司様」

遮那王は目を細める。

少進坊は、重い声で、

「それがし跪けば怪しまれましょう。故に、このままお話しするご無礼をお許し下さい。……お会いしとうございました。わたしの父は、義朝様につかえておりました」

「――――」

強い驚きが、胸に刺さる。

周りに人目がないか視線をまわした遮那王は押し殺した声で、

「結社に参ろう」

ひっそり静まった結社に――三人は動く。移動しつつも、遮那王の胸中は、本当に源氏の郎党だろうか、六波羅の細作、もしくは、敵対する稚児にやとわれた男が、本音を訊き出すためにやってきたのでないかと、考えている。結社の参道はどうしても……浄瑠璃と抱きしめ合った、あの黄昏(たそがれ)を思い出させた。浄瑠璃がいた頃にもどれればどんなにか幸せだろう。

少進坊が囁(ささや)く。

「わたしを、平氏の手の者とお疑いでしょうか？」

――鋭い知性の閃(ひらめ)きが、感じられた。

遮那王は答える代りに、

「……そなたの父御とは？」

「――鎌田次郎正清(かまたじろうまさきよ)に候」

杉木立にはさまれた人気(ひとけ)のない道で盲僧は答えた。話を聞いているのは厳(いか)めしい杉と木(こ)の下露に濡れた草くらい。

遮那王は、瞠目し、

「我が父の乳母子(めのとご)で一の郎党と言われた、正清か？」

「さん候」

「父と共に憎き長田(おさだ)親子が館で騙し討ちにされた……」

「さん。あの館に、それがしもおりました」

「………」

苦渋が絡んだ声で、

「裏切り者の長田忠致はわたしの祖父、長田景致は我が伯父です」

遮那王の父、義朝は――清盛に戦で敗れた後、東国にむけて敗走。敵が固めた街道を迂回すべく吹雪の伊吹山を登っている時、三男、頼朝とはぐれ、美濃の青墓の馴染みの遊女の家に潜伏中、傷ついた次男、朝長をうしない、一の家来、鎌田正清と萱舟に隠れて川を下り、満身創痍になりながら何とか尾張の国、長田忠致、景致親子の館に着いた。

長田忠致は義朝の家来で鎌田正清の舅だった。

既に源氏を見限っていた忠致は、義朝に、

『湯をつこうて下され』

と、風呂に入れ、鎌田に、

『さぞ疲れたであろう。都の戦のこと、酒を酌み交わしつつ聞きたい』

と、酒を飲ませ、油断した刹那、婿たる鎌田を斬り殺し、風呂場にも刺客を乱入させて、主君、義朝を滅多刺しにして殺し、その首を清盛にとどけて恩賞にあずかった。

『正清は候はぬかっ！　金王丸はなきか。義朝ただ今討たるるぞっ……』

これが、義朝、最期の言葉であった。

正清の妻は、父が夫を斬ったと知ると、夫の死骸に取りついて、

『親子なれども、睦まじからず（親子ですが、気持ちが通じ合ったことはなかった）。……さらば、つれて行かん』

と絶叫し、胸を突いて自害した。

少進坊は声をふるわせる。

「その時、それがし……十一でした。気持ちは父上母上と共にあり――長田の凶行を思うと、気が狂いそうでした。身もだえしそうでした」

――この男は信用できる、体じゅうの血が強い声で告げている。

遮那王と少進坊だけで話し三郎は少しはなれた所で枝で土に絵を描いていた。

「それがしを、長田から逃がしてくれた若党がおりました。北国、鎮西と流れて今、二十四になります。鎮西で病になり……目が……」

「……さぞ、苦労をしたな。少進坊、今日そなたが訪ねてくれて、嬉しゅう思うぞ。父の家来は多くが殺されたり、四散したりして、わたしを訪ねてくれたのはそなたが初めてだ」

少進坊は、深く頭を下げている。

遮那王は少進坊に、

「今何処に住んでおる？」

「都です。四条室町に打ち捨てられた羅漢堂があり、そこに」

「三郎も、源氏郎党の子か？」

三郎がこちらを見る。

　少進坊は頭を振り、

「あれは、わたしによくしてくれた隣家の子。母はおらず、父と二人で暮していました。濡れ衣と思うのですが、父が盗みの罪で検非違使にとらわれ、獄中で亡くなりました。以後、引き取り、共に暮しています」

　悲しげな視線がさ迷い、

「遮那王様、それがしは、お父君を最後までお守りした家来の子であると同時に、裏切者の孫でもありまするっ……」

「そなたは、父に最後まで尽くしてくれた股肱の臣の子。どうして疎かにしよう？　また、そなたの歩んできた道を聞き、裏切者の孫などと謗る者がどうしていようか？」

　遮那王の言葉は相手を大きくふるわせた。少進坊は歯を、食いしばり、

「ありがたきお言葉」

「いずれ状況が変った時——そなたを必要とする時がくる。必ずな。心してまて」

少進坊は、双眸を光らせて、

「はっ。……今できることは、何かございますか？」

遮那王は少し考えた。

「一つ、しらべてほしい」

「何でしょう？」

「影御先という者たちだ」

「……影……御先、初めて聞きます」

遮那王は声を潜め、

「その存在を秘して動いておる者どもゆえ、知らぬのも無理はない。血を吸う鬼を追う者ども」

遮那王は仇をさがし、退治するためには——影御先の手をかりる必要があると、考えていた。

「何でも寺社を宿とすることが多いらしい」

少進坊はそう聞くと、

「寺社なれば、旅をする時、それがしも宿とします。……わかりました。何処までしらべられるかわかりませぬが、やってみます」

「たのむぞ」

真剣な面差しで、

「貴方を……主と思うてよいでしょうか？」

「願ってもない。一つの領土も、屋敷すらない身なれど、ついてきてくれるのか？」

「もちろんですっ。もし、山を下りられたら、是非——四条室町へ。それより前に、影御先について何か知りましたら、貴船か鞍馬を訪ねます」

辛い思い出が渦巻く森で、遮那王は生れて初めて家来と呼べる者を得た。

陰暦で十一月ともなれば、太陽暦では十二月頃だから、鞍馬や貴船は一面の銀世界となっている。

十一月二十五日。百日間の貴船参籠を終えた遮那王は雪化粧した鞍馬寺にもどっている。

出迎えた蓮忍は、

「これで……迷いは晴れたな。そろそろ、俗世への思いをすっぱり断ち切り——髪を下ろす時がきたと思うぞ」

「来年、夏がくる前に仕度を終え、出家したく思います」

遮那王は、静かに言った。

それを傍らで聞いていた例の集団は眉を顰め、めくばせし合っていた——。

年があけ、ちぢんだ雪のあわいからフキノトウが顔を出す頃、鞍馬寺では、

「遮那王め、いま少し気骨のある男と思うておったが……。どうやら、父や兄の無念を晴らすという覇気は、ないようじゃな」

「伊豆にいるあれの兄……頼朝じゃったか？　頼朝も同じくらい腑抜けなんじゃろうか？」

「死んだ謀叛人、義朝も草葉の陰でさぞ臍を噬んでおろう」

こんな話が、例の集団を中心に、囁かれていた……。もはや誰も遮那王が逃げるとは思っていない。彼の行動を見張ろうという者もいなくなっていた。

——これこそ、白皙の稚児がずっとまっていたことだったのである。

朝の寒気は、まだ肌を切りつけてくる。

だが、春は畑の畦、小川の畔で、花色、若芽色の敷物を、日々広げている。

僧房では梅が花開き気高い香りで僧たちを楽しませる。

春の曙前――。遮那王は舞良戸の向うで休む蓮忍に、中庭から無言で頭を下げた。合掌し今までの礼を口に出さずに言った。

僧房に背をむけた遮那王は、本堂にむかう。

本尊に相対す。

都の北を守る毘沙門天像は――ずんぐりした体から、異様な覇気を迸らせていた。

右手に戟。帯を獅子の頭が嚙み、左手を額にかざし、厳めしい目で下界を睨みつけていた。

傍らに気だるげな吉祥天女、善膩師が佇んでいる。

遮那王は武の神に加護を祈った。稚児は遂に心を決め、仏に背をむける。

――出て行こうとした。

刹那、扉がギーッと音を立てて開き……僧が一人入ってきた。

遮那王は背筋に雷が落ちたような気になる。

僧の影は無言で、こちらを、眺めていた。

「ずいぶん早いの」

蓮忍だった。

――いくら蓮忍様でも、出て行こうという我が心は見抜けぬ。

ざわつく胸を鎮め頰を赤らめながら会釈し、

「春になると……どうにも、寝つけず」

すれ違い様、

「――遮那王」

蓮忍は声をかけている。

立ち止ると、じっとこちらを見、

「鬼一法眼殿にそなたの話をしたのは、拙僧じゃ。そなたが僧になるにしても、ならぬにしても、立派な男になってほしいと思うた。……そなたを母御からあずかった雪の日に」

遮那王は硬くうつむいて、話を聞いている。初めはこまごましたことにうるさすぎる師と思った。薪(たきぎ)小屋に閉じ込められ、怨んだ覚えもある。

蓮忍は、寂しげに、

「わしは……母親を知らぬ。乳飲み子の時、鞍馬の門前にすてられていたゆえ。

そなたをあずけにきた常盤殿を見て、母親とは、己が大切に思う子と故あって引き裂かれる時、こんな憐れみ深い顔をするのかと……大いに驚いた。それはわしが見たどの人の顔より菩薩というものに近い表情であった。僧になるために必要な知識は、わしが、俗世を逞しゅう生きてゆく知恵と技は、今は亡き天狗殿がおしえて参った」

熱い潮に似た情が、遮那王の中で渦巻いている。

蓮忍は己に言い聞かせるように、

「いつか……この日が来るのはわかっておった」

小柄を取り出し、遮那王にわたす。

「今剣。天下の名工、三条小鍛冶宗近が鞍馬寺に奉納したもの。——守り刀とせよ」

その短刀は、長さ六寸五分（約二〇センチ）。柄は薫り高き紫檀を貼ってあり、鐺につけられた金銅は、肉彫りで竹の輪違い、透かし彫りで藤唐草模様をあしらった実に見事な一品である。

唇を噛んで小刀を受け取った遮那王が何か言おうとすると、手で制し、

「何も言うな。振り返るな。夜明けは近い。——急げっ」

押し殺した声で告げた。

目で気持ちをつたえた遮那王が、一歩踏み出すと、後ろから、

「さらばじゃ遮那王。……いや、源九郎殿……」


山門をくぐり――すっかり雪が溶けた山道を降りる。

初めはゆっくり、徐々に疾く――。

雪の日、ここに手をつないで登ってきた時の、母の面差し。

薪小屋に閉じ込められた時、もらった握り飯。

鬼一法眼との辛い修行の日々。

遮那王が吹く笛をうっとりと伏し目がちに聞いていた浄瑠璃。

くしゃっと潰れたような、その笑顔。

深く傷ついた老師。

様々な思い出、感情が、濁流となって遮那王に押し寄せる――。

鞍馬山は、遮那王をつつみ、突き放し、多くを恵み、奪った。

顔を大きく歪めた遮那王は参道をはなれ老杉の暗い林にわけ入っている。

そこで水干を脱ぎ、寺男の安光が用意してくれていた粗服に袖を通す。

着替え終ると、顔、髪、手を泥で汚した。

荘園でつかわれる若い下人にしか見えなくなった。

水干を薮にすてた遮那王は、林内を猛速度で、一切顧みず駆け降りる——。

完全に下り切った所で様々な思いが籠った顔で、一度だけ緑山を仰いだ。

そして、もう二度と振り返らず——前へ歩み出した。

かくして遮那王は、実に九年を過ごした山を出た。

*

同瞬間——。

静は、激動する心の臓を押さえていた。

ここは大和。さる陵の中に張りめぐらされた、隧道だ。

——静の両眼は赤く光っている。

静は一度も血を吸った覚えはない。が、磯禅師の修練により、気持ちの切り替え一つで眼を赤く光らせ……血吸い鬼と同じ身体能力を発揮できるようになっていた。

今は獰猛な血吸い鬼が棲むかもしれぬ墳墓をさぐっていた。

あれから数月。

白拍子の一座をよそおう磯禅師たちと旅してきた。

磯禅師は己が率いる二十九人の影御先――河原院の戦いの前はもっと多かった――を、三つの組にわけ、畿内と近国で、殺生鬼の退治と王血者の保護をおこなっていた。

他二つの組は、傀儡の一座として動いているようだ。

磯禅師率いる白拍子一座だが、磯禅師、巴と小春という舞い手、重家と重清という兄弟、いつも白い覆面で顔を隠している小兵の不殺生鬼――太郎坊と次郎坊という顔ぶれで、これに、静と鯊翁がくわわっている。

白拍子は笛鼓などを奏でて歌舞する場合と、無伴奏で、今様のみ歌ったりする場合がある。

河原院の戦いで笛を吹く男と料理番が斃れてしまったため、磯禅師が笛を担当、鯊翁が料理番、静には舞い手になることが、もとめられていた。

静は舞台に立つ自分に強いためらいを覚えた。

──目立ちたくない。

幼き日から培ってきた思いである。

しかし、磯禅師は、静の顔を手ではさみ、

『己の美しさに気づいておらぬのか？　舞わないなんて、勿体ない』

『……どうしても、嫌です。わたしは裏方でいいです。わたしが笛を吹きますから、禅師様が舞われるのは？』

『お前のような綺麗な娘が後ろで笛を吹いて、わたしが前で踊っていたら、何か言ってくる客がいるでしょう？　歌と踊りはおしえます』

『………』

『静、わたしたちの舞台は、沢山の人が見にくるわ。──王血の者も。舞台の上からその者をさがせば、仕事も大いにはかどるでしょう？　わたしに何かあれば、お前にそうやって王血者をさがしてほしい。場数を踏んでほしいの』

立ち止っている暇は、なかった。

熊坂の一党は──半血吸い鬼をいくらでも生み出せる下地を、もっていた。王血者を速やかにさがさねば──殺生鬼どもが、不死鬼になってしまう。

かくして静は、今様と舞いを磯禅師からおそわりはじめている。上達は……目覚ましかった。静には、歌舞の天稟があり、その宝石が磯禅師の手で、眩くきらめき出したのだ——。

磯禅師も先輩白拍子、小春も、二十年いや三十年に一人の逸材と褒めちぎる。

歌舞の稽古をして旅する合間に、武芸の稽古もした。

こちらは……全く、駄目だった。

だが、血吸い鬼の力を引き出した時の静の、速さ、力は、凄まじく、無茶苦茶な動きながら、師である重家を驚かせた。

人柄が明るい鯊翁は皆に溶け込んでいる。

白拍子の小春は、静に朗らかに接してくれた。

が、もう一人の舞い手、巴は静を嫌っているようだった。話しかけても、言葉を返そうとせず、近づくと露骨に嫌そうな顔をする。鯊翁にはしたしげに話しかける癖に静には敵意をぶつけてくる。静は、巴の態度に釈然とせぬものを覚えつつも、温かく受け入れてくれた磯禅師、小春、重家、そして鯊翁らにかこまれ、新しい日常になれつつある。

あの後、二人、王血者を見つけ、重盛の許にとどけている。

今、大和路を旅している静たち。

さる里を通りすぎた折、里人たちから気になる噂を耳にした……。ここ何年か、幾人もの若者が得体の知れぬ病にかかっている、徐々に体力と血の気をうしない、命を落とす。首や胸に噛み傷のようなものがある、というのだ。

話を聞いた磯禅師は、

『――不死鬼かもしれぬ。殺生鬼は、もっと荒っぽい。心をあやつり……少しずつ、血を吸っているのでないか』

どうも怪しいと思われた沼沢地で静らは陵を四つみつけた。

樹におおわれた前方後円墳だ。荒涼と死んだ時間が漂っている異様な空間で、この沼地を一歩出た所で広がっている春の息吹はあまり感じぬ。

静たちは手分けして隠れ家などないかさぐった。

陵は――ほとんど隙間なく、密なる樹叢におおわれ、一歩足を踏み入れると暗い。遠目に見たよりも遥かに広い、黒緑の魔境に踏み込んだ気がする。

樹がつくる薄闇を行く静は、円状に盛り上がった頂を目指している。

――――。

ぬかるんだ斜面で滑りそうになる。槐の古木に絡んだ、蔓を摑んで、体を止めた。

その時だ。

右方に、横穴が裂けているのをみとめている。

入口に注連縄(しめなわ)を張られた、気味悪い穴で、付近の草の上に木でつくった怪しい人形(ひとがた)が数多落ちていた。古より——呪詛(じゅそ)の場とされてきた所であるらしい。

仲間を呼ぼうか迷う。

が、ここで皆を呼べば、自分はまたいつものように後ろから見ている他ない。

静は既に三度、殺生鬼の討伐に同道しているが、まだ未熟という理由で戦線からはずされている。薙刀(なぎなた)をあやつる巴や鎖付き棒をつかう重家が、凶暴な敵を倒し、不死鬼として甦らぬよう首を斬り、胸に杭打つ様を、後ろから見ている他なかった。

殺生鬼の討伐は身の毛のよだつ光景である。

そう思う一方で——あの男を倒すには、強くならねばならない、影御先として経験を積まねばという気持ちもある。

意を決した静は——仲間も呼ばず、注連縄をくぐり、闇の世界に歩み出す。

赤光(しゃっこう)が双眸から迸(ほとばし)っていた。

血吸い鬼の目は——猫に近い、否、猫以上の能力(ちから)をもつ。

猫は人よりも夜目が効き、僅かな月明り、星明りを頼りに夜の森を駆ける。だが、何の光もない洞窟や密室では猫も目隠しをされた有り様になる。血吸い鬼は、猫と同程度に、僅かな光で対象をとらえる一方、自らの眼から赤光を放つ。

僅かな眼光を頼りに彼らは全き闇の中でも動きまわれる。

苗から受け継いだ眼力が、暗黒の中で静の足取りをたしかなものとしている。

奥へ行くごとに……得体の知れぬ不吉な気が濃化してきた。

——鬼気。

河原院以降、わたしは鬼気を読み取れるようになっている。

静は思った。左で岩壁が無くなった気がした。手でたしかめる。

やはり——壁が口を開けていた。

横穴状の通路があるのだ。

その通路の先に、妖気の核が詰まっている気がする。

静はしばしためらう。

ここで引き返して、他の影御先を呼ぶか、通路を探検してみるか。

——その時だった。

ふしゅ……、ふしゅ……。

得体の知れぬ音が、後ろから近寄ってきた。誰かが洞窟内におり――後ろから接近している。

静はわないている。

此度(こたび)の敵は日差しを嫌う不死鬼、昼は寝ているはずという思い込みが静を大胆にさせたわけである。

ふしゅ……ふしゅ……。

鬼気が、どんどん、近づいてくる。

その者は日中、外をうろつき、今、もどってきたようだ……。

混乱した静は、前へ逃げるか、横穴に入るか、迷う。――直進すると行き止りになる気がした。

静は足音を殺し、横穴に踏み込んだ――。

背後におびえながらすすむと、空間が広くなっている。そこらじゅうで強い鬼気を感じる。間違いなくここは、血を吸う者の巣。住処に浸み込んだ妖気が、肌を浸していた。

足許に転がった白きものをひろう。唾を呑む。

骨であった。

——無数の人骨が散乱している。

ふしゅ……ふしゅ……。

ずっと後ろで、あの音がかすかにした。

戦慄の冷たい汗が背を落ちる。心臓が、爆発しそうに騒ぐ。

——身を隠せる所はないか。

赤い瞳孔を大きく広げた静は骨を汚す沢山の糞、岩天井にぶら下がるようにして眠る数知れぬコウモリをみとめた。数歩すすむと闇の奥に得体の知れぬものを発見した。

棺(ひつぎ)のようであった。

石で、出来ている。大昔にこの陵をきずいた豪族が眠っているのか？　古びた石棺の隣に、畳が二枚置かれ、うち一枚はかなり汚れていて、包丁が何本かと、黒い角盥(つのたらい)が据えられていた。

血を飲む器かもしれない。

静は、ふるえ出す。

と、

「何用か？」

いきなり声をかけられた静は魂を薙刀で斬られたように驚いた。

声がした方に、おびえた目を上げる。

その妖女は――静の斜め上、剝き出しの岩に足を上にして、ぶら下がっていた。まるで大コウモリの如き姿だ――。

初め、不死鬼は闇の中で寝ていると思っていた。次に、どういうわけか活動している血吸い鬼が、後ろにいると感じていた。まさか――そんな所にいるとは思っていない。

赤い目で睨(にら)まれたとたん、金縛りにかけられたようになっている。逃げられない。

「近(ちこ)う寄れ」

その声に逆らえぬ……。

早く逃げねばと、わかっていても、ふるえる足が勝手に動き、むしろ、寄ってしまう。

間違いなく不死鬼だ。

同時に女は音もなく着地した――。

若作りした公家の女である。

後ろで一つにたばねた腰までとどく下げ髪、幸菱(さいわいびし)という模様が散らされた暗黒を思わせる袿(うちき)、目が覚めるような血色の打袴(うちばかま)という装いで、衵扇(あこめおうぎ)をもっていた。

物凄い形相(ぎょうそう)であった。

鼻が低く、目は大きい、角張った顔の女で、そこまでならよいのだが、肌は青(あお)褪(ざ)め、唇は不吉な紫で、両眼は血色に発光。何よりも恐ろしいのは刀傷だ。右眉から右顎(あご)にかけて縦に深い傷が走っており糸で縫ってある。

死相が漂う唇から牙を剝き、臭い息を吐く。

「……誰殿(たれどの)の使いで参った?」

——静の両目も赤色光を放っている。

地下世界に棲むこの鬼女は、仲間と勘違いしているようだ。この勘違いを上手(うま)くつかえば、切り抜けられるかもしれない。

どう答えるか、必死に考えていると、女は、

「昔男(むかしおとこ)の手の者か?」

「…………」

「あの男の許に、そなたの如き雑仕女がいるという話は聞かぬが。よもや、この醜き傷を治す手立てをおしえてくれるというのかしら。それとも黒滝の手下か？　西光の味方をせよ、などと触れ回っておるらしいが……。あんな成り上がり者の味方を麿がどうして出来よう？　そうであろう？　黙ってないで何とか言え」

静は背筋を凍らせながら、

「黒滝様の使いで参りました」

「大方そうであろう。何用か？　初めからそれを問うているのです」

不死鬼は——青い顔を寄せてきた。死臭が強まる。

「長範の件で」

すかさず言う。

「長範とな……」

——鬼女は、考え込む仕草を見せた。静をしばっていた妖術の縄が——若干緩まる。体が、動く。今こそ逃げようとしたその時……。

ふしゅ、ふしゅ、ふしゅ、ふしゅ——！

あの音が後ろでどんどん大きくなって、

「御姫様！」

おどろおどろしい媼の声を、背中が浴びた。コウモリが何匹か騒ぎ、飛びまわる。

散乱する白骨が——物凄い勢いで突進してくる黒い影に、踏み散らされる。

「影御先がきておりますす。むう、この娘は——」

貴族の鬼女と反対側、つまり出口の方に、雑仕女風の汚れた衣を着た鬼婆が立ちはだかった。歯は鋭い犬歯の他はほとんど欠け、髪は薄く、双眼は活火山に似た光をたたえている。

「……影御先とな」

解けかかった金縛りが——また、強まる。静がどんなに力を絞り、老女に突進しようとしても、僅かに動くのが精一杯だ。汗をにじませて足を動かさんとしても妖術の重力が邪魔する。

貴族の不死鬼は陽光を浴びれば死んでしまうため昼は外に出られない。だから、殺生鬼たる従者を表に出して——見張らせていたわけだ。敵が二人いるというのは完全なる誤算であった。

腐った息が、耳にかけられ、

「真実を言うがよい。そなた、影御先じゃな？」

呪が籠った言の葉である。

「……そう」

言ったというより、喉に手を突っ込まれ、答を引きずり出された感じだ――。

初めに、虚を衝かれたからだろうか。黒滝の尼の操心をはねつけた静だが、この不死鬼の操心をどうにもはね返せない。

顔に傷がある鬼女は、

「嘘つきめ。麿は……嘘が嫌いじゃ。どれほど、心なき嘘に傷つけられたか。血吸い鬼たるそなたを愛す、我が血を飲ませるゆえ、人を殺めんでくれなどという、只人の男の……行く水に書いた言葉より頼りなき言葉を信じ、その男の血を啜ったものの、思うたより、啜らせてくれず、途中で慌てふためき、太刀を抜いて我が顔に斬りつけ、逃げようとする始末。その男はもちろん、その男の一類悉く血抜き……してやったがの。お前もまた、その汚れ切った嘘つきの一人であったわけか。名は？」

口が勝手に、

「静」

顎をぎゅっと摑まれ褪せた唇に並んだ牙に引き寄せられる。

「静。麿の従鬼に、麿の雑仕女になり、何処よりも深き闇の中で長く仕えるがよい。それが——そなたに下す罰です」

「……嫌ぁっ！」

静は、猛然と叫んだ。コウモリが何羽も飛ぶ。

刹那、

「こんな穴倉で——雑仕女、二人もいるの？」

低い女の声がした。

小松明をもった娘が骨が散らばる穴倉に躍り込む。コウモリが黒い嵐となる。

バタバタという羽音の下、娘は、小松明を放り——喉を噛み千切らんと一挙に跳びかかった老婆に、薙刀の一閃をくらわせた。

「巴っ」

静が噛まれる直前、乱入した影御先は、巴だった。

殺生鬼はしぶとい。

胸から血をしぶかせるも、怒りの咆哮を上げて巴を襲わんとする。

巴は、真っ向幹竹割りに殺気をぶつけ、血を吸う媼を退治した。

恐怖によりほとんど、うつつなしという有様の静だが、巴の侵入で勇気が湧いている。

白骨の間に放られた小松明が、荒ぶる巴を下から照らしていた。

影御先は——七曜模様を体の何処かにつけねばならない。静は、小袖の一角にこの小さな七つ星をつけている。一方、巴は黒い七曜が堂々と背にしるされた麻衣を着ていて、胸や腹など体の前側は——別の魔除けの印が散らされていた。

黒い三つ巴。

八幡宮でよくつかわれる紋でオタマジャクシが三匹、頭を突き合わせたような柄だ。

鋭い双眸、意志が強そうな獅子鼻、厚い下唇、縄を帯代りにし、みじかい髪は後ろで団子状にしている。歳は静より二つ上。

静を金縛りにかけている鬼女は、

「薙刀をすてよ！」

妖力をもつ声で命じた。ところが——物凄い気迫で鬼女を睨む巴は、ぶるっとふるえ、歯嚙みしただけで、武器をすてない。

——操心を粉砕した。

操心について、磯禅師は、気持ちの強さではね返せると説き、仏道の修行を取り入れて皆の心を鍛えていたが、なかなかむずかしかった。巴は気持ちの強さでは影御先一と噂されていた。

「ほう……」

鬼女は、操心が効かぬと見るや、静を取り押さえ、

「うぬが薙刀をすてねば、この娘を屠るぞ！」

金縛りによって強張った静の顔を巴の野性的な目が睨む。

ふっと笑い、

「――勝手にやれば」

この言葉は静のみならず、鬼女をも驚かせたようである。

巴は険しい面持ちで、

「あたしは――その女を憎んでいる。あんたが殺そうが構わない。好きに殺せばいい」

何故、ここまで憎まれているのだろう。静が思い出せる限り巴の気に障るようなことを言った覚えはない。

巴はいきなり丸い物体を不死鬼に投げている。おぞましい叫びが身をよじらせた。

つんと尖った臭いが、鼻に刺さる。

――ニンニクだ。

殺生鬼は香、花の匂い、清らな水、ニンニクを嫌い、不死鬼となるとこれに、太陽がくわわる。仏法の五辛の一つ――ニンニクは、香と並ぶ影御先の武器である。

巴は、相手の赤眼に、ニンニクを投げつけた。

金縛りが解け――体が動く。静が逃げようとすると、

「そこで殺るんだよ、馬鹿っ」

コウモリが暴れ狂う下から、怒号が飛ぶ。

歯を食いしばった静。竹筒の水を右目を押さえた鬼女にかけた。絶叫が迸り、青褪めた面貌が一気に爛れ、湯気が上った。

静は今朝、竹筒に、在原業平が、

千早ぶる　神代も聞かず　竜田川　からくれなゐに　水くくるとは

と、詠んだ竜田川の清水を入れていた。人を殺す血吸い鬼と戦う時、山からこぼれた清らな水は大抵一日、強い武器となり得る。

鋭い爪をもつ手が静にむかって猛進。肩を摑まれた――。爪が食い込む。静は

悲鳴を上げて柄に七曜がきざまれた短剣を出すと鬼女の腹を刺している。

相手は、ひるまない。

「心臓、狙え！」

巴が、吠える。

肩を激しく嚙まれる。痛みが、体を駆けた。凄い勢いで相手は血を啜ってくる
——。

赤光を瞳に灯した静は腹に刺した小刀を引き抜き、上向きに刺す形で下から心臓を狙うも、圧倒的な剛腕が右手首を捕まえた。

——ッ！

何かが、鬼女の頭を打ち据える。それは球根をいくつかつけたニンニクを数株、縄先に結びつけたものだ。孔雀縄という影御先独自の武器で、巴が振った。

鬼女の頭から球根が転がり——絶叫が轟く。

相手が頭を押さえ、静は胸を突かんとする。

狙いをはずし肩をかすったにすぎぬ。

さっと飛び退った静のすぐ前で、黒風となった魔手が薙ぐ。

「どいてな」

巴の声がかかり、静は横跳び。ついさっきまで立っていた位置に首を掻っ切りかねぬ爪の突風が吹いている。

《――薙刀の女を襲え！》

脳内で、声が弾けた。黒滝の尼の操心は自ずと引き込む形だが、この女の操心は光と共に言の葉が弾ける感覚だ。

《あの女は、そなたを見捨てようとした》

不死鬼が静をあやつろうとしている。無数の死者が眠る塋域（えいいき）で、魔が心を食おうとする。

汗をぐっしょりかいた静は気を強くもった。

――負けない。

静が思った刹那、鬼女が、

「死せ！」

今までばらばらに暴れていた何百ものコウモリが単一の固体的な意志に統一される。数知れぬコウモリが、濁流、あるいは怒濤となり、巴を襲う。

不死鬼は人だけでなく、獣の心をも……統（す）べる。

コウモリにつつまれる寸前、巴は雄叫びを上げながら薙刀をまわし――棒状の鋭気を鬼女に放った。石突を前にした薙刀が鬼女に驀進。

――左胸に、刺さった。

血煙撒きながら、顔に傷がある鬼姫は――埃を立てて仰向けに崩れた。

同時にコウモリは巴を襲うのを止め、思い思いに飛び散った。

巴の薙刀は――石突が、鋭い杭状になっている。

巴は大股で静に歩み寄る。

「何故、勝手な真似をしたっ」

肩を怒らせて詰った。額に険を走らせ、低い声で、

「おい」

土の床で小松明が燃えつづけていた。

静は、爛々と光る眼で相手を真っ直ぐ見据え、

「わたしの何が憎いのっ？」

不死鬼は――心臓を杭で打つか、太陽光で焼く他、斃せない。ただ、極めて強い心臓をもつ不死鬼もいるため、杭打ちの後、首を斬って他の場所へもち去るか、体を太陽光にさらしてその死を確実なものとせねばならない。また、殺生鬼はかなり低い確率だが、不死鬼に甦るから、これもまた、退治した後、胸に杭打

ちし、首を斬って、念を押す。

その大事な作業そっちのけで静と巴は睨み合う。

と、

「――怪我はないか！」

男が一人、横穴に入ってきた。

重家である。

鎖付きの分銅がついた振杖という棒をもっていた。

「退治したんじゃな？……ん、どうした二人とも」

巴は、静からはなれ、

「何でもない。さあ、とっとと後始末するよ」

第七章　元服

母と辿った道を逆に歩み、曙光で赤い山間の田園を抜け、柊野から——上洛する。

七歳までいた都のことは、ろくに覚えていない。

——もどってきた。

久しぶりに見る京の大きさ、賑やかさは、遮那王の脳を殴りつける。

遮那王は木深き山里、鞍馬でそだっている。

まず目に飛び込んできたのは丹塗りの柱、白い壁が並ぶ大内裏の威容だ。

黒牛が引く牛車がやってきて、鞭をもった赤ら顔で大柄な牛飼い童とぶつかりそうになり、声高に叱られる。

荷車に米俵を山積みにした上に市女笠の女が乗り、その車を夫らしき男が牛をつかって引いていたが、その牛が藁をかぶった旅の者に襲いかかり騒ぎが起きる。

若党三人をつれた、平家の者らしき騎士が、高下駄をはいた僧にものを訊ねていた。

様々な人が一条大路を行き交う。

大内裏の築地にくっつくようにして生きる……百人以上の物乞いが、遮那王を驚かせる。

見事な築地に、廂状に板をつけ、その下に筵など敷いた、ほとんど裸同然の貧しい人々は、御所と密着する形で一つの町、ないしは村を形づくっていた。

腰に布を巻き後は裸という出で立ちの日焼けした乞食が、拳を振り上げ喧嘩する犬を追っ払う。

骨と皮ばかりに痩せ、茶色い衣をまとい、両眼を炯々と光らせた男が、ぼりぼりと肌を掻き毟っていた。

その隣で垢じみた乳房を剥き出しにした、髪を七分ほどに刈りそろえた女が、ここで生れたらしい赤子に乳をあたえていた。頰がこけ、痩せ細った母親から、あまり乳は出ぬようだ。赤子は泣きじゃくる。一瞬泣き止んだ赤子が――世にも澄んだ瞳で遮那王を見ている。

あの赤子は、わたしかもしれぬ……。

痛切に思った。

義朝をうしなった常盤は供もなく平家の手を逃れ、幼い今若、乙若をつれて、生れたばかりの牛若を抱いて、清水寺に籠った。そこから母は雪が舞う大和街道を、もう歩きたくないと泣き叫ぶ上の二人を叱り、なだめ、凍てついた木陰で牛若丸に乳をやり、足から血を流して歩き、ぼろぼろになって大和の故里にたどり着いた。

常盤の訪れに親戚たちは困り果て、冷やかに突っぱねる者もいたという。三人の子を守りそだてていかねばならぬ常盤はこの世にほとんど味方がいない事実に打ちのめされ、絶望したという……。

それでも常盤は子供たちを守ってくれた。自分は様々な幸運、多くの人の支えがあり、今日まで鞍馬でそだち、今、武士になるべく広い世間に飛び立てた。

が、一歩違えば——あの赤子の如くなっていた可能性は、ある。浄瑠璃が生れた家も、貧しさに潰れる瀬戸際にあった。貧しさが家を踏み潰した果てには今、目の前にいる人々の暮しが広がっている。

——検非違使がきた。

目付きが鋭い放免を何人もつれている。放免——検非違使の下ではたらく元盗人などである。

役人は、鋭い声で、ここから退去するよう促した。

乞食をたばねる翁や嫗たちは、別の場所に行っても、そこには他の乞食の縄張りがあり、なかなかむずかしいこと、自分たちには他に行き場所がないことを訴えていた。

公家につかえる雑色が乞食に嘲りの言葉を投げて通りすぎる。

さっきの赤子は、まだ——頑是ない顔で、遮那王を見詰めている。

都にきたとたん、目に入った大内裏……。その築地に寄り添うように生きる乞食が、百人ばかりいる、一体、この平安京全体でどれほどの数の物乞いがいるのか。

物乞いがまるで悪者、邪魔者のように排除されているが、彼らが生れるのは——世の中に爛れきった傷があるからではないか。

乞食の多くは、荘園から逃げた者たちである。荘園では鞭や棒で、下人や下女が今日も脅えており……殴り殺される者が後を絶たない。

その鞭や棒を逃れることが、そんなに悪いことだろうか？

あるいは飢饉で村が崩れ京に出てくる百姓も多い。

人に才覚がある以上、貧富の差はなくならない。だが、ここまで多い物乞いは、朝廷や六波羅に心構えさえあれば……減らせるはず。だが、

平家の公達と思しき若者がきらびやかな馬に跨り、薙刀で武装した兵、赤い狩衣をまとった雑色どもをつれ、自信たっぷりに都大路を行く。

——変えてやる。

ひどく膿んだ傷口を、ふさいでやる。

みすぼらしい下人をよそおった遮那王は歯噛みした。

四条室町に行かねばならぬ。

だが、どういうわけか遮那王の足は、朧な記憶を頼りに、一条通をあらぬ方へ歩いている。

檜皮葺きの屋根が並ぶ公家の豪邸、小家や棟割長屋の密集、そしてまた、貴族の屋敷が見えてくる。

……見覚えがある屋敷だ。

修理が行き届いていない、かなり古い築地の先に、苔むした檜皮葺きが並んでいた。

塀に大きく崩れた処があり枯れた小木が見られた。イバラであるらしい。

遮那王は、七歳まで過ごした藤原長成邸の前に立っていた。つまり中に——常盤がいるはず。常盤はあの後一度だけ鞍馬山を訪ねている。が、それ以降——一度も姿を見せていない。度々心が籠った手紙はくれたが訪ないはない。僧になる覚悟をつけさせようというのか。平家にあらぬ疑いをいだかせぬためだろうか。そんな母が恋しいし、恨めしくもある。来ては行けない所とわかっていた。

自分も危ういし、母や義父や弟、生れたと文で知らされた妹に魔手がおよぶやもしれぬ——。

遮那王が逃げたことで、鞍馬は蜂の巣をつついたような騒ぎだろう。すぐに、六波羅に知らせが行く。六波羅の兵や検非違使が真っ先に殺到するならここ。下人に化けていたとしても、常盤が住む家の前をうろうろしていたら、確実に捕まる。

しかし、遮那王の足は逆らい難い力に押され、来てしまったのだ……。

遮那王はしばし茫然と立ち尽くしていた。イバラの狭間に常盤が見えないかと思う。

東隣には、立派な館があった。

その家の、檜皮葺きの門前で、轅を下ろした牛車が二台、止っている。赤い水干を着た牛飼い童が、車から解放した斑牛を縄で引き、遊ばせていた。もう一人の牛飼い童は橙色の水干を着ていて、弓をもった侍二人、白張りを着た細身の仕丁と共に、築地にもたれ胡坐をかいて、ゲラゲラ笑いながら話していた。猥談をしていた逞しい牛飼い童が、無精鬚を撫でながら、遮那王に視線を走らす。

牛飼い童は弓をもった侍に何か囁く。

侍が、鋭い目でこっちを見ている。

急ぎ、踵を返す。

弱すぎる、と己を叱る。

刹那、義父の家から——世にも哀しく美しい、琴の音が聞こえた……。

琴は、何事か思い出すように静かに奏でられていたが、俄かに激しくなり、激音が暫時つづき、前触れもなく止った。

——常盤が弾いたものとすぐにわかる。

義朝が好きだった曲、母がいつも話していたそれであったから。

胸の中が煮沸されたように、騒いでいる。

うつむいた遮那王は急ぎ足で、母が暮す家から遠ざかる。

堀川沿いを南にむかった。川の左右には、材木商が多かった。さる親王が住んだという廃墟の南で左折、四条通を行く。

通行人が多くなり、喧騒が強まる。

と、騒々しくはしゃいでいた人々が急に声を落とす。

何かにびくびくするように、めくばせし合う。

何事かと思い、道端によけたとたん、行く手で一陣の砂煙が舞い、それが失せた後、赤い一団が、ざ、ざ、ざ、と歩いてきた。

血の如き真紅の直垂をまとった逞しい少年たちである。

厳しい目を都人にむけ、威圧するように歩いていた。

――六波羅の赤い禿か。

赤い制服の少年たちとみすぼらしい若者に身をやつした遮那王はすれ違う。

昼前、羅漢堂に着いた。

少進坊は、都にくることがあれば、是非寄ってくれと話していた。あれから数月、何の音沙汰もない。つまり――今いるかどうかも、知れない。もちろん、しきりに便りをくれるわけにいかないこともわかっている。

一人は源氏の御曹司、もう一人は源家一の郎党と言われた驍将の子、そこに密なる連絡が交わされれば、六波羅は訝しむ。

頭ではわかっていても、不安になった。少進坊は旅に出ているかもしれない、別の所にうつってしまったかもしれない、六波羅につかまったかもしれない、など、様々な可能性が閃く。

都にこれだけ人がいて——自分がたよれるのは、この大風がきたら吹っ飛んでしまいそうな羅漢堂の主しかいないのが、悲しかった。

——これで、清盛を討てるのか。

苦笑いする。

羅漢堂の左は網代壁の粗末な家だった。右手は今にも崩れそうな棟割長屋になっている。いかにも狭く暗く汚れた長屋だが、母親と子供らの明るい笑い声が聞こえる。遮那王は声がする方を寂しげな微笑みを浮かべて見詰めた。

肝心の堂だが、周囲に板壁をめぐらしている。

入口は枝折戸になっていて半ば開いていた。

不意に——少進坊の接触そのものが、罠だったらどうしようと思った。胸が早鐘の如く鳴り、秀麗な額に青筋が立つ。少進坊を信じねば野垂れ死にする他ない。

腹が、決った。

半ば開いた枝折戸から中へ入る。

羅漢堂は草葺、板廂の粗末な造りで、隣に、井戸と橘の木があった。

「たのもう」

遮那王はくたびれた濡れ縁の前で呼ばわった。

答はない。

――誰も、いないようである。濡れ縁に腰かけ、橘を眺めながらまつ。

そうやってしばらくじっとしていると童が一人、枝折戸から入ってくる。

三郎だ。

喜色が遮那王の相貌を走っている。

駆け寄ってきた裸足の童は、目を輝かせ、

「遮那王様だいね？」

遮那王は首肯する。

「来てくれたんだね。少進坊さんも喜ぶと思うよ」

「今、何処に行っている？」

「猫間中納言様の所に、琵琶を弾きに行ってるんだよ。旅に出る時ゃあ、おいらも一緒に行く。洛中で弾く時は、途中で一度羅漢堂にもどれって言われてる。遮那王様が来てないか、見るためだ。で、また少進坊さんの所にもどるんさ」

「ではまたこれから中納言の所に行くわけだな？」

「そうだよ。ここじゃ何だから、中へ入っておくれ」

朗ら(ほが)かに言う三郎だった。とても、罠の糸が張りめぐらされているようには思えぬ。

三郎について中へ入る。

「羅漢様の前でまっててよ」

そう告げると三郎はすっと羅漢の前に供えてあった餅(もち)を摑み、

「食べる？」

「……いや」

頭を振った。

すると三郎は——ぱくっと餅を食ってしまった。

「こらっ、お供えの餅を食べたらいかんだろう」

「うわ、遮那王様って……意外とおっかない人だね」

ちらっと舌を出した三郎は、

「だって、腹、減ってるんだもの」

申し訳なさそうに呟(つぶや)く。

「……そうか」

建て付けが悪い板戸をガタピシと開けた、三郎は、

「もし、怖い奴らがきたら、此処に隠れてね」

床板を蹴り、

「ここの板が取れる。中に、穴が掘ってあるんだい」

「用意がよいな。さすが——少進坊だ」

「でしょ。で、抜け道が表まで通じてるよ。抜け道は——おいらが掘った方がいいって言ったんだ。で、おいらが一人で掘りました」

「ほう」

遮那王は少し、居住いを正す。

板戸をガタピシ閉めながら、

「おいら昔、空き巣だった」

「空き巣……穏やかではないな」

「除目(じもく)の時、貴族の屋敷に人があつまるだろう？　大勢さ。お祝いにくる者、国

司になったら何か仕事がもらえねえかって、顔を出す昔使われていた従者や童部……中には怪しい奴だって大勢いるよ。おいらみてえな、掏りとか空き巣をやっている童も、一緒にするっと入るんさ。で、蒔絵の箱とか、綺麗な壺とか、見事な布とか、頂戴して、逃げるんだよ」

「……あまり関心できぬ話だな」

「そんな時さぁ、雑色とか侍とかに見つかりそうになって、床下とかいろんな所に隠れたよね。抜け道がありゃ楽だなぁって思ったよ」

遮那王は三郎に、問うている。

「それで、わたしのために、提案してくれたのか?」

「何か訳ありの御人なんだろうなって、思ったからね。あんたのこと」

感心してよいのか悪いのか、何とも言えぬ話であった。

「何で盗人を辞めようと思った?」

「あるお屋敷に忍び込んだ時、大人の盗賊が、たまたまそこを襲った」

武装した盗賊団が、貴族の屋敷を襲うのは、よくあることであった。もちろん貴族も盗賊から身を守るため武士をやとっていた。ただ、武士の武力が弱い時、武士の中に……裏切者がいた時など、盗賊の襲撃は成功した。

「その御屋敷には……強い武士が、何人もいてさ。みんな捕まったよ。大人の盗賊。で……ひどいやり方で殺された。……おいらはそれを、隠れ場所から見ていた……。それを見たら、人のものを盗むのは、怖くて出来ねえようになった」

それを言った時の三郎の面差しは——子供のそれではなかった。もっと長く苦しい人生を生きてきた大人の男の顔だった。

遮那王は三郎をきつく抱きしめている。

この少年が、今日という日まで、恐ろしい暴力が渦巻くこの街でひどい怪我もせず、生きてきたことが、ひたすら嬉しい。

「——恐ろしかったな?」

噛みしめるように言う。

「……うん」

「よかった、本当に、よかった」

「何がだい?」

「そなたと少進坊が出会い、わたしと少進坊が出会えたことさ——」

遮那王は三郎をはなすと、温かく微笑んだ。

「おいらも……何となくそう思うよ」

「今はもう、盗みから全く足を洗っておるのか?」

三郎は、鼻糞をほじり、

「ううん……仏様の前からものをくすねるのが盗人なら、おいらまだ、盗人かもね」

「こいつ……」

遮那王が苦笑すると三郎はすっとはなれ、

「もう行かねえと、猫間様の所に」

「中納言の所で、美味(うま)いものでも食えるといいな」

ニマーッと笑って、

「そいつが、一番の楽しみさねっ」

三郎が出て行くと、床下や、端の方で土がこぼれ竹小舞(こまい)という下地がのぞいた、壁の向うから、鼠(ねずみ)の足音が聞こえた。

遮那王は板敷に横になるや豪胆にも鼾(いびき)をかき眠りに落ちた。

熟(う)れ柿を思わせる光が板敷に差しはじめる頃、少進坊たちはかえってきた。

もどってくるなり、少進坊は、

「町まで一っ走りして、魚を買うてきてくれ」

町——商店街である。平安時代初期には、東西の市で商いがおこなわれたが、王朝も後期になると、西市は潰れ、東市も都の各所に現れた町に押され気味になっていた。

「お酒はいいの?」

三郎は訊く。

「酒は、羅漢様の裏に隠してあるゆえ、いらん」

中納言からもらった銭を少進坊は三郎にわたす。三郎が出て行くと、遮那王は、

「そなたからの便りをまっておったが、何も言うてこぬゆえ、ちと心配になったぞ」

「申し訳ございませぬ。影御先についてわかり次第、お知らせしようと思っておりました」

「初めて明かすが……わたしは……恋人と師を、血を吸う鬼に殺された」

「……そうでございましたか。それで……」

面差しを引き締めた遮那王は火が消えた囲炉裏越しに乗り出す。

いる。


「何かわかったか？」

浄瑠璃と鬼一法眼を死に追いやった——熊坂長範をどうしても討ちたい。そのためには、古より血吸い鬼と戦ってきた影御先との連携がかかせぬと、感じている。

少進坊は、浮かぬ顔になっている。

「いろいろしらべましたが……謎多き者どもゆえ。ただ、いくつかの寺社で、影御先を知る者に会いました……」

「どんな小さなことでもよい」

「はい。その者たちの話によれば、影御先を創ったのは役行者、乃ち役小角のようですな……」

役小角——修験道を開いた伝説的山伏である。

「役行者が、前鬼、後鬼という人を殺めぬと誓った血吸い鬼を手下にくわえ、人を殺す血吸い鬼を追ったことが、影御先の由緒のようでござる」

山伏兵法も小角から生れた。だから影御先と鬼一法眼は、遠い親戚の如き存在なのだ。両者が行動を共にしていたという過去も——十分うなずけるわけである。

　少進坊は、つづける。

「小角は朝廷を嫌いました。山に隠れ、貧しき民のために国司や郡司から、神通力をつかって貢納物を奪ったという話も……」

　小角は沢山の手下をもち、反朝廷的行動を取った。ただ小角は盗賊とは違い、修行者でもあったから殺生を極力さけたはずである。

「その小角の生き方を継承する者ゆえ、影御先は朝廷とその役人……国司や郡司と、距離を置くようです。武士とも遠い」

「影御先を知る者を通じて彼らとの接触を図りたい」

　遮那王が言うと、

「興福寺勧修坊の聖弘なる僧が、南都における影御先との窓、という話を聞きました。奈良の貧しき童に読み書きなどをおしえている、老僧にござる。この僧を通じ影御先と交渉をもつのがよいかと」

「決りだ。明日、奈良に行こう」

　逸る遮那王に少進坊はあくまでも慎重に、

「聖弘は様々な雑務にかかわり奈良を留守にすることも多いとか。南都に行って、不在では困りましょう。わたしと三郎で明日行って、聖弘の在否をたしかめて参ります」

「助かる。是非そうしてくれ」

琵琶法師たる少進坊はいろいろな所に出入りでき、頭の回転も速いので、情報をあつめる力が強い。少進坊と三郎の取り合わせは、実にたのもしいと思う遮那王だった。

「誰が見ておるか知れませぬ。ご主君は、羅漢堂の中におって下さい」

「いや、いろいろ行きたい所がある」

少進坊は驚いて、

「……え？」

「奈良街道を下るついでに、六波羅、小松殿は見て行ける」

それは奇しくも清水寺に隠れていた常盤が、幼子三人をつれ、雪の中、南へ落ちた道なのだ。遮那王はふくさな唇をほころばせる。

「だが、西八条は経路からはずれよう。西八条、さらに八条通沿いにあるという宗盛の館くらいはたしかめておきたい」

「何と、大胆な……」

瞠目した少進坊に言った。

「そなたらが出かけるのに、ここでずっと閉じ籠っている方が、怪しまれると思うぞ。まさか、清盛、重盛、宗盛も、鞍馬から逐電したわたしが、堂々とその正門前にいるとは夢にも思うまい。――大丈夫だ。絶対に変装を見破られぬ自信がある」

心配で堪らない様子の少進坊に、遮那王は、低い声で、

「いずれ軍勢を率いて平家を討つ時、奴らがどんな屋敷に住んでおるのか、この目で見ているのと、見ていないのとでは、全く違う」

遮那王の豪気に少進坊は打たれ気味になる。

「決して……危ない真似をなさいますな」

「言わずもがな」

少進坊は首を少しかしげて、小さくうなずく。納得していませんという仕草であった。

少進坊は、腰を上げ、

「少々おまち下さい」

手を前に出してゆっくり歩き別室に動いている。

しばらくすると、古びた壺をかかえてもどってきた。

「中をご覧あれ」

遮那王の手が蓋をはずす。

「…………」

壺の半分くらいまで、宋銭が入っていた。

「琵琶法師をしながら蓄えて参りました」

少進坊は懐から、古い袋を出す。中から幾粒かの奥州金を出して見せている。

「――貴方様のために、ためてきたもの」

遮那王は静かに、

「……そなたの暮しに必要であろう」

少進坊は、遮那王から少しはなれた所を見ながら、きっぱりと、

「わたしの生き甲斐は源家の再興にござる。どうか、お使い下され」

「受け取れぬ」

面貌を歪めた少進坊は興奮しそうになるのを抑えて、

「何をおっしゃいますか。上洛してからは……義朝様の御落胤がおられぬか、さがしまわりました。貴方様の噂を聞き、貴船でお会いし、お声を聞き、三郎から様子を詳しく話してもらい……確信いたしました。このお方こそ、新しい時代を

切り開く御方と」

「新しい時代……」

少進坊は勢いよく、

「はい、ご覧になられたでしょう？　平家の横暴に民はおののいております。塗炭の苦しみに陥っております。そうした中から、賊が出てくる」

「………」

少進坊は、歯を食いしばって、

「病の源は、六波羅にある気がする」

目に涙を浮かべた少進坊は、気迫を込めて、頭を下げた。

「どうか——新しき世を切り開いて下さいませ。これでは到底足りぬかもしれませぬが……遮那王様のお役に立てれば某、幸せなのでござる。この志を汲み取って下さいませ」

小さな壺には、大きなるものが詰まっていた。

ずしんと胸にひびく重みを感じながら遮那王は、

「わかった。気持ちはたしかに、受け取った。そなたと三郎に必要な分はのこし、後は軍資金とさせてもらう。——この大恩には必ず報いようぞ。わたしの幸せは少進坊……そなたという家来を得たことだ」

遮那王ははらはらと涙をこぼす盲目の家来の手を堅くにぎった。少進坊も、にぎり返してくる。

「……ありゃ、何してるんだ二人とも。少進坊さん、泣いているの！」

塩引きの鯛を引っさげた三郎が、かえってきたのだ。

「たわけ。大きい声を出すな」

少進坊が叱ると、くすくす笑い、

「……遮那王様の目も潤んでるみてえだ。大の大人二人が一体どうしたい。あ……遮那王様は、まだ大人じゃねえか」

苦笑した遮那王は、

「憎っくき三郎めに、大人でないなどと言われたゆえ、今から——元服の儀を取りおこなうっ。そなたらが立会人ぞ」

「ははっ」

承安四年（一一七四）、春のこの日、十六歳の遮那王は四条通の古びた羅漢堂で、元服。父、義朝、清和源氏を打ち立てた経基にちなみ、源九郎義経を名乗った。

元服の後、義経は少進坊と主従の盃を交わした。

これを見た三郎は、

「おいらも家来にして下せえ」

義経、冗談っぽく、

「お前につとまるのか？」

「――ふん。おいらほど立派にはたらく家来、なかなかいねえぞっ」

「よかろう。そなたも今日元服し、家来となるがよい。父の生国は？」

伊勢という答が返ってきたため、伊勢三郎義盛（よしもり）という名を小さき家来にあたえている。

翌日、少進坊と伊勢三郎は南都へ発つ。

遮那王あらため義経は――清盛の西八条邸、そのすぐ南の平重衡（しげひら）邸をたしかめた。高い築地塀、物々しい警固を見た義経は、険しい顔になる。

敵城をうかがった後は殷賑を極める八条通を歩く。米屋に酒屋、刀屋や武具を修理したりする店が、ずらりと並んでいた。途中、幾度も平家の武士とすれ違うも、みすぼらしい下人に注意を払う者はいない。

さる刀剣商の前で、武士が立ち話をしている。

「剣入道がまた出たそうじゃ。今度は三条大橋とか。穴沢殿が襲われた」

「何人やられた？」

「穴沢殿は何とか助かったが……若党四人が斬られ、六人大怪我と。むろん刀は奪われた」

「検非違使は何をしておる！　一刻も早く、追捕してほしいものよ」

都大路に漂う埃を吸い、色とりどりに着飾った人々とすれ違う義経の胸の中に
――剣入道への興味が、湧き起る。

平家の者だけを狙うという賊は源氏の残党かもしれない。類稀なる武勇は、味方にすれば――相当心強かろう。また純粋に鞍馬で研いだ武技と、どちらが強いか、たしかめたい。

――剣入道、会ってみたいものよ。

不敵な微笑みを浮かべる義経だった。

後白河院の妹が暮す八条院の前を通ると、京童が、

「宗盛様じゃ」

「宗盛様のお出かけぞ」

囁き合う。

宗盛は——十人の騎馬武者、三十人以上の弓薙刀で武装し腹巻を着込んだ若党、二十人近い雑色に守られていた。雑色どもは桜色の狩衣に統一されていた。小洒落た装いである。そんな一団の真ん中を宗盛が乗るらしいきらびやかな車はゆったりすすんでいる。

牛車を見送った義経、胸底で、

——首を洗って、まっておれ。

義経は昨夜、剣入道が出たという三条大橋まで行ってみた。

三条大橋から東海道がはじまる。

川を越えて、東山にむかって十町（約一〇九〇メートル）ほど歩いた所が粟田口で、今剣を鍛えた宗近を始め古来、刀鍛冶の聖地として知られた。平家の武者が西八条の傍で剣を買うなら、関東武士は都の帰りに粟田口で刀をもとめ、草深き遠国に旅立つ。

義経は——坂東への想いを胸に、粟田口を歩く。

いかにも田舎から出てきたふうの、垢抜けない武士たちが、買い物をしていた。

義経はこの武士たちに無性なる愛着を覚えた。

――父の郎党だった人はいないだろうか。話しかけたい衝動を抑え刀屋の見世棚に近づいている。昨日鞍馬から逃げたばかり。何処に六波羅の目が光っているか、知れない。

背が高い武士たちに並び、小柄な義経は刀を取ってみる。

幾軒か物色し、さる店で――これはという一本に会う。

「そいつを気に入ったのか？　あんた、目が高いな」

刀屋は気さくに声をかけている。

「若殿様の刀をさがしていて……」

「どれくらいの身の丈だ？　力は強い方か、弱い方か？」

「身の丈はわたしくらい。力は……かなり強いと思うんですが」

刀商は、ゆっくり首肯し、

「なら、これで大丈夫だろう。にぎってみな」

「いいんですか？」

義経は——すっと目を細め、唇をむすび、黒漆塗の鮫皮に獅子を象った黄金の俵鋲が打たれた柄を、にぎっている。

驚きの風が刀商の顔を吹く。

「あんた……武芸の心得が？」

「いえ、滅相もない。これにします」

支払いは少進坊の奥州金で済ませた。金の沃懸地の鞘も見事で、生き生きとした獅子が躍動していた。

＊

「禅師様は何処へ行ったん？」

小春が言った。

「南都だよ」

巴が、答える。

「何でも、聖弘様から使いが来てね、影御先に入りたい奴が、いるんだってさ。そいつに会いに行ったわけさ」

小春は巴に、

「誰が使いに来たん？」

「ほら、あの……背が高くて、痩せっぽちで、物凄く足が速いあいつ……」

「みつ丸？」

「そう、みつ丸」

「そうかあ、みつ丸、今、聖弘様の所におる子の中で、一番足、速いさかい。せやろなあ」

蕪の塩汁を啜りながら小春は嬉しげだ。

興福寺の聖弘は、奈良の町を親もなくさすらう浮浪少年、浮浪少女の面倒を見ていた。その中から見所がある者を影御先に紹介している。その一人である小春は、

「なあ、聖弘様、うちのこと何か言うとったって？」

巴は玄米飯を掻き込みながら、

「さあ、何も言ってないんじゃない」

二十歳前の小春はふんわりした笑みを、ちょっとだけ曇らせる。

「……そうかぁ」

重家がやさしく、

「急ぎの用だったのであろうよ。禅師様がもどられたら、何か言伝があるんじゃないか」

重家は、長い髪を下に垂らした若者だ。背が高く浅黒い。顎鬚が生えていた。柿色の山伏装束には、黒い七曜紋が散らされていた。血吸い鬼との戦いでは分銅鎖がついた振杖を振りまわす猛者であり、白拍子の興行では大鼓を豪快に鳴らす。大鼓の独奏を聞きたいという女人が出るほどの、人気者である。

兄の隣で飯を食う重清は全く表情を動かさない。頬がこけ、双眸はギョロリとし、異様に太い眉に刀傷が走っていた。小兵ではあるが、弓の名手、小鼓も上手い。

重家と重清は兄弟としてそだったが父母は違う。

重清の父は「指矢三丁・遠矢八丁の者」と呼ばれる吉野地方の狩人で、天才的な弓の名手だった。

指矢三丁・遠矢八丁とは、三町（約三二七メートル）先の武士の鎧の引き合わせ（隙間）を正しく見切り、その狭い一点に、矢を当てて、敵の体を……貫いてしまう、そこまで細かい狙いでなければ、八町（約八七二メートル）先の鹿や犬、人に矢を当てることができる。

……という意味である。

弓において関東武士に勝るとも劣らぬこの狩人に、重家の叔母が嫁いだが、程なくして山の事故で父が亡くなり、母は里にもどっている。母も疫病(えやみ)で儚(はかな)くなり、以後、重家、重清は兄弟としてそだてられている。

ちなみに静は重家から、

『諸国の寺院のいくつかで、立川流なる者どもが密かに勢力を拡大しておるとか……。殺生鬼と関り深い者どもじゃ。そやつらのせいで、寺社で王血者をかくまうわけにはいかんのじゃ』

と、聞かされていた。

「鯊翁(はぜおう)さあ」

よく通る強い声が巴から放たれる。

「何や」

「もっと、汁の塩っ気、強くしてくんないと」

影御先衆は今――大和国長谷寺(はせでら)にいる。昨日、長谷寺で白拍子の興行を成功裏におさめた。静は初舞台だったが、三日前、陵(みささぎ)での毒々しい戦いで嚙まれた肩

が痛み、ほとんど上の空のまま終ってしまった。小春曰く、完璧な出来であり、
磯禅師曰く、動きはぎこちなかったが今様はよかった、とのこと。

磯禅師は奈良に出かけており残りの者が坊舎で夕餉をかこんでいる。

「塩は、高値や。あと、塩の摂り過ぎは体によくないんや」

鯊翁は反撃している。

「塩の摂り過ぎなんて……あたしら、三千年あっても無理でしょ」

巴は不貞腐れる。

「ああ、駄目だっ、これじゃ足んない」

巴は箸を置く。静も——同意見だ。並盛りの玄米飯、蕪の塩汁、醬、大舞台の翌日にこの献立……もう少し何とかならないものかと思う。せめて玄米飯を大盛りにしてほしい。

巴がかざらない笑顔で、

「だけど、昨日の雉飯、あれは美味かったよ、鯊翁」

巴は、鯊翁とはふつうに話す。むしろしたしいくらい。静だけが巴との間に壁の如きものを感じていた。その壁が何故出来たのか、話してもくれないから、わからない。血吸い鬼が嫌いなわけではなさそうだ。もしそうなら、鯊翁や覆面の

不殺生鬼、太郎坊や次郎坊と良い関係をきずけない。鵞翁たちとはしたしくし、自分にだけ敵意をぶつけてくる巴に静はもやもやした感情をいだいていた。

巴が腰を上げ、

「何か見つけてくるわ。弓矢、かりるよ」

小動物でも狩りに行くのか。重清の弓矢を無造作にもって坊舎を出て行った。

食べ終った静も、無言で立ち上がる。

――巴との間にある溝をふさぎたい。

鵞翁と小春が、心配そうな目をこちらにむける。

巴を追って外に出た。

小山につくられた長谷寺には、階段状の長い登廊（のぼりろう）がある。

夜の登廊を下ってゆく巴に、静は追いついている。

名を呼ぶと背にしるされた大七曜が止る。

胸や臍（へそ）の辺りにくるくる染められた、黒い三つ巴が、こっちにむいた。

「何？」

巴は厳しい顔様で静を睨む。

「この前の……話」

静は、きりっと涼しい目で負けじと巴を見据え、

「どうして……わたしにだけ辛く当るの？」

桜色に染まった静の小袖で白い扇、若緑の扇がたゆたっていた。袖と裾には黒い七曜がある。

巴は黙って静を見ていた。

「知りたいの？」

一歩近寄り、

「小春から言うなって言われてるんだよ。あんたが気にくわない理由。けど、言ってほしいんだね？」

夜闇が長谷寺をおおい、さすがにもう登廊をくる参詣人（まいりうど）はいない。

「言ってほしい」

「なら、言ってやる！」

巴は、ほとんど額がふれ合うくらいまで、迫ってきた。厚い下唇をふるわして、

「河原院で死んだ笛師の隆雅（たかまさ）は——あたしの兄（にい）だったんだよ。たった一人の身内

だったの！　親代りにそだててくれた」

巴が静の顎を摑んだ。すぐ近くで、嚙みつくように、

「あの人は、あたしの目の前で殺されたっ。お前の親父にな」

あまりの迫力に、静はびくんと体をふるわしている。

頭を殴られたようになり、何も言えなかった。静は口を薄く開け、かんばせを強張らせて巴を見ていた。

巴は静の肩を突き飛ばした。

静の背が、柱に激突する。

「何で、影御先に入ってきた？」

鬼の形相で巴は言った。激しい苦しみが、巴の面貌を走った。

それを見た静は泣き出しそうになった。

「……ごめんなさい」

歯を食いしばった巴は、怒りと悲しみが混じった顔で、

「お前が謝っても、兄はかえってこないんだよっ」

一度目をつむり、また開けた巴の目は据わっている。

「……なあ、あたしがお前に何をもとめているかわかる？」

静の頰を、一筋の涙がつたう。

「お前があたしの前から……消えることだよ」

憎々しげな巴の言葉が、静の胸に深く刺さった。誰かに憎まれることがこれほど辛いことだと静は知らなかった。

「――何をしている？」

登廊の下の方から、声をかけられた。

磯禅師が三人の人をつれて立っていた。一人は、小柄な若者、いま一人は、琵琶法師らしき男、のこる一人は、童であった。

巴は静からはなれるとつかつかと禅師に迫った。

「どうして、静を仲間に入れたんだよ」

燃えそうな言葉を、影御先の首領にぶつける。

磯禅師は諭すように、

「静を仲間にすることについては、あの時によくよく話したはず。そなたも一度は納得してくれたはず」

「納得なんか……してない」

「静は、王血の者をさがせる」

「禅師様もでしょ？」

「わたし一人では、無理。六十余州にいる王血の者を、一日でも早く保護せねば――この世は不死鬼で溢（あふ）れる。恐るべき世になる」

「…………」

静はこみ上げてくる激しい感情で、身をわななかせながら、話を聞いている。

巴は恐ろしい形相で磯禅師を睨みつけている。

首領は、言った。

「敵も死に物狂いで王血の者をさがしている。時が、ない」

「よくわかる。たしかに、時がない。ならさ」

巴は静を強く指し、

「味方の動きが敵に筒抜けになったらどうするんだよっ。こいつは――」

磯禅師は、巴を平手打ちした。

「――仲間に何という口をきくか！」

巴は、負けじと、

「仲間なんて一度も思ってない！　あんたが勝手に決めたんだよ！」

物凄い剣幕で叫んだ。

怒りの猛風と化した巴は、磯禅師、そして禅師が奈良からつれてきたと思われる三人の者を押しやるようにして走りはじめた。

「隆雅をうしなったそなたの気持ちはわかる」

登廊に立ち込める暗闇が、巴の後ろ姿をすぐにつつんだ。

「静の母親はあの男に殺されたのじゃぞ！」

かんばせをくしゃくしゃに歪めた静もまた巴とは逆方向に駆けようとする
――。

「静！　まて」

磯禅師が呼んでいる。

だが、静はかまわず登廊を駆け上がった。

斯様な次第で――磯禅師が南都・奈良からつれてきた新しい仲間、少進坊、三郎、そして「八幡」という名の眉目秀麗なる若者をみんなに引き合わせた時、静と巴の姿はなかったのである。

長谷寺の十一面観音には――あらゆる御仏の許しが得られる、全ての怨敵から守られる、あらゆる毒物を撥ね返せる、などの功徳があり、紫式部や清少納言が詣でたという。

ちなみに、静と同時代に、紫式部の血を引く高名な武将がいる。

平重盛。

母の先祖が紫式部なのだ。

背が高い十一面観音が静を見下ろしていた。燈明が、揺らいでいた。

長範が殺めた多くの者のありし日に思いを馳せた静は十一面観音の足に手でふれ、歯を食いしばり、声を殺し、蹲るようにして泣いていた。

堂内には参籠の男女がおり、青い亀甲模様の被布をかぶった貴婦人、鼻提灯をふくらませた武士、子宝を祈りに来たと思われる百姓の夫婦などが、蹲ったり、柱にもたれるようにして寝ていた。

――魔の者をふせぐ抹香の香りが堂内をたゆたっている。

巴がぶつけてくる怒りに、どう向き合えばいいかわからない。静は苦しんでいた。

と――暗い堂内を誰かがほとんど足音を立てずに歩いてきた。

小柄な若者である。静はすぐ横に座したその若者が、先刻、磯禅師がつれてきた者であるとすぐに、わかった。
布で包んだ長いものをもっていた。

御仏に手を合わすと、青年は、

「静殿といったか?」

やわらかいが、凛(りん)とした声であった。

「……ええ」

泣き腫(は)らした眼を伏せた静はそっと答える。

「わたしは、八幡。今日からしばらく……一座の手伝いをすることになった」

白拍子一座の手伝い、すなわち影御先の手伝いをするという意だ。

八幡はさっき見た光景にふれず敬虔(けいけん)な面差しで観音に相対している。

静は声をふるわす。

「わたしは……やめるかもしれない」

もう——どうしたらいいか、わからない。母の喉に噛みついた長範、怒りをぶつけてくる巴、様々な情景が心をぐちゃぐちゃにし、静は引き千切られそうになった。

やめるという思わず出た言葉が、吐き出しそうな胃を楽にした。

静は張り裂けそうな胸を手で押さえ——参詣人がちらほらと眠りこけた、広い本堂から舞台へ飛び出した。

「まって」

八幡はほとんど足音を立てず、追ってきた。

涼しい夜気が肌をつつみ崩れそうになる自分をささえるため高欄(こうらん)に手がふれた。

「——早まるな」

後ろからつかまえた八幡は、静が身投げすると思ったようだ。

舞台から、高欄を跳び越えて身投げすれば——命はない。

長谷寺の舞台は夜の森を見下ろしていた。清水の舞台と同じ造りの空間で、昨日、静は、ここで舞ったのだ。歌ったのだ。

「禅師様から聞いた。そなたの母御は……熊坂めに……」

八幡は言う。

静より二つ三つ、上の若者だ。

激しい感情で静は呼吸を荒くしている。息が、勝手に暴れ出している。

「わたしの恋人と師と呼ぶべき方も、熊坂めに殺められた。熊坂を討つまで客分として同道をみとめられた」

八幡の言葉は、静をわななかせる。追い打ちされ身を斬られた気がした。

やっとのことで、静は、言葉を絞り出す。

「熊坂長範は……わたしの父親なの。仇だけど父親なの」

――あの男を父とみとめたくない。だが、他の者から見たら、静はあの男の娘なのだ。

八幡は相貌を硬くしていた。

「父親だけど……お母(かあ)を殺した。雪の降る夜に」

長いこと、八幡は黙っていた。

慈悲深き観音の堂は静まり返っていて、眼下に広がる闇の森から奇怪(きっかい)な鳥の鳴き声がした。

「……それでやめると？」

「そう」

静は、泣き腫らした目を閉じる。

全ての衆生(しゅじょう)を救うため、仏になれるのにあえて仏にならず、この世にとどまった者を祀る堂の前で、二人は相対している。

八幡は静に、

「何故、影御先に？」

「……あの男を止めたいと思ったの」

「あの男がすすむ血塗られし道を？」

静は、うなずいた。

弱い声で、

「だけど……もう無理なの」

巴の声が、胸を幾度も揺さぶってきた。

「……貴方だって、わたしと共にはたらきたくないでしょ？」

「どうして、そう思う？」

「わたしは、貴方の恋人と師を殺した男の娘なのよ」

八幡、いや八幡を名乗る義経は——高欄に手をかけた。

あの後、義経は聖弘が奈良にいると聞き、少進坊、三郎と共に発っている。

聖弘はすぐさま磯禅師を呼んだ。磯禅師は、わずか二年間であったが、影御先の客分として大いにはたらいた鬼一法眼をよく覚えていた。

義経が鬼一法眼の弟子であること、恋人と師を血吸い鬼の盗賊に殺められたことを知った磯禅師は、彼（か）の者を討つまで義経が行動を共にすることをみとめてくれた。

もちろん、聖弘も磯禅師も、義経の素性を知っている。

興福寺の聖弘は、大和への延暦寺の進出と、その後ろにいる平家と、対立してきた人物だった。また興福寺は保元の乱の折――崇徳（すとく）上皇方に味方しようとした過去がある。

つまり、聖弘は、京で権勢を振るう清盛、後白河院と、かなり距離をもった人物だった。

影御先もまた伝統的に権力の潮流と違う流れを歩んできた者たちである。

だから、磯禅師も聖弘も義経の素性を全く気にしていない。他の影御先から世間に知れてはまずいと思った二人は、八幡なる偽名を名乗らせたわけである。

義経の中で――夏の終りの悪夢の森が、一気に枝葉を伸ばす。

嚙み破られた浄瑠璃の喉から溢れる血、瘢痕（はんこん）におおわれた師の体にきざまれた深手が、思い出される。

義経は、言った。

「釈迦は、婆羅門の上にも、王族の上にも、百姓の上にも、奴婢の上にも……同じに陽がそそぐと、我らにおしえてくれた。……平等性智。人は、血によって嘲りを受けてはならない」

貧しい百姓の家に生れ、雑仕女として苦労してきた母、初めて愛した浄瑠璃の顔が、心に浮かんだ。

「友をえらぶ時、大切なのは……血ではなく、心だ」

八幡を名乗る義経は真っ直ぐに静を見詰めた。

「そなたは、心の澄んだ人だ。……みじかい間でも、話せばわかるのだ。わたしは熊坂を憎む。だが、そなたを憎まぬ」

「………」

「彼の者がすすむ血塗られし道を、止めたいと言ったな？」

月明りに照らされた小さな滴が静の白い頬を落ちる。

「ならば、我らは味方。共に戦えるはずだ」

そう言うと、義経は微笑した。

何か強いものが炸裂し静のかんばせを歪めた。

別方向から飛んできたいろいろな言葉が、内側で激しくぶつかり合っているようだった。幾筋もの涙が静の顔をこぼれてゆく。

袂で面を隠した静は、義経に背を見せ、駆け去った。

赤眼の賊が深く抉った心の傷から、義経はまだ立ち直っていない。ともすれば激しい怒り、深い悲しみ、自分を責める気持ちが、ごちゃ混ぜになって、襲いくる。

——そんな時、義経は観音を思い浮かべる。

慈悲深き観音は常盤が深く信じていた仏だった。

月光で濡れた羊歯の原が、本堂裏手の藪の中にある。

静は羊歯の中に埋もれるようにして嗚咽する。

せっかく見つけた居場所だと思った。だが、それが根っこから揺さぶられる気がした。

羊歯を踏んで誰かが後ろから歩み寄ってきた。静は、振り返らない。ただ袂で涙を拭う。

「こないな所におったんか」

温かく声をかけたのは鯊翁であった。

静は鼻水を啜ると、老薬師を見ている。鯊翁は笑みながら腰を下ろす。

「……みんな、心配しとる」

静は硬い面差しで口をつぐんだ。

粗服をだらしなくまとった鯊翁は無精鬚が生えた顎を、まわすようにさすりながら、しばらく静を見ていた。

「……丹後の国の、雪に埋もれそうな里に、行ったやろ？……あの晩、禅師様は、静が入ってくれてよかった、静は影御先に欠かせぬ者になる、と言わはったのや」

「……王血の人を……さがせるから？」

「それだけやない」

鯊翁は、ゆっくりと言った。

「お前は……河原院で、結の長やわしが黒滝の尼にあやつられそうになった時……常の心、崩さんかった。わしらを、もどしてくれた。これはな……凄いことや。何でやろなって、しばらく考えとった」

鯊翁の平たい顔から慈しむような情がにじんだ気がする。

「一緒に旅する中でわかったと思うた。ほら、絹は叩いて艶、出すんやろ？　麦はまだ小さいうちに、踏むやろ？　お前は仰山辛いこと、くぐり抜けてきた。おさない頃からな。叩かれたり踏まれたりしたらな、ひん曲がる者もおる。砕ける者もおる。お前は……ひん曲がりも、砕けもしなかった。叩かれ踏みにじられる度に……自分の中の強さ、賢さ、素直さのようなものを、豊かに、そして……美しゅう、美しゅう、そだててきたのや」

静は唇を嚙んで鯊翁から逃がした顔を羊歯にむけている。肩が、激しくふるえる。

「そやから、あの恐ろしい不死鬼の操りを撥ね退け――みんなを救った。なかなかできることやない。禅師様はな、これから――不死鬼との戦いが多くなる、みんなの心を守るために、静のような者が必要や、たのもしい味方や、あの雪の晩、お前の方、ほんまに温かい目で見ながら、そない言わはったのや」

鯊翁の手が静の頭を撫でる。

「世の中……いろいろある。そやけど、お前はな……お前を必要としとる仲間たちを得たのや。その仲間たち、あんまりまたせたら悪いやろ？　早よ、もどろう」

「………」

長いことうつむき、鯊翁の言葉を嚙みしめていた。

鯊翁のおかげで立ち直れた気がした。

そっと、

「……ありがとう」

静は、立つ。

仲間たちの許にもどる静と鯊翁の肩に、霧に近い春雨が落ちてきた。

＊

伊賀の国。

影御先衆が泊る不動堂の外で、雨が降っている。

連子窓から上を見れば靉靆たる暗雲があった。鯊翁と三郎は、別室で——新たに保護した王血の童と遊んでいた。その子を見つけ、親を搔き口説き、京につれて上ることを同意させたのは静であった。

「聞き捨てならぬ知らせが、二つ、ある」

磯禅師が皆を見まわす。

薄暗い堂内に――鯊翁と三郎以外の者がいた。

「一つは、皆も知っての通り、丹波からとどいた知らせ」

畿内の影御先は、白拍子の座、傀儡の二つの座にわかれ、寺社から寺社へと、動く。傀儡の座は弄玉、輪鼓（ディアボロ）、剣舞、宙返りや綱渡り、寸劇などを見せる。

寺社は独自のネットワークをもっている。

だから、数多ある芸能一座が、今、河内にいるとか、丹波にいるとか、そうした話は互いにつたわる。

影御先に「仕事」をたのみたい者はこのネットワークを通じ依頼を入れる。影御先相互の連絡も同じだ。寺社から寺社へは、山伏、寺男、神人や僧などが盛んに走り、行き来しているため、影御先は最新の情報にふれやすい。

「槙島太夫の一座が、小松殿へ王血者をとどけた後……丹波山中で襲われた」

皆の顔が、引きしまる。槙島太夫――畿内の影御先で二番目の立場にある傀儡の座長である。

「羅刹ヶ結の者どもじゃ」

義経の向いに座っていた静は、羅刹ヶ結の名を聞くと、白い卵型の面貌をうつむかせ、赤みが強い唇をきつく嚙む。

「七人討たれ、三人生きのこった」

濡れ光る力強い双眸を静は閉ざした。

「熊坂の一党が、我ら影御先を襲うのは初めてじゃ。羅刹ヶ結はこれまで、公家、武家を襲って参った……」

義経はあの賊を生み出したものは何であろうかと考える。義経が考えるこの世の傷が、もっとも膿み、爛れた所から現れたのが、羅刹ヶ結ではあるまいか。

大内裏の前の物乞いたち、都で遊び暮す平家、貴族たちを思い浮かべる。

——赤い目の凶賊が憎い。

恋人の血を目の前で啜った妖者を討ちたい。

だが、盗賊が溢れ出る世の中の根を何とかせねば——第二第三のあの男が出てくる。

様々な経験を通して、義経はこう考えるようになっていた。

「槇島太夫は？」

巴が問う。

「深手は負ったが、命は落としておらぬ」

かすかな安堵の息を吐く者が幾人かいた。

雨音がする中、磯禅師は、

「影御先が幾度か長範の首を取ろうとしたため、影御先そのものを、滅ぼそうとしておるのじゃ」

影御先はもちろん、秘密の組織である。影御先がよく宿とする寺院は――抹香によって、守られている。だが敵には、抹香をものともせぬ只人の手下もいる。そうした手下によって影御先の動きが知られる事態は十分考え得る。

いつ、敵刃が斬りかかってくるか知れぬ。恐ろしい緊張が皆を襲った。

磯禅師は話をつづけている。

「二つ目の知らせは清水寺から来た。熊坂らしき男を……夜の都大路で、見た者がおる」

静が、目を大きく開けた。

「清水からもたらされた話はまだあってな――三月ほど前から、さる公卿の屋敷で、妖しい出来事が起きているそうじゃ」

公家屋敷は――薫物によって、殺生鬼から守られている。面妖な話に影御先衆は聞き耳を立てる。

「女房や雑色、雑仕女などが……夜ごと、何者かに襲われ、日に日に弱っているという。体には噛み傷があるとか」

「貴族の屋敷は薫物に守られておりましょう？　女房衆も、単に香を焚き染めている」

重家が、意見する。

「……その屋敷では……伽羅を好んでいた若君の嗜好が変り、新規の香をつかいはじめたとか。何やら獣臭い香をな。そのとたん、怪異が起き出した」

「……反魂香か……」

重家が浅黒い額に縦皺をきざみ、長い髪をぶるりと揺らす。

「何という公家の屋敷でしょう？」

義経が問うた。磯禅師が、言った。

「権中納言・藤原邦綱様」

静が——何かを叩きつけられたような、大きい反応を見せた。

五日前に影御先と合流した義経は何かあると思った。

「熊坂らしき男を見たというのも、邦綱邸の近く」

七曜模様がついた白覆面で顔を隠した太郎坊が、

「……妙な話じゃ」

不殺生鬼の影御先である。

「若君が、反魂香に変えたということはじゃ、若君が……殺生鬼になったわけか。だが、長範はこれまで——公家を血吸い鬼に変えた例は、一度もないぞ」

隣にいた次郎坊が、

「熊坂とは別の者が暗躍しており、たまたまその辺りで熊坂が見られただけなのか……。あるいは——羅刹ヶ結の方針が変ったか」

太郎坊と同様の姿をした不殺生鬼だった。

静は青褪め、唇をかすかにふるわしている。巴がそんな静に気づき厳しい視線をむける。小春が、やさしく静をさすり、

「どないしたん？」

温かい声で言う。

磯禅師は深い憐(あわ)れみが籠った目で静を見ながら、

「静、そなたが邦綱様の屋敷ではたらいていた時……何か異変はあったか？」

静が邦綱の屋敷ではたらいていたという事実は、ほとんどの者が知らなかった

ようだ。

深い驚きの風が、影御先衆を叩いた。

巴が荒々しく立ち、

「何だってっ」

大股で静に歩み寄る。

小春が、守るように体をすべらせ、巴を睨み、

「――止めるんや」

巴は小春を無視し、

「邦綱の屋敷ではたらいていただと！　どういうことか、説明しろ。何か知っているだろうっ」

静はきつく目を閉じる。一筋の涙を流した静は異様なほど激しく呼吸をし、強く頭を振る。懸命に口を動かすも声は出ない――。

「何も知らないなんてあるかっ」

顔を真っ赤にした巴は、語気を燃やす。

「静をそれ以上、責めるな！」

太郎坊が立つ。次郎坊も、腰を浮かす。巴は少し声を落ち着かせ、

「太郎坊、あたしは訳もなく責めちゃいない。みんなよく聞けよ！」

巴はぐるりと皆を見まわし最後に視線を磯禅師にむけた。

「静は、去年の夏までその御屋敷ではたらいていたんだろ？　で、今そこに怪しい出来事が起きている。影御先の動きが、殺生鬼どもに漏れた例は……ほとんどなかった。静が仲間になって半年かそこらで――」

「わたしが……裏切者だというの？」

声をふるわす静だった。小さいが、よく通る声だった。巴は黙り込んだ。

雨の音がやけに大きく聞こえた。義経が口を開く。

「静が裏切者であるはずがない」

冷静なる声調であった。

「八幡だっけ？」

義経という名は義経主従三人と磯禅師しか知らない。

「――あたしが何年、影御先をやっていると思ってるんだよ！」

青筋を怒らせる巴に、義経は、

「知らぬ。わたしは影御先にくわわり五日の新参者だが、静が裏切者でないのは知っている」

「何でわかる、お前に」

ささくれ立った気が漂う堂内で、義経は、

「静が裏切者なら——もっと大きな打撃を一挙にあたえようとするはず。我らは今、三つの組にわかれて動いている。この三つに、一日で、奇襲をかけ滅ぼすというような打撃」

「………」

巴の娘にしては太く雄々しい眉がぴくぴくと動いた。眉の激動は——全く納得していないという感情をあらわしている気がした。

磯禅師は瞑目して耳をかたむけている。

「静が敵の諜者であった場合……自分が昔いた場所で、妖しい出来事が起きるのをみとめるだろうか？　誰だって静を怪しむ。そんなへまをするだろうか？　せぬはずだ。これが、静が諜者ではない証だ」

「——八幡の言う通りじゃ」

磯禅師が言った。

眼を開けた首領は、巴に、

「すぐに座れ。静を、二度と疑うな」

益々面を朱に染めた巴は、嚙みつくように、

「――どうでもいいの？」

強い語調であった。

「あたしの目の前で、熊坂長範に殺られた隆雅は。どれだけ影御先のためにはたらいたと思ってるんだよ……。死んだ者は、どうだっていいのかよ！」

「よくない」

小春が、立った。

普段穏和な小春は毅然とした様子で、

「――誰もそねんなこと、言うとらん。うちは死んだ隆雅のこと……ちっとも、忘れとらんで」

真剣な表情で口にした小春は一歩、巴に近づいて、

「笛師隆雅に命助けられたの、うちは一度や二度やない」

「……俺もだ」

重家が同意する。

巴はきつく歯を嚙みしめ、顎で体をこするようにうつむいた。――この娘もわたしと同じだと義経は思っている。大切な人をうしなった心の傷が深すぎて、苦

しいのだ。

小春は巴にやわらかく、

「せやけど……静は仲間なんや。同じ方向をむいた仲間なんや」

静は、激しく身をふるわす。

「どうしてそれがわからんの？」

長い髪、浅黒い肌の重家が、立つ。七曜紋が散りばめられた衣を着た若山伏は、巴に歩み寄ると、逞しいその肩に手をそっと置く。

「此度の戦い……負ける訳にゆかぬ」

「ああ」

「今俺たちが仲間割れをしたら、喜ぶのは敵だ。力を合わせて戦おう。……静と共に戦えるな？」

巴の額に寄った皺が濃くなった。

巴はしばし、言葉をさがすように迷っていたが、やがてかすれ声で、

「此度は……一緒に戦う」

静にむかって、

「あたしが、言い過ぎた、許せ」

重家は静に、やさしく、

「静は、巴と共に戦えるな？」

静は双眸を潤ませて――ゆっくりうなずいた。重家は大きく一度手を叩く。

「――よし！」

重家は、両頬を手で打ちながら、勇ましい声で、

「負けられぬ戦いじゃ、さあ、軍議にうつりましょうぞ」

「うむ」

磯禅師が静と巴、双方を見詰めて微笑（ほほえ）んだ。巴や重家など立っていた者が元いた所に座る。

義経はほんの一瞬、静と目が合った。

どういうわけか浄瑠璃のくしゃっと潰れるような笑顔を思い出している。

――必ず、仇を取る。

胸の中の浄瑠璃に誓った。

「河原院の一夜以降――都にあった不殺生鬼の結が崩れ、その空白に殺生鬼が入ろうとしている。もっとも凶暴な殺生鬼どもをたばねる熊坂長範は、五日前、八幡がもたらした話によれば……王血の娘の血を吸い、不死鬼になった恐れすらあ

る。……由々しきことぞ」

「………」

磯禅師は、洛中の地図を広げ、

「長範率いる羅刹ヶ結は今、西洞院五条坊門の邦綱邸を根城に……何事か企んでおる。また……多くの血が流れるのやもしれぬ。一刻の猶予(ゆうよ)もない。忌憚(きたん)なく意見を述べられよ」

次郎坊が言う。

「只人の大切な者が大勢いた。そんな者を見境なく襲う殺生鬼が許せず、影御先に入った。連中は何か大事をやろうとしておる。速やかに、残り二つの組もあつめ、一網打尽にすべきかと」

太郎坊が深刻な顔で、

「奴らの兵力は多い。河原院の時より、ふえているかもしれん」

「………」

「お頭、重盛様の所には、また王血者をおくって行くのでしょう？ 度々、武士の力をかりるのは……障りがあるかもしれんが、あの時のように助太刀を請うのは？」

「それは、むずかしい」

重家が、意見した。少進坊もかすかに身を乗り出し、

「藤原邦綱は平家の覚えめでたき公卿……」

場合によっては——その若君の退治すら視野に入る計画に、平家の賛同は得られまいというのだ。

太郎坊も同意し、

「……そうじゃな。我らは、裏街道を行く者。我らだけで始末する他ないか」

義経としては——平家と協力して熊坂一党と戦う形になったら、どうしたものかと、秀麗なるかんばせを薄曇りさせていた処だから、この話の流れは歓迎できた。だが、何となく不穏なるものを覚えている。

幽霊のように青褪めて、話を聞いていた静が、

「禅師様……」

皆の視線が静にあつまっている。

「意見を申しても？」

「もちろんじゃ」

静は、しばしのためらいの後、はっきりと言った。

「……罠かと思います」

「罠？」

「あの男は……これまで貴族や侍や長者を襲っても、血を吸い尽くすだけで、決して仲間にしなかった」

皆が静黙する中、強く光る目を細めて静は話した。

「鈴代丸が血吸い鬼になったなら……あの男が、仲間にしたということ。今までのあの男のやり方からは考えられない」

心の奥底に埋もれていた答に初めてふれたという顔様で、

「……わたしを誘き出そうとしている？　わたしが前にはたらいていた館に」

「奴の目的は何なの？」

巴が、訊ねた。

赤い唇をきつく嚙んだ静は強い確信をもって、

「あの男は、わたしをつれもどそうとしている。わたしは……もどる気はないけど」

――雨音が大きくなった気がする。磯禅師は、指の間に指を入れる形で、両手を顔の前で合わせている。

ずっと腕を組んで黙りこくっていた強面の小男、重清が肉が薄い頬を縦に伸ばし深く呼吸する。口を開いた。

「たとえ罠でも、討つ他なし」

重家が長い髪を後ろで掻き、彫りが深い顔を自信たっぷりにほころばす。

「こっちに罠をかけた気でいる処を一泡吹かせよう」

静の危惧で、自身が直感していた不安の正体を知った義経は、

「あまりにも危険だ」

出しゃばるなよ新入り、という顔で巴が睨む。が、負け戦をしてはいけない、無謀な戦いをしてはいけないという信念が、負け戦で父をうしなったこの若者には、強固にある。

磯禅師は、ゆっくりうなずく。

「そなたらの危惧はわかる。じゃが……我らは影御先。ここで捨て置けば、彼奴らはいかなる凶事を引き起すかわからぬ。何処に動いてしまうかもわからぬ。

——果敢に攻めるべきじゃ」

その日——伊賀の寺から丹波と伊勢にいる二つの傀儡一座に使いをおくった。

準備万端ととのえた影御先衆は、二日後、京へ発っている。

上洛したのは二月も十一日。陰暦では春も闌(たけなわ)——桜の咲き始めとぶつかった。

上洛するなり義経、少進坊、三郎は四条室町羅漢堂へ、磯禅師率いる残りの人数は、小松殿へむかう。静が伊勢で見つけた王血の男の子を守ってもらうためだ。寺院の中で、密かに勢力を拡大しているという立川流の問題が片づけば……重盛ら、武士にかくまってもらった王血者を、寺社にうつすつもりだ。

重盛が王血者のためにととのえてくれた広い板屋の前では、乙女が恥じらったような色合いの桜がちらほらと、春風にふるえている。

重盛は、いと優雅な着こなしの容姿端麗な若者をつれていた。

「嫡男の維盛(これもり)じゃ」

平維盛——十七歳。藤原成親の娘を妻に迎えた舞いの名手で、今昔見る中にためしもなき……とその美貌を賞され、都中の女心を掻き乱した美男子である。

数日前に仲間にくわわった「八幡」もまた、美男だった。

だが維盛と八幡の美貌は、いろいろ異なる。維盛は長身、八幡は小兵。維盛の目は一重で大きくやや吊り気味、八幡の目は二重で非常に大きく垂れ気味である。

小春が静の耳に唇を近づけ、

「重家は自分のこと……ええ男や思うとるようやけど、維盛様見よったら……霞むな。八幡もええ男や。八幡を維盛様の隣に立たせたら、どねん見えるんやろなあ……。どっちがほんまのええ男なんやろなあ」

「………………」

静には、維盛の都会的で雅だが、何処となく挑発的、冷笑的な佇まいよりも、八幡から漂う都会か野生かわからぬ底知れぬ気配、深い憂いと只ならぬ意志力の方が好ましく思える。だが、八幡の恋人を殺めたあの男と——自分は、切っても切れない血のつながりがあった。

だから静は……八幡と自分に何かあるとは、夢にも思っていない。

維盛は微風に揺らぐ桜の傍で、

「影御先衆、その存在を秘し、世の安寧のために陰ながらはたらく者どもよ。対面できて嬉しゅう思うぞ」

一度、皆をぐるりと見まわした維盛の視線が——自分にもどってくる。そこでしばし、止る。

静はかすかな熱をおびた維盛の視線に気づかぬふりをしている。

磯禅師は重盛には上手く行き先をぼかし、小松殿を出た。そして、羅漢堂に入る。——今からおこなう荒事に、重盛の助太刀はたのめぬと判断したからだ。

翌々日には伊勢、丹波から傀儡をよそおった影御先が合流した。

手狭な羅漢堂は、全員は泊められぬと音を上げる。故に、以前、影御先をしており、今は三条の方で商人をしているという男の家に、新しく来た者を分宿させた。

上洛するや磯禅師は都暮しが長い三人——鯊翁と少進坊、三郎に、邦綱邸について探らせている。

もっとも重大な情報は少進坊と三郎からもたらされた。

二人は、磯禅師からあずかった宋銭を、有効に活用。邦綱邸近くの貴族屋敷につかえる童などから話を聞いている。

それによると——邦綱は複数家をもっており、今は西洞院五条坊門の館にいない、件の屋敷は鈴代丸が事実上の主となっている、屋敷の者は何事かを怖れ多くを語らない、邦綱も息子を怖れて他の屋敷にうつったらしい……、屋敷には加賀刀自を始め、まだ多くの使用人がいるが、原因不明の病にかかり、死んだ者も多い、という事情がわかった。

話を聞いた静は庭梅や竹野の安否が気にかかり、いてもたってもいられない心地になった。四条室町と西洞院五条坊門は目と鼻の先だが——安全な羅漢堂で影御先にかこまれている己と、魔窟と化してしまった屋敷にいる人々が、異質な世界の住人であるような気がするのだった。

同じく至近——庭梅たちと住んだ棟割長屋にたしかめに行きたいという願いも却下される。

長範が静を誘き出そうとしているなら、下手に長屋に行くのは、危ないからだ。

磯禅師は丹州勢州からきた仲間に丸一日、静養、仕度の時をあたえている。

その日——。

京の桜は五分咲きくらいになった。

夕刻になると、老若男女の傀儡がちらほらと、羅漢堂に現れる。——影御先である。

彼らは三条で、香、ニンニクをしこたま仕入れてきた。かくして、二十五人の影御先が集結している。義経はいずれも不敵な面構えの者たちだと思った。

羅漢の前に座った磯禅師は居並ぶ同志にむかい、

「さて、皆、揃ったようじゃ。まず丹波で斃(たお)れた者たちのために手を合わそう」

——猛者どもは、無言で合掌する。

ここにいない三郎など数名は枝折戸等を見張っている。

磯禅師は、言う。

「焼香はせぬ」

「全ての香は——殺生鬼のために」

重家が呟くと、全員が静かな声で、

「全ての香は殺生鬼のために」

「ここに不死鬼、をくわえねばならぬのかもしれぬが……。長範の一党は王血を飲み、幾人かが不死鬼になった怖れがある」

総員、闘気を漲(みなぎ)らす。

「不死鬼と戦った者は少ない。わたしの組でも、この磯と……」

巴、静を見、

「あと二人くらいしか不死鬼と組み合うた者はおらぬ。あらためて言うまでもないが、不死鬼は陽の光を当てるか、胸に杭打ち、首を刎ねるかしか、斃す術はない。首を刎ねた血が目鼻口から体内に入ると……その者は狂う。故に顔に返り血を浴びぬよう首を刎ね、手などについた血は速やかに洗い流す。其は鉄則ぞ」

影御先どもは——硬い面持ちで、首肯する。磯禅師は目を細め、

「不死鬼の力でもっとも恐るべきものは——心を操る妖術……」

「…………」

「同士討ちなどを起そうとするゆえ、心せよ。赤い魔眼に睨まれし者、気持ちの弱い者が——操られる。魔眼の視界の外に出たり、気持ちを強くもてば術にはかからぬ。疾く疾く勝負をつけるのじゃ。邦綱邸には多くの侍がおる。雑色も多い。羅刹ケ結には、只人の賊もおる。昼襲えば——彼らによって一網打尽にされよう。検非違使も来る。

……夜討ちしかない」

それはつまり——最も強い不死鬼が蠢く時に、攻め込まざるを得ないということだった。

「不死鬼をまず成敗、次に抵抗する殺生鬼を薙ぎ倒し、風の如く引き揚げるのじゃ」

厳しい戦いになるという思いがのしかかるのか、拳をにぎったり、眉を寄せたりして話を聞く者が多い。

「作戦を話す前に静から間取りの話がある」

色白のたおやかな娘は自分で描いた図を緊張しながら広げた。

思えばこれは——義経にとって、二度目の実戦だった。武者震いと共に恐怖、絞め殺されるような圧迫感が押し上げてくる。圧倒的な長範の影が、黒くのしかかってきた。

師から受け継ぎ、あの男を討つために練り込んできた武術。——通用するだろうか。

父は修羅場をくぐる度、斯様な戦慄を覚えていたのだろうか。

「広さは一町四方で、門はここと、ここ……」

静の声が、義経を現実に引っ張っている。

ある程度、話がすむと、

「大体わかった。長範がいるとしたら、何処？」

巴が真剣な顔で問う。あの後、巴と静の間に一見、対立はない。

静が迷いなく、

「――塗籠(ぬりごめ)だと思う。周りを土の壁でかこまれた部屋で、厚い木の妻戸を閉ざせば……昼でも光は入らない」

「だろうね、塗籠はここと、ここか」

義経は寝殿の一角と東の対の北側にある塗籠をたしかめる。静が硬い声で、

「塗籠には主の寝間、母屋(もや)を抜けないと入れない」

「二ヶ所同時に、お邪魔しまぁす言うて……あ、誰も笑ってくれんか、二ヶ所同時に討ち入るんがええなあ」

鯊翁が、張り詰めた場を和(なご)ます。

「ここまでわかっとったらな、文句なんて出まへんで。静、大(おお)けに。ほんなら姐さん。陣立て、段取り、たのみまっせ」

小春が磯禅師をうながした。重家が小春を、深い愛情と不安が籠った面差しで見ていた。義経は小春と重家の間に――自分と浄瑠璃との間に流れていた情があることに気づく。

磯禅師から――作戦の説明があった。

大まかな流れを全員がわかり、禅師、さらに兵法の知識を買われ立案にくわわった義経が、様々な疑問に答え終った頃である。

「禅師様」

三郎が駆け込んできた。

「表に……香を差し入れたいっていう商人が来てんだ」

磯禅師の前に膝をついて告げている。

「──何？」

禅師の面は、引きつっている。

決して騒ぐなと命じられている影御先衆に狼狽（うろた）えが走り、そこかしこで低いさざめごとが起る。

「静まれ」

命じた磯禅師は、

「何という者か？」

「それが名乗らねえんだよ……。禅師様に、言えばわかるって」

三郎は不安を噛みしめる顔で答えた。磯禅師、素早く思案し、

「重家、重清、八幡、鯊翁、ついて参れ。怪しい者であれば斬る。静は物陰から

面相をあらためよ」

あの男の手下を誰よりもよく知る静が、舞良戸の陰からたしかめて頭を振る。

——意を決した磯禅師は静をそこにのこし、義経たちをつれて外に出た。

枝折戸の傍に行器をもった逞しい下人が二人、みすぼらしい水干をまとった商人が二人、立っていた。

長い影が春の陽が落ちつつあることをおしえてくれる。

商人たちに近づいた磯禅師が打たれたように立ち止る。

「何故……」

茫然とした声が、漏れている。

粗衣を着た商人は見習いらしき若者をつれて、にこにこと歩み寄る。

「水臭い、水臭い」

影御先の首領に気安く話しかけた。磯禅師と壮年の商人は顔見知りらしい。

「どうして、ここが……？」

「我らが都に張った耳目を、軽く見られては困る」

今剣を隠しもった義経はいつでも襲いかかれるよう気を張り詰める。

「驚きました……重盛様」

重盛――。

衝撃の旋風が、義経の中で吹きすさぶ。

みすぼらしい商人をよそおったこの男が、平重盛なのだろうか――。重盛は、義経が、清盛、長田親子と並んで父の仇と位置付ける男だった。義経が赤子であった頃起きた平治の乱で重盛は、若武者として、父や兄と猛然と斬り結んだのだ。

――重盛よ。何故、ここに。わたしをさがしに来たのか？

今なら刺せる。だが、こんな僅かな供しかつれていない重盛を――刺したくない。重盛を倒すなら、戦で倒したい。

それに重盛は……影御先に香を差し入れにきたと話している。

様々な思いが、義経の中で吹き荒れる。

異様な面持ちで己を見る若者に重盛は不審を覚えたか、

「そなたは、先日いなかった」

汚れた粗衣をまとった義経を睨む。――義経が知るどの武士よりも鋭き眼光だった。

「……初めて見る顔じゃな」

磯禅師が、すかさず、

「この者はつい先頃仲間入りしたばかりなのです。して……一体どうされました？」

にっこり微笑んだ重盛は穏やかな顔を磯禅師にむけて、

「禅師も人が悪い。さも都をすぐ発つという口ぶりだったではないか」

「……ええ」

「我らに言いにくき一仕事があるのじゃろう？」

重盛は囁いた。

「この重盛……血を吸う妖鬼は、いかなる権門であっても許されぬと思うておる。人知れずそれと戦うそなたらを心より応援しておる」

磯禅師は些（いささ）かの気負いもなく堂々と、

「ありがたき幸せにございます」

二人の間には、強い信頼があるようだ。だが、磯禅師は決して平家の味方、源氏の敵ではない。一筋縄でいかぬ女人なのだ。

重盛は二人の力者（りきしゃ）がもつ行器を指し、

「——香がたっぷり入っておる。ありすぎて困ることはあるまい」

「何と、まあ……。ちと、足りぬのではないかと思っていた処です」

男も女も惚れてしまいそうな笑顔を見せる磯禅師だった。

重盛は、満悦げに、

「派手につかうがよい。この一件——さる商人からの差し入れ、と記憶してくれい」

「助かります、商人殿」

重盛の傍にいた端整な相貌をした若者が羅漢堂の方を見て顔を輝かせている。

視線を追うと、重盛と気づいて姿を見せた静がいた。

西日に照らされた境内に荷を置き立ち去ろうとする重盛に、

「お気をつけて。盗賊が多いようです」

磯禅師が声をかける。

「わしを誰だと思うておる」

「維盛様もお気をつけになって」

——これが、重盛か。記憶にきざみつける義経だった。義経は、不思議な気がした。これまで重盛は清盛と並ぶ大いなる仇という位置付けであった。ところが、今——その重盛が影御先の味方として目前に現れ、もう一人の仇と戦うのに欠かせぬ武器、香を置いていったのである。

第八章　夜討ち

夜が更けてゆく。

薄い網代壁の棟割長屋から聞こえる、洗い物を叩く砧の寂しい音、重しを載せたみすぼらしい板葺屋根の下で交わされていた夫婦同士の睦言が止んでゆく。

平家が睨みを利かす夜の平安京を——静けさが、塗り潰す。

ただ、檜皮葺きの御殿が並ぶ幾軒かの貴族の屋敷からは、篝火に照らされた大池で舟が遊んでいるのか、釣殿に遊び女が呼ばれているのか、なまめかしい歌舞の音が聞こえる。

そんな、ほとんど眠った京を——静たちは、動く。

静の両眼は赤く光っている。手には杭、腰には孔雀縄。

鼻より下は黒い七曜が描かれた白覆面で、隠されていた。

他の影御先もこの覆面をつけていた。

——不死鬼の返り血をふせぐ工夫だ。

邦綱邸の正門は東、西洞院大路に面していて、通用門は北、綾小路にあった。

影御先衆二十五人は西洞院綾小路の辻まできた。そこで、酔っ払った雑色に扮した二人が、閉ざされた正門方向にさっと動く。西洞院大路に異変がないか見張る係で覆面はしていない。

残りは綾小路に入る。

三人ばらけ、残りは太郎坊がかけた梯子を登り——築地塀の内に飛び込む。

少進坊をふくむ覆面をつけていない三人は綾小路を見張り、検非違使などが現れたら誤魔化して別の方向に誘導する係だ。琵琶法師たる少進坊は様々な公家に呼ばれ帰りが夜になった過去がある。もし役人に咎められたら、そうした公卿の名を出しつつ、賊はあちらに逃げたなどと言って攪乱する腹づもりである。

静、八幡をふくむ二十人が磯禅師に率いられ——邦綱邸に入る。侵入部隊は総員、白覆面をつけている。

築地を越えた先は柞原であった。源氏物語の冬の町にちなんだ一画で、楢、柏、さらに多くの深山木が生い茂った林だ。——身を隠すには絶好である。

柞原の南には染料を保管する蔵がある。

思えば、蔵から紅餅をはこんでいる時、鈴代丸に手首をつかまれ、此処を飛び出たのが、全ての始りだった。

二十人は声もなく動く。

柞原の中心で三つにわかれた。

一つ目が、磯禅師がいる本陣、六人。柞原から全体を判断する。三郎は本陣にくわわる。

二つ目。寝殿討ち入り部隊。かつて邦綱の寝所があった寝殿に、今、熊坂長範がいる、静はそう読んでいる。あるいは血吸い鬼と化した鈴代丸が暮しているのかもしれない。とにかく、敵の中枢が——寝殿の塗籠（ぬりごめ）である気がする。幾重（いくえ）もの強い抵抗が予測される寝殿討ち入り部隊は七人。重家を隊長とし、仲間入りした翌日の稽古で無双の武勇の持ち主と知れた八幡、静、不殺生鬼の猛者というべき次郎坊、鯊翁（はぜおう）、只人（ただびと）で素早い動きで知られる小春、伊勢からきた大男、という顔ぶれだ。

一方、もう一つの塗籠がある東の対（つい）は静がいた頃、鈴代丸が暮していた御殿で、染殿に近い。ここを襲う人数は七名で太郎坊がたばねる。他に巴と重清、勢（せい）州（しゅう）丹州から来た者どもだ。

赤色眼光を光らせた静は次郎坊と先頭を走る——。

すぐ後ろに、重家や八幡がいる。

次郎坊は太刀を佩き、笈を背負い、両手に抹香をふすふすと出す紙玉を縄で下げている。次郎坊の腰、小春の腰から香煙がたゆたう。走るだけで薫物結界を張れる特殊な道具——金銅製の腰火舎をつけている。

柞原を抜けた。

静から見て左方を東の対にむかう七つの影が疾走していた——。

前方、北の対と言われる建物がどんどん大きくなる。北の対の南が、目指す寝殿だ。

裏庭に面した北の対の北面は洒落た蔀戸ではなく、舞良戸になっており、その戸は全て閉じていた。簀子と呼ばれる縁側に……警固の武士はいない。

些か不用心すぎると静は思う。血吸い鬼が屋敷に現れるようになってから、状況が変ったのかもしれない。

——怪しみつつ、すすむ。

階から簀子へ上がった七人。熟睡する北の対の東にある簀子上を、忍び足で南へ歩く。

館からは味方が焚く香と異質な獣的な妖香を感じる。染みついた反魂香だ。

敵、障害物がないか、たしかめつつすすむ静の赤い瞳孔が、広がっている。

——止って。

手で、つたえた。

「…………」

誰か、いた。

雑仕女らしい。まどろんでいるようだ。

その女は、泉がある壺庭(つぼにわ)を前に、蔀戸にもたれて、座り寝していた。世の気風はかなりゆるやかで、武士が築地塀に背中をくっつけて路上で寝たり、下女が簀子の上に転がって鼻提灯(はなぢょうちん)をふくらませて眠りこけたり……こんなことは日常と言って差し支えない。

殺生鬼や盗賊は容赦せぬが、只人の使用人は手にかけたくない、昏倒(こんとう)させても、血は流したくない、と影御先は考えていた。

足音を消し近づいている。

静は、妙に思う。

壺庭から滾々(こんこん)と湧く泉、その泉から庭にむかう潺湲(せんかん)たる遣水(やりみず)は……あの男が苦手とするものでなかったか、と。静の疑いは左前方、泉に目をむけさせた。

——納得がいった。

清らな泉には墓から掘り出してきたらしい髑髏がいくつか、放り込まれていた。

——あの男は間違いなくいる。今夜決着をつける。わたしが。

恐ろしいような、おぞましいような、やっと肩の荷が下りるというような、何とも言えぬ気持ちだった。

雑仕女はまだ寝ていた。——鬼気はない。只人である。

それが誰だか気づいた静は、覆面の内で口を開く。

——竹野。

うつらうつらしていた竹野は、はっと目を覚ます。

覆面の一団に気づいた竹野は驚きの表情を浮かべる。

静は、素早く覆面を取り、

「わたしよ、静。助けに来たの」

赤い眼光を消しながら囁いている。

恐怖で固まっていた竹野は、口をぱくぱく動かし、幾度か素早くうなずいた。

仲間が敵襲を警戒する中、静は竹野に、

「みんなは無事？」

竹野はまだ、恐怖、もしくは眠気が抜け切らぬようだ。

「………」

「しっかりして。庭梅とかは？」

共に暮していた雑仕女はぶるぶるとふるえる。――恐怖が日常となって、竹野を支配している気がした。

「落ち着いて」

杭を右手にもった静は左手で竹野の頰にやさしくふれ、

「わたしたちは、味方よ。鬼がこの館にいると聞いて、倒しにきたの」

竹野の震えが激化する。

「庭梅を……」

「うん」

「助けてあげておくれ。あの可哀そうな子を――」

静は硬い顔で、

「何処にいるの？」

竹野は蔀戸の方を指した。

「鈴代丸様が、母屋で」

竹野は面を手でおおっている。

「血を――」

鈴代丸が庭梅を寝室に引きずり込んで喉に噛みつく様が、烈火と共に、心に浮かんだ――。

怒りでふるえる低い声で、

「鈴代丸が庭梅の血を吸おうとしているのね？」

手で顔を隠した竹野が首肯する。

――許せない。

静は、血がにじむほど強く歯噛みした。長範が鈴代丸を血吸い鬼にし、鈴代丸が庭梅を殺めようとしているのだ。あの男の方針の変更には疑いを覚えるが、今はそれ処ではない。

竹野が案内(あない)するように立つ。竹野を先頭に素早く簀子上を動く。歩みながら、布で顔を隠す。

南の妻戸が、かすかに開いていた。竹野はそれを大きく開ける。

ここで大丈夫、というふうに竹野の袖(そで)を引く。

両開きの妻戸の先は孫廂(まごびさし)である。

──魔の屋敷に、入った。

正面には黒い壁代が垂れていた。長押から床までを隠す布だ。左には松が描かれた襖がある。静たちは、細長い南孫廂のもっとも右端にいるはずで、どちらに行っても母屋に通じる。俺にまかせろというふうに次郎坊が手振りした。

香玉という薫煙を噴く玉を右手で二つもち、左手で──糸の如く細く、襖を開ける。

次郎坊は向う側をのぞいている。

「…………」

やがて、音もなく次郎坊が襖を開け七人は──不気味な妖気が立ち込めた長細い闇に踏み込んだ。

左には、閉ざされた蔀戸が並んでいた。

右には、御簾がずらりと垂れていた。何処となく荒れた雰囲気が漂うのは気のせいか。その向うが南廂だ。この寝殿、南の廂が二重になっている。

西奥は漆黒であったが、襖があるのを静は知っていた。

御簾を押し南廂に侵入する。

──反魂香の匂いが強まる。

やはり横に広い南廂。あえかな光が正面、唐土（もろこし）の光景を描いた古襖の隙間から漏れている。妖美な紅梅が描かれた屛風が襖の前にあり、いつも桜の枝とか藤の花が飾られていた御簾の間の柱に、何やら不穏なる物体がみとめられた……。

赤眼が注視する。

ぎょっとした——。

それはカラスの足や鼠（ねずみ）の骸（むくろ）、皮がついた人の長い髪の毛だった。

くちゃ、くちゃ、くちゃ……。

気味悪い音が、前でした。襖の向うからその怪音は聞こえた。

静は冷たい生唾を呑む。弱気が起りかかるも、庭梅を助けねばと、心を奮い立たす。

先頭、次郎坊に静がつづこうとすると、誰かが衣を引く。八幡だった。

次郎坊が先鋒、八幡が次鋒という並びで、立つ。

静の全血管は激しく脈動している。

次郎坊が一気に襖を開け——母屋に香玉を放る。

奥行三間半（約六・三メートル）、幅八間（約一四・五メートル）の畳の広がりに、影御先衆は雪崩（なだ）れ込んだ。

黒い高燈台が母屋を照らしていた。くちゃくちゃくちゃ、という音は止っている……。

母屋の奥には、ふつう主の寝台、御帳台（みちょうだい）がある。大きな黒い几帳が――御帳台の前に立っていた。畳の上では銅で出来た狛犬が二匹、こちらを睨み、口から煙を吐いていた。――反魂香を入れた香炉だろう。

香玉は、畳上で燻（くすぶ）っている。

重家の手が几帳の左右を素早く指し、つづいて、空（くう）を切るが如く左に動く。

――御帳台をあらためてから、塗籠ということね。

静が唇を噛む。

母屋の左には分厚い木の扉、妻戸があり、そこが塗籠の入口だ。今、妻戸は黒い壁代にすっぽり隠されていた。

影御先は二手にわかれ几帳の左右から凶事（まがごと）の現場に迫る――。

黒い御帳台に、殺到した。次郎坊の赤眼光、八幡の脂燭（しそく）が、中を荒く照らす。

中には誰もおらず畳の寝台の上に妙な物体が置かれていた。八幡がそれを手にもち、

「……嫗（おうな）の首だ」

「加賀——」

恐怖が首をもたげようとする。その恐怖を押さえつける。それは、眼を剝き、断末魔の悲鳴を上げるが如く大口を開けた、加賀刀自の首だった。

——くちゃ、くちゃ、くちゃ。

また、怪音がする。

寝所のもっとも奥に、地獄を描いた屛風、糞や屍を喰う者どもを描いた餓鬼道の屛風が並んでいる。火炎地獄を逃げ惑う裸の亡者たちに、漆黒の天から火を噴く石の雨が降りそそぐ絵の向うから、その嚙み音は聞こえている。

次郎坊が香玉を放り八幡が剣で屛風を刺す。

「ぐわぁぁあっ！」

凄まじい叫びが、轟いた。

倒れた屛風の傍らから血を流した貴族の少年が躍り出た——。おびえた様子だが、眼は赤く光り、鋭い牙を剝き、毛むくじゃらの獣の手をもっていた。

「鈴代丸！」

静が叫び八幡が刀を動かす。

猿の手を喰っていた鈴代丸は、口を夕餉で、肩を刺突で赤く汚し、大きくわなないていた。

と、

「来てくれると思っていたわ」

静がよく知る少女の声が、左方からかけられる。静ははっとして声がした方
——黒い壁代を見ている。妻戸が動き壁代が揺れる。

殺気立つ仲間に、静は、

「——止めて」

闇の密室と化した塗籠からその少女は、微笑みを浮かべて現れた。

みじかい髪、白い丸顔、小さな体、何の傷もなく生きていてくれたことが、嬉しい。

「無事だったのね！　庭梅……」

覆面を取って、叫んだとたん、静は雑仕女にふさわしくない紅白唐草模様の緞子をまとった庭梅から……ひりつく鬼気を覚えた。

「そいつをただ殺してもつまらないわ」

庭梅が牙をのぞかせ仲間たちが厳戒する。

——庭梅が、血吸い鬼になったなどと信じたくない。

香気におびえた鈴代丸が、庭梅の傍に這い逃げる。暗い塗籠からは反魂香がたゆたってきて、ちょうど庭梅の辺で影御先の香とぶつかり合い、偶然の拮抗が生じている。澄んだ香りと、麝香の甘さの中に獣臭さを隠した香りと。

「……何があったの？」

目を潤ませた静の問いに答えず、庭梅は、足許を冷たく見下ろし、

「こいつ、お父君のご命令を何だって聞くのよ」

「長範のこと？」

豪奢な衣をまとった庭梅は、赤い眼光を灯す。

「あんな立派なお父君のことを、そんなふうに呼ぶのはよくないわ」

鵞翁が強い声で――、

「これは、殺生鬼やっ！」

「止めて。友達なのっ……何をされたの？……奴らに」

「悪いことは何も。むしろ、わたしの方が願い出て――仲間にしてもらったの」

嗜虐的な表情を浮かべた庭梅は、自分の足許に這いつくばった鈴代丸の頭を足で踏んだ。

恐ろしい力で上から圧迫された鈴代丸の面が畳をこする。鈴代丸は抵抗しな

い。涎を垂らし、されるがままになっていた。

赤眼の少女は、

「わたしたちを散々いたぶったこいつを、好きにできるわ。……こいつは心を無くしているのよ」

——従鬼ということか。従鬼は強い食欲をもつけれど、魂のほとんどを無くしていて、不死鬼の言いなりなのだ。

鈴代丸の情けない顔が強く畳にこすりつけられる。

「面白いわよ」

低く言う庭梅だった。

「憐れみなんてかける余地はない」

静は、声をふるわし、

「庭梅……」

庭梅は眉に険を走らせ、猛獣の形相で、

「——貴族がわたしたちに何をしてきたか、高雄丸がどんなふうに死んだか、思い出しなさいっ。静、それを思い出しても、まだそっち側にいるの？」

木馬に座らせられた夜、高熱を発した高雄丸が流した汗、長範に折られてぐにやりとなった苗の首、鈴代丸に手を摑まれた恐怖、顔の皮を半分剝がされた父がはこび込まれた瞬間、河原院の悪夢、夾纈をおしえてくれた庭梅の表情、温かく受け入れてくれた禅師たち影御先衆、いろいろなものが静の中でぶつかり、溶け合った。

一瞬の、されどとてつもなく長く思われた静寂の後、静は、悲しみを漂わせて、

「いるわ」

庭梅は高温をおびた声で、言った。

「どうしてっ！　貴女は支配できる」

物凄い力が鈴代丸の頭を踏み悲鳴が漏れる。

「こいつらを。だって、貴女はあの御方の姫君なのよ」

「それでは、一緒ではないか！　静やかつてのそなたが憎んだのと同じ存在に、なってしまうではないか！　静は――それを嫌うから、影御先の側におるのだ」

鋭く叫んだ八幡が庭梅の左胸を鉄刀で突いている。

――赤い火の花が、咲いた。

庭梅は無事である。悪鬼の顔で、

「失望したわ」

庭梅を守ったものは、鳩尾板(きゆうびのいた)。大鎧の左胸を守る鉄板をもちいた板で、並よりずっと厚いものを緞子の下につけていた。

庭梅が鈴代丸から足をはなす。従鬼と化した鈴代丸が、八幡に襲いかかった——。八幡は一刀の下に鈴代丸の首を切断した。

寝殿の格(ごう)天井は高い。格天井の方から——鉄球がブーンと勢いよく、庭梅の頭を叩こうとする。

重家だ。

「——あは」

庭梅はさっとかわし元いた塗籠に逃げ込んだ。

闇が、血吸い鬼の少女を隠す。

次郎坊が香玉を塗籠に放り鈴代丸の屍をまたいで追おうとした。その時だ。信じられぬ事態が起った——。塗籠に突入しようとした次郎坊が、俄(にわ)かに体をひねり、赤い眼光を流星のように引きながら、八幡に斬りかかり、鯊翁の背中へ思いもよらぬ人間、小春が薙刀を振っている——。八幡は脂燭をすて両手持ちした刀で味方の斬撃を止め、鯊翁は予期せぬ攻撃に背中から血煙を上げた。

静は凄まじい悲鳴を上げ、重家は、

「どうしたのじゃ、小春！　次郎坊ぉっ」

味方が味方を襲うという異常事に静の頭は一瞬真っ白になった。

赤い眼光を爛々と滾らせた次郎坊、白い泥のような目をした小春は、それぞれ八幡、鯊翁を討とうとした。

「止めろぉぉっ！」

「次郎坊殿！」

重家、八幡は、魂が飛び出すような声で怒鳴った。小春は我に返り、

「うち……ああ……腕がっ、勝手に」

次郎坊はなおも正気にもどらず、今度は勢州からきた男に斬りかかっている。

「あやつられているわ！」

静が切るように叫ぶ。庭梅が不死鬼なのか――、あるいは、庭梅とは別の不死鬼が……塗籠の闇に潜むのか。

とにかく不死鬼が味方をあやつったのだ。只人たる小春、不殺生鬼たる次郎坊を――。

「声が聞こえるんやっ」

小春が悲鳴を上げたのと同時に、次郎坊の剛腕が猛烈な一閃を伊勢からきた味方にくらわせ、血飛沫上げて斬り捨てた。

「頭ん中で声が。ぶんぶんという羽音と共に」

重家が振杖で次郎坊の頭を打ち、昏倒させ、再び惑うた小春が鯊翁を斬ろうとして逆に、鯊翁の杭で叩かれる。

「鯊翁、大丈夫か、小春、正気を取りもどせ！」

重家が狂乱したように叫んだ。

「――不死鬼を倒すのよ！」

さもなければ、血も凍る同士討ちは止らぬ。静は思った。一刻も早く見つけ、倒さねば。

「鯊翁、すぐ手当てするから、辛抱してっ」

老いた不殺生鬼は弱い声で、

「……おう」

いつも剽軽な鯊翁だがさすがに苦しげだ。

静は落ちた脂燭が起した火を踏み消し、

「八幡」

「塗籠だな」

察してくれた。

「わたしが、目になる」

母屋は燈台の火に照らされていたが、塗籠は全き闇。その中に……あの男がいるのかもしれない。

二人同時に——踏み込む。

太刀をにぎった義経のすぐ傍に静がいる。静は呼吸を静め、赤く光る目で塗籠を見まわしている。鬼一法眼に武芸を仕込まれ、夜の森を月や星の明りを頼りに走り得る義経だが、さすがに全き闇には成す術がない。

いつ長範が出てもよいように全集中力を剣先にそそぐ。義経は、黒漆に似た闇がのしかかってくる気がした。べたつく黒い不安に——体が、沈みそうだ。

静が囁く。

「……いない。そんな」

「何」

「見て」

赤い二つの点光が板敷に四角く開いた穴を照らす。穴の傍に、反魂香の香炉が据えられていた。

刹那、カサッという小音が、塗籠の隅でして、粟田口で買った刀が殺気の風を吹かす――。

「鼠」

静が、おしえた。

「あの穴から逃げたのだわ」

――不死鬼は見ていなければあやつれぬ。

塗籠にいない以上、今この刹那は、あやつられる心配はなさそうだ。

「重家に相談しよう」

静に囁いた義経は、

「こっちには、誰もおらぬ！」

――その時だ。脳内でまず虫の羽音のような音がして、つづいて、

《腹を切って死ね、腹を切って死ね、切れ、切れ、死ね、死ね！》

不気味な声が轟き――義経の手が、ふるえ出す。

これが操心か。不死鬼により操り方は違うと聞いたが、こいつは羽音のような

音をさせるのか。

不死鬼め。——何処から、あやっっている？　何処から……見ている？　あやつろうとする敵をさがそうとするも頭がぐらぐらして胃液がこみ上げる。

魔と必死に抗わんとする己がせめぎ合っている。

「うちを殺して、うちを殺してっ重家ぇっ……」

小春が薙刀を放り捨て頭をかかえてわめく。義経は、憎たらしい魔性に、心を乗っ取られつつある小春の、煮え滾る苦悩がわかる。小春が顔面を掻く。覆面が、こぼれる。脳内でひびく声と、争っているのだ。

「何処におる！　化物めっ」

重家が部屋の奥、襖を蹴倒す。……何人もいなかった。ただ、闇があるばかり。

「あかん、あかんっ」

小春ががくがくふるえ出す。義経は操心と戦い、鯊翁は深手を負い、静は茫然とし、重家は荒れ狂い、不死鬼は何処にいるか、知れない。

駆けもどった重家は小春を揺さぶり、

「卑怯者！　姿を見せいっ」

腰から香煙を立てながら途方に暮れたように咆哮する。

鵺翁が、苦しみに耐えながら、

「お前が……闇を照らす星や。静！ 決してあやつられんお前が」

瞬間——小春が、猫のように重家の面を掻き、恋人の覆面を毟り取り、血吸い鬼でないのに、噛みつこうとした。重家にはね飛ばされるや——鵺翁の喉めがけて、凄い勢いで飛びかかった。血だらけになった鵺翁は杭を構え、

「来るな——！」

小春は一瞬恐怖を浮かべるも体はためらいもなく突っ込み腹から背にかけて杭が貫通している。意志の一部は抵抗しようとしたが……体が、乗っ取られているのだ。

重家は、絶望という矢に頭を射抜かれた顔になった。

小春は、赤色の潮を、どっと口から吐いた。

悪魔の刃で心をずたずたにされた小春は、何とか正気を摑み取り、血が絡んだ弱い声で、

「せやから……早よ殺して言うたんや。鵺翁はん、許してな」

重家が面貌を歪めて叫ぶ。

「ずっと、夫婦（めおと）になりたく思うておった！　惚れたという言葉を言えなんだ」

「……遅すぎやっ」

小春は歯を食いしばり穏やかな微笑みを浮かべて、逝（い）った。重家は——涙をこぼしながら絶叫した。

「真上！」

静が、泣きながら叫んだ。

「見つけたわっ」

心に入ろうとする妖（あやかし）と戦う義経が天井を睨むと赤く小さい怪光が四つ灯っている。

格天井に覗き穴があり、そこから、あやつっていたのだ——。

「——ナウマク、サマンダボダナン、ベイシラマンダヤ、ソワカ！」

毘沙門天（びしゃもんてん）の真言（しんごん）を唱えると、心が硬くなる気がして、魂に浸み込む囁きが縮まる。

間髪いれず義経は天狗跳びする——。

仮面の師に鍛えられた足が躍動。剣先はゆうに天井にとどき、赤い眼光を貫く。

悲鳴が天井でひびいた。義経は降下と同時に——上から破裂音、猛気が迫りくるのを知り、右へ転がる。天井から飛び降りた何者かに遂に我に返った次郎坊が、咆哮(ほうこう)を上げて斬りかかるも——猛烈な一閃を喉に叩き込まれ、絶息した。

次郎坊の命を奪ったのは、鎌。

貴船の森で戦った、耳や幾本もの歯が欠落し、顔肉の一部が削られた、半裸、二丁鎌の血吸い鬼と、頭に五徳を載(の)せた長い髪で青白く、げっそり痩せた女血吸い鬼が、舌なめずりしながら立っていた。

二丁鎌の片目からは血がどぼどぼこぼれていた。

……あまり痛くなさそうである。

天井を破って降りてきた血吸い鬼二名、いずれも心臓を守るため、分厚い鳩尾板をつけていた。あの時、殺生鬼であったこの二人——不死鬼になっている。恐らく浄瑠璃の血で。

義経は、はっきりわかった。

全ては罠であった。影御先を滅し静を取りもどすための、熊坂長範が仕掛けた罠であった。

五徳の女は、妻戸の所に立つ静に、

「お頭は貴女様と共に暮したいと仰せです」

静は弱々しい声で、

「わたしがもどれば……この人たちを助……」

――駄目だ、と義経が叫ぼうとした時、鯊翁が大声で、

「何言うとるんや、静！」

死力を絞って香玉を五徳女の面に投げつける。

絶叫が、よじれる。

静も咆哮を上げ五徳女の腹を杭で貫く。香、刺突、二重の衝撃を食らった敵は、

「静……様？」

重家が、分銅で二丁鎌の鳩尾板を叩いている。鳩尾板が歪みながらずれた所に、義経が高速の突きをくらわせ、心の臓を赤く裂いている。オタマジャクシに似た小さい目を苦痛で閉じた鯊翁は、がくがく身をふるわしながら、

「己の力にまかせて、人を踏みにじり、人から吸い取り、生きとる奴が嫌いなんやろ？　わしもや」

「鯊翁、死なないで！」

静は赤い眼光を消し頭を振る。

「自らが信じる道を……行くのや。お前は大丈夫や」

静につたえ――果てた。

重家が大金串と呼ばれる影御先の道具を五徳女の背から心臓まで刺し通し、退治する。刺突に特化した、長細い短剣である。

覆面をきつくしめた義経は二人の不死鬼の首を刎ねた。これでもう、甦らぬはず。

――寝殿に討ち入ってさほど長い時は経っていない。が、七人いた仲間はたった三人になっていた。

返り血を浴びた静は道に迷った己をみちびいてくれた鯊翁、巴との対立から守ってくれた小春の死で、冷たく厳しい嵐に襲われていた。静は鯊翁の死がまだ信じられない。骸に駆け寄り開いたままの目を閉じる。

深い悲しみが籠った表情で小春を見ていた重家がきっとなって、

「柞原まで退くぞ」

一度態勢を立て直さねばならぬのは静もわかった。涙を拭いて、

「東の対の七人は？」

同じような罠の泥沼に、巴たちも沈んでいる気がする。

重家は悲壮な形相で答えている。

「わしが撤退を知らせに行く、そなたら二人は柞原まで急いで退け」

八幡が、重家に、

「わたしが行こう。隠形（おんぎょう）には自信がある。それに、禅師様と作戦を立てたのは、わたしだ。失敗の責任はわたしにある」

重家は長い髪をばさりと振り、

「違う。斬り込み隊長の俺のせいだよ」

「わたしも行くわ」

――決着をつけたいという思いが静をその気にさせる。あの男の凶行は、今日終らせねばならない、鯊翁や小春、次郎坊や伊勢からきた仲間の遺骸を見ながら、強く感じた。

血だらけの重家は決断する。

「――全員で巴たちを助け、その後、柞原まで撤退！　八幡、そなたの兵略の才を見込んで訊く。我らはどう動くのが一番よい？」

——凄まじい速さで八幡の頭が回転する音がしそうであった。八幡とは何者なのだろう、今までどんな生涯を歩んできた人なのだろう、こんな思いが静の中を駆ける。

驚くほどの武力と、兵略の知識をもつ、謎の美少年は冷静な声音で、

「静が目に、わたしが剣となる。心臓を刺し首を斬るのはわたしの役目。殿(しんがり)の重家殿は、次郎坊の笈を背負ってほしい」

予備の香玉がたっぷり入った笈だ。

「香玉を鬼どもに投げ、援護するわけか?」

「さん。腰には火舎をつけ……」

亡き小春の腰火舎を、重家の手が、ひろう。

「後ろに薫物結界を張りつつ走る」

東に垂れた黒い壁代を指し、

「東廂を北に走り、もっとも手前にある妻戸から外に出よう。壺庭か渡殿、安全そうな方から東の対にむかう」

「——全て、八幡の指図通り動く」

八幡より年上、影御先の先達たる重家は同意している。

八幡が静に囁く。

「明りはつけん。そなたが我らの目と耳だ」

答の代りに——赤々と眼を燃やす。

「壁代の向うの様子は？」

血腥さがそうさせるのか。唐突に、血を吸いたいという誘惑的衝動が、静を襲った。今、血など飲んだら、あの男と同じになってしまうかもしれない。歯ぎしりして、それを封じ——全ての気持ちを聴覚、皮膚や髪の毛を走る第六感にあつめる。

「……敵はいない」

「行くべし」

重家が、言った。まず静と八幡が並び、重家がつづく形で、足音を消して歩む。静は杭で黒い壁代をめくってみた。

誰もいなかった。

東廂に入る。

そこは板敷で、正面に閉じられた蔀戸が並び、左右を屏風にはさまれていた。

左の屏風は満開の桜におおわれた山を、右の屏風は行く水を漂う数知れぬ花びらを描いたものである。

静は左の屛風を杭で倒している。

そこは、女房の局らしかったが、今は無人でただ、反魂香を入れた阿古陀香炉が白煙を立てていた。邦綱が信頼する武士の妹だったその女房、あの者たちの贄となり、殺されてしまったのかもしれない。

局の向う側は黒い壁代が垂れており視界を全くさえぎっていた。

——誰かいる。

無言で仲間につたえ、前進しようとすると、八幡がまかせろというふうに制す。

八幡の剣先が壁代にふれて、払う。

火花に似た驚きを静は覚えた。

黒き大布の向うで——三人斃れ、一人、蹲っていた。斃れた三人は邦綱の青侍で、いずれも牙を剝き、一瞬の発作で心臓が止り、口から血を吐いて死んだようだ——。

頭をかかえ口をぱくぱくさせて蹲っているのは竹野だった。

三人は、従鬼であったのかもしれぬ。不死鬼の僕たる従鬼は、自分をあやつっていた主が死ぬと、即死する。

竹野は只人であったが——さっきの不死鬼に操心されており、ここで待ち伏せすべく動かされたのだろう。不死鬼が息絶えたため、一時的恐慌に陥っていると思われた。

早く立ち直ってほしい。

竹野も気の毒であったが竹野が一役買った罠で仲間が四人うしなわれている。

二年共に過ごした人が惑う横を通り、静は硬い面持ちで前へすすむ。

夢を喰うという霊獣、獏（ばく）が襖の中で立っていた。

高雄丸が殺された日、いやもっと前——顔の皮を剝がされた長範が小屋にはこび込まれた日から、一切合切が悪夢で、獏が全て食べてくれればいいのにと、願った。

——敵よ。

手振りでつたえる。

二人いるようである。

襖の向うにいる二名、息を潜めているようだが、静にはわかる。恐らく向うも同じ。脂汗を浮かべた八幡が——獏を蹴倒す。

一人は後ろ跳びして襖をよけるも、いま一人は倒れてくる襖に巻き込まれた。後退した敵——吉子が赤眼をきらめかせ跳びかかっている。吉子がもつ鉈（なた）は静を狙っている。

八幡が刀で——猛速の鉈の一閃を止めた。助けられた静は息を吞む。

八幡が、薙ぐも、吉子は染料を切る鉈で止めた。

にんまりと、

「久しぶりだねぇ」

さすがに痣（あざ）はなくなっている。吉子は意志をもつ血吸い鬼、殺生鬼か不死鬼になったようである。

鼻に無数の小皺を寄せた吉子は狂犬さながらの形相で、

「あんたを殺すなって命令が出てるけど、事故で死ぬ分には問題ないかと思っている」

自分の解釈で命令を勝手に変えるのは吉子の悪い癖だった。

昔は嫌いだったけど、今は憎くない。——救いたいとすら思っていた。だが今の吉子を、影御先として、救うわけにはいかない。

「……そう」

静が言ったとたん、重家が香玉を、吉子の顔面に放る。

吉子は、吹っ飛んだ。静は間髪いれず杭で吉子の心臓を貫いた。

「あっあっあぁぁ！」

殺生鬼は、只人より生命力が強いが、腕や腹を斬られて血を大量に流せば、死ぬ。だが、殺生鬼と不死鬼の区別が、たやすくつかない以上、敵血吸い鬼を見かけたら真っ先に心臓を突けというのが磯禅師の命令だった。

八幡が襖の下にある心臓を見切り、襖ごと刺す。

左胸を守る、厚めの鳩尾板は、影御先の杭を弾く堅い防具であったが、敵一党の全員がつけているわけではない。羅刹ヶ結も大きな組織となった以上、そこには序列が生れるわけで、序列の下の方にいる血吸い鬼――吉子や襖の下の雑色は、鳩尾板をつけていない。

巴たちが置かれている状況を思えば一刻の猶予もない。吉子たちが、不死鬼とは到底思えない。万一、不死鬼でも胸を突かれた者が甦るのは僅かで、甦りには時もかかる。

重家が言った。

「時がない。首を斬らずに、ひとまず打ち捨てる」

少し先に、妻戸があった。

戸を開ける。

三人はさっきすすんできた東の簀子に出ている。

月がこぼす銀色の光が、壺庭に佇むコデマリの蕾(つぼみ)、髑髏を洗いながら流れる水を、薄明るくしようとしていた。

ただ、月が見えただけで、血腥く危険な死地から一歩、遠ざかった気がする。

すると――東の対から、怒号や叫び、争う音が迫ってくる。

巴たちであろう。

南の透渡殿(すきわたどの)だ。

三人は、そちらに急いだ――。屋根付きの橋が遣水の上にかかっていた。寝殿と東の対をむすぶ透渡殿だ。盗賊らしき男が二名、叫びながら斃れる。

屍をまたぎ――肩で息しながら巴と重清が駆けてきた。

「そっちは無事？　こっちは、五人殺(や)られた。糞忌々(くそいまいま)しい不死鬼が起した同士討ちでね！」

巴が、吠えた。

「こっちは四人殺られた。同じ状況だ」

「兄者、こっちは——熊坂が出た」

兄弟が、会話する。

——あの男がすぐ傍にいる。凄まじい戦慄が、静の体を揺さぶる。八幡も武者震いした。

静たちと巴たちは渡殿上で、合流した。下はしゃれこうべを放り込まれた遣水が流れている。

すると——東の対の方から、黒々とした猛気がのしのし、歩んできた。

先頭を歩む影は、凄まじく大きい。

六尺（約一八〇センチ）強。

筋肉が爆発しそうな逞しい体で、黒糸縅の鎧をまとい熊皮の尻鞘に入れた大太刀を佩いていた。

男が誰なのかわかった静は全身に粟粒がザーッと広がり、髪の一本一本が騒ぎ出す気がした。

「熊坂長範！　覚えがあろう！」

小柄な八幡が一気に髪を逆立てる。

長範は静にとって、母の仇、八幡にとって恋人と師の仇、巴にとって兄の仇であったが、三人の物凄い視線を浴びてもびくともしない。

ただ、静の方を——じっと、見ている。

底知れぬ憤懣(ふんまん)を孕(はら)んだ赤い目で。

化粧垂木が並んだ軒から火がついた釣燈籠(つりどうろう)が下がっており赤い点線を形づくる渡殿で、長範は、六人の荒ぶる血吸い鬼を後ろにしたがえていた。

その後ろには——生気とか覇気が全く感じられない赤い眼火の影が、幾人も並んでいた。従鬼だろう。

夏通率いる只人の賊が十人ほど、北に見える壁渡殿から現れ、さっき静たちがいた簀子、泉のある壺庭に展開する。——北への逃げ道をふさがれた。

南からも、妖気の群れが殺到した。庭梅を先頭とする十五人だ。広い南庭からやってきたそ奴らは、血吸い鬼もいれば、只人の賊もいる。

静たちは——三方から敵にかこまれている。背後はさっきまでいた寝殿である。

長範は皮を半分うしなった顔から、殺気をにじませ、

「いつまでも逃げ得ると思うな。いつまでも、俺が寛大であると思うな」

「どうしてここがわかったの？」

父と娘は——真っ赤な双眸で睨み合っていた。

「お前が、鯊翁なる不殺生鬼と共におるのを、見た者がおる。鯊翁の小屋をあらためておると、鈴代丸の手下に出くわした。お前が何処ではたらいていたか、知った」

長範はつづける。

「俺の手下は諸国におるのでな、お前が影御先の糞どもと共におるのも間もなくわかった。のう、この女は苗に似ていよう？」

一人の女が後ろからすすみ出た。元は公家女房か何かで、今は従鬼であるらしい。生気の乏しい虚ろな表情を浮かべていて、たしかに苗に似ていなくもない。

長範は言った。

「この女を、俺は妻とした。庭梅とした。庭梅としたしかったそうだな？　庭梅を……妹とするがよい」

庭梅が静と長範を見くらべて嬉しげに会釈している。

長範は、過去を凝視する顔様で、首に手を当てる。首には切り傷がある。王血を呑みし後——自ら命を絶ち、甦ったか。

「命が甦るなら、家も甦るはず。そうやって……腐れ武士どもに壊された、俺の家を甦らす」

「………」

「俺が父、この女が母、お前と庭梅が娘……前あった家よりも、賑やかになったろう？　妙案だろう？」

無表情な従鬼どもが、一斉にうなずいた。

「もどって参れ」

長範は誘う。

「黒滝から助けてくれたろう？　俺とお前が手をくめば、でかいことを成せる」

静は強く首を横に振り、

「貴方は……間違っている」

長範は眉を顰める。

「貴方の、わたしたちの家を壊したのは……武士どもじゃない。武士どもはたしかに、貴方をひどく傷つけた。だけど家を壊してはいない。わたしたちの家を最後に壊したのは――」

数多の雑色、雑仕女が血や涙を流してきた夜の豪邸で、権門を恨むがゆえに賊となった男を――力いっぱい指差した。

「貴方」

「…………」

面貌を歪めて、静は吠えた。

「貴方がその手で、わたしたちの家を壊したの！　貴方がお母を殺めたのっ」

苗がつくってくれた山菜の羹、茸の石焼の味を、何故だか胃が思い出し、腹の底が温まる。山中に咲く美しい花の名をおしえてくれた苗の笑顔が心に浮かぶ。そして、大きなカモシカを背負ってきて静と苗に喝采をもって迎えられた、やさしかった父の少し得意そうな顔も——。

「……うしなわれたもの、無くしてしまったものは、もうかえってこない！」

静はかんばせをふるわし、

「貴方が今からつくろうとしているものなんて、偽物なの！　意味がないの！　嘘を根にしたものなのっ」

長範は怒りを通り越した果てにある冷たい虚無の面差しで静の吠え声を聞いている。

やがて、小さい声で、ぽつりと、

「——死ぬのだな？」

静は唇をぎゅっと噛む。

「俺の申し出をことわった以上、死ぬ気なんだろう？　その穀潰しどもと」

「——誰が穀潰しだってぇ？」

巴が小薙刀をビュンと振って、一歩前へ出る。鋭気を敵将に叩きつけた巴は、

「お前に言われたくないよ。たしかに、腹立たしい貴族ってぇのはいるよ。その中には外道もいるだろう。だけどさ、長範……お前は刀をもたぬ女や、生れたばかりの赤子も、手にかけてきたろうっ。赤子に何の罪がある！　貴族に生れたら、それだけで罪なのか！」

長範は静を見たまま、興味なさげに、

「お前と話していない。どけ」

巴は激高し、

「——終らせてやるよ。この巴が。お前が成す悪を、今日を限りにぶった切り、終らせてやる」

「うるさい虫のようなあの女から始末しろ。行け！　従鬼どもっ」

長範、そして六人の後ろから、従鬼どもが、ざっ、ざっ、ざっ、と行進してきた——。いずれもこの屋敷にいた侍ども、女房たちで、赤い眼差しは虚ろ、夢遊

病者の隊列の如く迫ってくる。刀や懐刀をにぎった者、手ぶらな者もいる。

一人の娘従鬼が前へ出ようとした処、長範が手首を摑んだ。

月明りと釣燈籠の火に照らされたその娘の顔を見たとたん、八幡は強い衝撃を受けたようだった。刹那、静は全身の血が、言葉にならぬ声で囁き合うのを感じた——。

血が告げている。

王血者が近くにいる、と。

——八幡は、その娘の名を呼んだ。

「浄瑠璃ぃっ——！」

静は浄瑠璃という娘が、長範に殺されたという八幡の恋人だと、知った。浄瑠璃は生きていた——。

いや……生きていると言っていいのだろうか？

惨たらしい傷を喉にきざまれた娘の、人形の如き無表情から、僅かばかりの温もりも、読み取れぬのだ。

敵が殺到してくる。

巴の薙刀が血の嵐を、八幡の刀が黒い疾風を巻き起し、従鬼どもが斃れてゆく。

「静、いい加減、お頭の言葉にしたがえ！」

北から夏通が大喝しながら手下どもと殺到。南からは、庭梅たちが迫っている。

高欄に跳び乗った八幡はもはや浄瑠璃しか見えぬ様子で、がむしゃらに突きすすまんとする――。

が、従鬼の分厚い壁が邪魔立てする。

刹那――幾筋かの香気が夜空を飛び、透渡殿に刺さっている。

香矢だ。

静は左方を見た。

夏通が萱を踏み散らし、水飛沫を立てて迫ってくる壺庭の奥に、壁渡殿がある。透渡殿と違い、壁をもつ渡り廊下だ。その檜皮葺きの屋根に春月に照らされた人影が複数ある。

磯禅師たち、本隊だ。

磯禅師が射た香矢が長範のすぐ近くにいた腹心の頬を貫き、おぞましい悲鳴が上がった。

頬を射貫かれた男のみならず、近くにいた血吸い鬼どもが、もだえだす。香矢が放つ気で、従鬼の多くも苦しんでいた。不死鬼にあやつられる従鬼には当然、三種類――不殺生鬼の従鬼、殺生鬼の従鬼、不死鬼の従鬼がいる。不死鬼の従鬼とは血を吸う不死者でありながら、己が心をもたず、心をもつ不死者にあやつられる者を言う。

渡殿にいた従鬼は人を殺める血吸い鬼が大半であったから、当然恐慌が起きている。

折しも北風が吹きつける。

磯禅師が、香玉を壺庭に、投げる。

かぐわしい匂いが、凄い煙となって、吹き寄せ、敵軍から悲鳴が上がった。

腹心どもが動じても長範はうろたえず、

「あの女を潰せ！」

香をものともせぬ夏通たちに下知した。

磯禅師は只人迫ると見るや並の矢を射ている。

射殺された盗賊が壺庭に転がる。

南から寄せてきた敵を、静が杭でふせがんとする。牙を剝いたその男、よく見れば顔見知りの雑色だ。その事実が静を揺すり——杭が乱れる。相手は容赦なく大ぶりな草刈り鎌を薙いでくる。

重清が刀で鎌を払い一刀の下に斬り捨てた——。

三郎が、屋上から、

「やい、盗賊ども、おいらが検非違使呼んだからな！　もうすぐ来るからな！」

幼さがのこる一声が、香気と矢でひるむ賊に狼狽えを巻き起す。

重盛が用立ててくれた大量の香でひるむ手下を、何とかたばねる長範は、

「役人なぞ呼ばれて困るのは、うぬらであろう！」

高欄上で従鬼と激闘する、八幡を刀で指し、

「検非違使なんぞに恩を売りたかねえが……知っておるぞ！　何処の御曹司かを」

長範が笑みながらぶつけた疑義に、三郎がはっと凝固し慌てる横で、磯禅師が、

「とにかく、検非違使は来る。かこまれるのは、時間の問題ぞ」

素早く射ながら、叫ぶ。

八幡が——何処かの御曹司？　だが、何よりも静にもとめられているのは、この場を生きて脱出することだった。

その後の戦いをよく覚えていない。

三郎の言葉は、明らかにはったりだったが、嘘から出た真という奴で……本当に検非違使が殺到した。都のど真ん中であれだけの騒ぎを起したのだから無理もない。

検非違使が来て困るのは、長範一党も、影御先も一緒だ。

香煙、怒号、悲鳴、落ちた釣燈籠から起った火が渦巻く中、味方は一塊となり、邦綱邸を脱出した。築地を越え、夜の大路に出た時、夏通たちも追ってきて、外にいた組が盾になる。

掘立小屋が並ぶ四条河原を突き抜け、鴨川を渡り、例の梶林に入った時は、わずか七人になっていた。

静、磯禅師、巴、重家、重清、少進坊、三郎である。

健脚の少進坊は三郎に手を引かれ、たしかな足取りで逃げてきた。

夜風に揺れる梶の木の下で、少進坊が言う。

「あの……八幡様は？　八幡様を見た者は、誰か」

三郎が悔しげに頭を振ると、巴が疲れたように、

「八幡ならね……みんなで逃げた時、全然別の方に行った。長範を追っていったの」

「――え？」

八幡ならやりかねない、恐らく浄瑠璃を救出しに行ったのだと、静は感じている。

小春をうしなった重家は心此処にあらずという面差しであった。憔悴した面を、力なく垂れ――一言も発しない。悲しみの淵に沈んだ重家をさすり、慰めてやりたい気がしたが……小春を死に追いやったのは長範の手先であり、長範は静の父だった。

静の手はためらいがちにもどる。傷ついた夜叉のようになった巴が、かすれ声で、

「八幡がさ、どっかの御曹司という話があったけど」

「少進坊殿、ここにおるのは、皆、信頼できる者たち。……話してもよいか？」

磯禅師は声を落として訊ねた。

しばし考え込んでいた少進坊は、首を縦に振り、

「――はい」

磯禅師は八幡、いや源九郎義経の身の上を話している。

鞍馬山に前の左馬頭・源義朝の九男があずけられていたのが、少し前に出奔して、平家が大騒ぎしているという噂は、静も知っていた。まさか、その人が影御先に入り、自分と行動を共にしていたとは。疲労困憊の静は深い驚きにつつまれる。同時に、八幡、いや義経がいなければ――自分も重家も邦綱邸を脱出出来なかった気がした。それだけではない。長谷寺で、心の傷から血が出た静を、八幡は慰めてくれた。

無事でいてほしい――そう願う静であった。

「これから……どうします？」

梶の幹に背をあずけていた重清がのそりと動いている。

磯禅師は組み合わされた両手で、頬にふれ、鋭い眼差しで、

「吉次の許へ参ろう」

吉次というのは三条辺りに住まう元影御先の商人で、丹波、伊勢から来た者たちを泊めてくれた男だった。

身も心もぼろぼろになった影御先衆を禅師は見まわす。

「影御先が――戦いを投げ捨てるわけにはいかない。わたしたちが、投げ捨てたら……多くの命が奪われ、多くの幸せが潰される」

巴が、ぶるっと武者震いして歯噛みし、重家が、きつく瞑目し、静は、在りし日の苗や、鯊翁や、小春を、思い浮かべる。

「どんなに力が足りなくても……影御先は戦わねばならない。今夜の作戦は、失敗だった。だが、決して無駄ではなかった。敵の京における拠点を潰したし、敵側の害も深刻じゃ。もう少しなのじゃ。力をかしてほしい」

「――どう戦えばいい？」

かすれた小声を出したのは、巴だった。だが、その両眼から、闘気が放たれている。

「あれだけの大事をしでかしたのじゃ。奴らは今まで散々暴れてきた東路（あずまじ）へ、動く。濃尾の影御先とも力を合わせ、逃げる敵を仕留める」

磯禅師は言った。

不吉なほど強い夜風が吹き梶の葉をざわざわ揺らした。

巴は、風を振り払うが如く、強く幹を殴り、

「――やろう」

決意が籠った面持ちだった。

皆、さっと首肯する。

「全ての香は殺生鬼のために。全ての香は不死鬼のために」

磯禅師が言うと、皆口を揃えて、

「全ての香は殺生鬼のために。全ての香は不死鬼のために」

七人は――元影御先の商人、金売り吉次の許にむかった。

少進坊は栗鼠(りす)の如く素早い三郎に、義経の行方をさがすよう命じている。

第九章　青墓の戦い

五分咲きの山桜の傍に槐の樹があって槐には木通が蔓を巻きつけている。赤紫、あるいは白の、ふっくらした灯籠に似た花を、木通は沢山つけていて、丸みをおびた葉は日に日に大きくそだっているようである。

初めて浄瑠璃の唇を吸ったのは——そんな樹の海だった。

生温かい風が吹く度に、赤い桜の蕾、その傍らで儚げに開いた白き花が揺らぐ。

草を枕にして寝転がった浄瑠璃の顔に、沢山の樹が斑の影をこぼしていた。

はっと覚醒した義経の目の前に——頑丈な格子があった。

義経は一瞬ここが何処だかわからない。

武士が二人、視界に入る。焦点がさだまる。

いずれも直垂を着ており、一人は血がついた青竹をもっている。

一人は大柄で赤ら顔、白い繁菱が入った紺色の衣、いま一人は黒い蛇の目輪が入った白衣の若侍で、げっそり瘦せて陰気な顔をしていた。

「何かしゃべる気になったか？」

——検非違使だ。

あの後——義経は浄瑠璃を取りもどそうと薫煙の中、長範を追った。渡殿の死闘で既に刀は折れていたが、浄瑠璃を取りもどしたいという思いでいっぱいになり、検非違使の殺到がもたらした混乱の中、敵将を追った。長範、そして浄瑠璃をふくむ従鬼どもが——築地を軽々跳び越える。人間離れした業だが——義経も跳ぼうとする。

鞍馬で鍛えた脚力なら可能なのだ。

が、先刻の激闘で、足に怪我をしており、痛みがひどく、跳躍にしくじった。木を足掛かりに何とか築地を越え都大路に着地した処を殺到する検非違使に見つかったのだ。

折れた刀を振りまわし、必死に抵抗するも、多勢に無勢、放免が振るう六尺棒で滅多打ちにされ、血だらけになって連行された。

「お前は誰じゃ？　盗賊の一味じゃな？」

大柄な方が問う。頭を振ると、

「――では何故あそこにいた?」

「………」

熊坂長範という賊を討ちに邦綱邸にいたと話せば、何故長範を討ちたいと思ったかを問われる。六波羅につながる検非違使たちに、貴船の件を話すわけにいかないから、義経としてはそこでまた答につまる。咄嗟の嘘を投げる手もあろう。だが、検非違使は人間の嘘を一つ一つ丁寧に砕いてゆく術を、じっくり練ってきた者たちである。

たぶん、義経の嘘はいずれ瓦解しよう。

だから黙っている他なかった。

若い検非違使が懐から今剣を出し、

「三条小鍛冶の業物。――何処で手に入れた?」

義経は、答えない。

「まるで、どこぞの姫君の如き見目なのに……しぶとき男よ」

大柄な検非違使は昨夜散々義経をいたぶった青竹で手をぽんぽん叩いている。

縄でしばられ牢に入れられている義経は、見ている他ない。若い検非違使が、意地悪く囁く。

「まあ……赤い禿がもどれば、話さざるを得まい」

――赤い禿？

意外な発言に……義経の顔面筋が、微動している。

「気づかんかったか？　先程、赤い禿が三人お前を見に来たのじゃ」

「…………」

「赤い禿はのう、盗賊などより、よほど害のある極重悪人を追っておる。――謀反人、義朝の倅じゃ」

若い武士は義経の反応をたしかめるように、格子に額をふれさせた。

義経は――無表情を貫く。厳しかった蓮忍の修行、鬼一法眼による鍛練がなければ、平常心をたもてなかったかもしれない。

若侍は額で格子をこするように面を動かしながら、

「そ奴めは入道相国様の格別のお計らいにより、命を助けられ鞍馬で稚児をしておったのに、脱走した。入道相国様は――八つ裂きにしても飽き足らぬと仰せじゃ。東に逃げて何か騒ぎを起すか、京で源氏の残党や無頼をあつめ、賊働きなどするか、どちらかじゃろうと仰せになった」

——二人の検非違使は、じっと義経の反応をうかがっていた。

清盛の意向もあり検非違使と赤服の少年たちはさかんに連絡を取り合っていたのだろう。

「お前の姿形が、件の稚児に似ているというので、赤い禿がやってきた。今、鞍馬にお前を知る僧を呼びに行っておる」

——絶望が広がりはじめている。

幼き日、鞍馬で、清盛と重盛を討つと誓った。死んだと思っていた恋人に、自分を守って亡くなった師に、血吸い鬼の賊を討つと誓った。まだ、どの仇も討っていないのに、死なねばならぬのか。浄瑠璃が生きていることがわかったが、よく知る浄瑠璃の有り様と違い、どうしようもなく不安である。それもたしかめぬまま——。義経は、屠所に引かれる羊の気持ちになった。

「シラを切れるのも今のうちぞ」

と、茶色い粗衣を着た放免が一人駆けてきて、何事か耳打ちする。

検非違使は小声で、

「……殿が？　今じゃと？」

検非違使二人は衝撃的な知らせを受けたらしく放免をつれて出てゆく。義経は

――さて、どうして逃げたものかと懸命に頭をはたらかせている。

だがなかなか妙案は浮いてこぬのだった。

しばらくすると――大勢の足音が聞こえた。

供を数多つれた武士らしい。よほど、大身なのか、さっきの傲慢な検非違使たちは、まるで米搗きバッタのように腰が低くなり、その武士の後方でおろおろしていた。

身を起し背筋を伸ばして座った義経は静かに視線を下ろす。

ゆったりとした足取りが、近づいてくる。

足音が、格子の向うで止った。

義経は足音の主を見る。

――眩い驚きの矢が、胸に刺さっている。

義経の眼前には……平重盛が立っていた。

重盛は直垂姿であった。

その直垂は、肩が黒、胸が灰色、足が白、下に行くにつれて色が薄くなってゆく品のよい直垂で、黒い処に白糸で波模様、白い処に黒糸で波模様が縫われている。だから白い海と黒い海のあわいで灰色の圧倒的な飛沫が立っているように見える。

黒漆に銀色の木瓜紋(もっこうもん)が入った重厚な太刀を佩(は)いた重盛も、昨日の若者とすぐ気づいたらしい。片方の眉がぴくりと動く。

重盛と義経は――長いこと、無言で睨(にら)み合っていた。

やがて、重盛は、

「二人にしてくれぬか?」

検非違使はすかさず、

「危なすぎまする」

「こんなに固くしばられし者に襲われたら、わしはもう……武士とは呼べまい」

重盛はちょっとおどけた顔で答えた。そして、盛んに不安がる検非違使と従者を下がらせた。

二人きりになると、重盛は深く溜息をついた。

「……不思議なこともあるものよ」

重盛は、両手を背中の後ろで組み、義経に横顔をむけ、上を仰ぐ。

「わしは……磯禅師の力になりたいと思っておる。わしの立場からは、出来ぬことも、あの女なら出来ることもあり、それが世の安寧につながり得ると思うたからじゃ」

「………」

「昨日、磯禅師の大切な仲間が——盗賊に間違われ、検非違使に捕われたという。わしの力で何とか出来まいかと、たのんで参った」

義経が検非違使に捕われたと嗅ぎつけた磯禅師は、何とか助けようと手をまわしてくれたのだ。

「が、ここに来てみると、その賊は影御先どころではなく……鞍馬を抜け出た遮那王なる稚児という」

「………」

「前左馬頭・源義朝殿のご子息という」

義朝殿という呼び方を久しぶりに聞いた気がする。平家が治める天下において、父は謀反人であるとか、反逆者であるとか、否定の文脈の上で、語られやすい。まさか敵将たる重盛から父への一定の敬意、配慮がにじむ言葉が出てくるとは、考えてもいなかった。

重盛は人懐っこい笑みを浮かべている。

「さて、どうしたものかの」

重盛が、格子越しに義経を見る。俄かに重盛の態度が一変——万物を凍てつかせる白い炎を放つ、世にも恐ろしい氷山に似た気をぴりぴり放って、

「そなたが鞍馬山の遮那王なら生きて出す訳にはゆかぬ」

やや、やわらげて、

「影御先の八幡なら生かしてやりたい気もする。そなたは、遮那王か、八幡か。——何者なのであろうか？」

硬か軟か、敵か味方か、重盛という男は全くのぞけぬ底知れない処があった。決して嘘を許さぬ気迫が重盛から漂う。義経は、答えなかった。

ただ唇を真一文字にむすび背筋を正し——重盛を鋭く見返していた。

「答えられぬか？　では、問いを変えよう」

答えぬという答で何事かを悟ったような重盛だった。

「もし、そなたが遮那王であるのなら、何故、鞍馬山を出たのであろう？」

義経は、睫毛を伏せている。

武士である以上——嘘をついてもいいと思っている。だが、嘘にはついていい時と、ついて悪い時がある。今は、ついて悪い時だ、今、嘘をついたら武人としての我が名を落とす、体全体がそう感じていた。理屈ではない。武者の子の本能

がそれをおしえている。

だから、義経は、言った。

「――平家を討つためでしょうな」

重盛は――嬉しげな表情を浮かべた。

さすが、義朝の倅よ――そんな嬉しさである気がする。

義経は憎い仇であるこの男を、好きになってしまいそうだった。

重盛は一瞬浮かんだ感情をさっと隠し仁王のように険しい形相で、

「何故、平家を討ちたい？　父の仇だからか？」

「もし、わたしが、遮那王であったら、というお訊ねですな？」

「左様」

義経は重盛から視線を逸らさず、

「仇討ちのためだけではありませぬ。大内裏の前に物乞いが数多おるのは、ご存知ですか？」

「むろん」

「いつの世にも物乞いはおりますが、京の何処に行っても、数知れぬ物乞いを目にします。……多すぎる気がします。世の中に大きな傷がある気がします」

牢の前に――頑丈な重盛の腰が、どっしり下ろされた。

義経は重盛のすぐ傍で、

「その傷が、膿み爛れている。なのに、六波羅の方々、都の権門は、成すべきことを成さず、豪奢な衣をまとい、遊び暮しておられる」

「――成すべきこととは？」

「傷をふさぐ手立て……」

「その手立てとは？」

「………」

義経は答に詰まっている。

重盛は、手厳しく、

「何も考えずに――申しておったか？」

義経は、すかさず、

「いいえ」

厳格な面差しを浮かべたまま、片側の眉をちょっとだけ動かしてみせる重盛だった。

義経は、牢の向うへ、

「京にあつまる物乞いのほとんどが、田舎から出てきた者。荘園で振るわれる鞭や棒に脅えて夜逃げした者。凶作で村が潰れ、職をもとめて都に来た者。都の貴族たちは怠け心の末に乞食になどと嘲りますが、果たしてそうでしょうか？」

重盛は真剣に話を聞いてくれた。

「彼らを嘲笑う前に、荘園で振るわれる鞭を何とかすべきでしょう？　命を奪うほど酷い責め立てこそ、咎めるべきでしょう」

義経は、格子に顔を擦るようにして、必死に、

「一度の飢饉で村が潰れるのは、年貢が重すぎて蓄えができぬからです。年貢を軽くすれば、村は潰れず、飢民も、盗賊も、少なくなる。京の権門が飢えるほど困窮することはありますまい」

重盛は唇をほころばす。義経は澄み切った双眸で重盛を見詰め、

「この都には……あまるほど沢山の、権門の倉には腐るほど沢山の富が流れ込んでくるのだから」

重盛は、義経に、

「左様な務めを平家が果たさぬゆえ、討つと？」

「――はい」

重盛は肩を揺らしていと愉快げに笑った。

「もしわたしが遮那王であるなら、斯様(かよう)な次第で、鞍馬山を下りたと思うのです」

重盛は、すっと笑いを収め、

「では問う。平家が——そなたが理想とする政(まつりごと)をおこなったら、どうする?」

義経は首を大きく横に振り、

「入道相国殿は、あれだけ大きな権勢をお持ちゆえ、成そうと思えば、すぐに成せたはず。それを成さらぬのは、初めから成すお気持ちがないのでしょう」

「入道相国清盛ではない。——次の代が、そなたが理想とする政をおこなえば、その方、平家への矛(ほこ)を収めるか?」

鋭角な問いで、義経の真意をたしかめんとする重盛だった。

義経はしばらく考えてから、言った。

「——はい」

重盛は、白い歯を見せた。威厳をもって、

「その言葉、覚えておけ」

すっと、立つと、

「検非違使、おるか！」

さっきの二人をふくむ検非違使たち、重盛の家来たちが、どど、と寄ってくる。

「わしが吟味した処、この者の素性が知れた。例の稚児ではなかった」

重盛は告げている。

「…………」

ぽかんとしている男たちに、

「これは、わしが特別の役目をあたえ、盗賊に扮して、はたらいておる男。身元はわしが保証するゆえ解放したく思う」

はっと、驚いた検非違使たちは、

「そ、それは……なりませぬ」

重盛、穏やかに、

「何ゆえか？」

「赤い禿が……」

やわらかかった重盛の相好(そうごう)が勁雪(けいせつ)の如く引き締まり、

「赤い禿？」

六波羅の直臣たる赤い禿より立場的に弱い、検非違使たちは、

「赤い禿がもどってから、ご判断されるのでも、遅くはございますまい」

「……それが、ようござる」

重盛は荒波が描かれた扇ですっと指し、

「――そなたらは我が言葉より赤い禿の言葉を信じるのか！」

雷電に似た威厳で、検非違使たちを打ち据えた。

「め、滅相もございませぬ」

「すぐに解放せよ」

真昼の都大路に出た義経は――初めて、自分が悪名高い東獄に囚われていたのを知った。囚人の死因の最大の理由が飢え死にという、世にも恐るべき監獄だ。

一刻も早く遠ざからねばならない。鞍馬寺から、顔を知る僧たちが向かっているのだ。

土埃舞う都大路を足早に歩いていると、後ろから、

「お待ち下され」

野太い声をかけられる。

振り向くか、振り向かざるべきか、迷う。重盛は一旦放っておいて、すぐ変心して討っ手を差し向けるような男ではないという思いが、振り向かせた。

極めて目付きが鋭い老いた武士が砂混りの風に顔を顰めていた。さっき重盛の供をしていた武士だ。

「忘れ物にござる」

白髪、白眉、ごわごわした白い顎鬚を生やした武士は、恭しく今剣をわたしてきた。

小兵だが恐ろしく太い腕をしている。上方の武士とは異質な雰囲気をもつ男だ。草深き原野の精気が、腕や足に濃縮されたような男だ。

「かたじけない」

義経は、相手を直視したまま、今剣を受け取っている。

老武士は眩しげな表情になり、深い感慨を込めて、義経にしか聞えぬ小声で、

「——斉藤実盛と申す。一度貴方様を抱いた覚えがござる。ご立……」

声を詰まらせ、ぎゅっと何かを嚙みしめるように耐えた実盛は、

「ご立派になられた」

斉藤実盛――源氏譜代の勇将である。平治の乱で八瀬を抜け竜華越で東へ落ちようとした義朝は、比叡山延暦寺の僧兵たちに待ち伏せされた。この時、僧兵を突破し、父の退路を切り開いたのが実盛だと聞かされていた。

その父の遺臣が今、平家の家来をしているのである。

「重盛様がこれを」

檜扇がわたされた。

桐が、描かれていた。桐は鳳凰の住処として知られ、鳳凰は天下泰平をあらわす鳥である。

砂風が、実盛の白鬚を揺らしている。

「お会いできて嬉しゅうござった。それでは」

「わたしもだ」

――もっと多くを語りたかった。だが、それが出来ないのを二人とも知っていた。

裸足の童が横からやってきて、

「三条の橋でまってるよ」

――三郎だった。

少進坊の命で義経の行方を追った三郎は検非違使に囚われた事実を探知。磯禅師にこれを知らせ、重盛の働きかけが実をむすぶかを、東獄近くでたしかめていたのだった。

義経は三条大橋で三郎と合流、橋の西側に大きな屋敷を構える大商人、金売り吉次の許に案内(あない)された。

＊

白絹の如くやわらかい静の手が血だらけの晒(さら)しを脛からはずす。

血吸い鬼の血を引く白拍子の乙女は、真新しい晒しを、義経の傷口に当てている。

白い晒しが血を吸う。

赤みが強い唇が動く。

「これでもう、大丈夫でしょう」

吉次の屋敷の一室だった。

三郎が、そこに義経をつれてきた時、少進坊と共に真っ先に飛び出したのが、静だった。

静はその時、生きていてよかったと、声を漏らした。磯禅師は畿内の影御先が壊滅的打撃を受けた旨、助力がほしい旨を、遠国の影御先に宛ててしたため、かなり忙しそうだったが、義経の無事を大いに喜び、静に手当てするよう告げた。

静は従鬼との戦い、検非違使の拷問(ごうもん)で傷ついた義経を、献身的に看病している。

黒くきりっとして少し上に吊り気味の大きな眼、下の方が厚い、ふっくらした唇からは、義経の一刻も早い快復を祈る気持ちがつたわってきた。

だが――義経の心は、吉次の屋敷にはなかった。

義経の魂は浄瑠璃を追っていた。

渡殿で見た浄瑠璃が、心にこびりついてはなれない。

最愛の人は……魂を無くしてしまった虚(うつ)ろな顔をしていた。浄瑠璃は、一体、どうしてしまったのだろう。もしかして――憎き敵将の、従鬼とされてしまったのではないか。

義経は影御先から血吸い鬼について多く学んでいる。それによれば、王血を飲んだ殺生鬼は、不死鬼となる。また、血吸い鬼は、死せる者の血を飲むと滅ぶ。生ける血吸い鬼の血なら——飲める。王血者であった薬師の浄土の名をもつ娘を、一度死せる者・不死鬼にすれば、王血は飲めなくなる。その代り「生ける血吸い鬼の従鬼」にすれば、只人が死ぬ量の血を流しても……快復するし、他の血吸い鬼に吸血されても何の抵抗もしないため、長範は配下の殺生鬼を望むだけ、心をあやつる最強の妖魔——不死鬼に変え得る。

浄瑠璃の存在一つで羅刹ヶ結は誰も手がつけられない無双の集団に生れ変る。

浄瑠璃を、助けたい。

長範を、討ちたい。

この二つは浄瑠璃が彼の者の従鬼である場合……両立しない。

長範を討ったとたん、浄瑠璃の命は、止ってしまうからだ。

重い問題が義経を押し潰そうとしていた。

——今度こそ、守る。

義経は胸にきざみつける。

「……を、飲む？」

静が何か言っている。

「うん？」

義経は、静を見る。

「薬湯を飲むかしら？　生姜(しょうが)の薬湯」

生姜の薬湯が、父と母の馴れ初めだと聞いた覚えがあった。父の記憶はなく、母とはもう幾年も会っていない。しばし黙していた義経はかすかにうつむき、声を硬くして、

「……いや、よい」

違う答が返ってくると思っていたらしい静は幾度か瞬(まばた)きをした。

鶯(うぐいす)が庭に来て、可憐(かれん)に囀(さえず)る。

と、開かれた舞良戸に人の影が差す。

「評定(ひょうじょう)だよ」

巴であった。

舞良戸で四角く切られた庭に、五分咲きの桜があって、その向うに目隠しの網代(あじろ)垣が立っていた。

「御曹司様にも静にも、出てほしいってさ」

義経は巴に、

「御曹司と呼ばんでくれるか」

巴は、ふっと笑み、かすれ声で、

「冗談だよ」

巴が去ると静は部屋に入ってきた蜜蜂(みつばち)を袂(たもと)で払って、微笑している。

「貴方が……御曹司様だなんて、驚いたわ。わたしの中では影御先の八幡なのに」

「それでいい」

義経が立つと、静は言った。

「貴方の素性を知るのは御家来衆と禅師様。わたし、巴。鈴木重家と亀井重清の兄弟だけよ」

重清は鈴木家でそだったが父方の亀井姓を名乗っている。

「金売り吉次と、この家の人々は、貴方が何者であるかを知らない」

評定の結果、磯禅師は、富商たる金売り吉次が――信濃(しなの)へ商い旅するという噂をまいた。これに、美しき白拍子、静を花形とする磯禅師一座が同道するという話を、つけ添えて。

信濃の樵であった吉次は、影御先に入るも半年で離脱。その後、炭売りとして一財産成し、東国と京をむすぶ商人として大成功した。東からは、陸奥の黄金、坂東や信濃の駒などをもちかえり、京からは美しい織物や金蒔絵の工芸品、屏風等をもってゆく。

権門が好みそうな豪奢な品々がこぼれそうになった武装キャラバンで、それだけで長範を刺激する。そこに――静という要素まで、くわわる。襲撃がない方が不思議だろう。

吉次の屋敷を出てちょっと東に行けば、そこは日本屈指の刀鍛冶が軒を並べる粟田口だった。

磯禅師は吉次を通じて粟田口に特殊な武器を注文した。

この武器がととのい次第、決戦の旅に出るつもりである。既に濃尾の影御先、東国の影御先には助太刀を乞うていた。

――赤い禿は一つの不安材料だった。

六波羅の耳目たる彼らは、邦綱邸で捕われた若き賊が、遮那王かもしれぬと読んでいた。重盛が赤い禿に、義経が磯禅師と一緒にいることを流せば、恐るべき赤い少年たちと、検非違使が、吉次宅に殺到する。

だが、その点では——磯禅師は重盛という男を信じている。

もう一つの不安は——血吸い鬼との戦いで深く傷ついた影御先衆の心である。

彼らはもう誰もうしないたくないと思い、自分が不死者にあやつられることに、おびえていた。

そんな重家や巴を立ち直らせたのは——少進坊が弾く琵琶、少進坊が語る深い悲しみに沈んだ異朝の王や姫君の物語、よりおぞましき存在(もの)と対峙した古(いにしえ)の勇士たちの勲(いさおし)だった。少進坊は仲間たちの心の傷を癒す働きをした。

義経が東獄を出て三日後、熊坂長範一党が北近江で暴れ、さる長者一家を皆殺しにしたという話が、都を激震させた。

それからしばらくして粟田口に注文した品が仕上がった。

かくして——邦綱邸の一戦から九日後、金売り吉次の隊商と影御先は都を発っている。

京が東に開けた口、粟田口から発った一行は東海道から、東山道に出、鏡(かがみ)の宿(しゅく)に泊った。

桜散る近江路を北へ行く数十人の左右では、百姓たちが田の土を牛でこねたり、紅白、時には青の花の霞が野に広がったりしていた。

影御先・八幡と吉次に認識されている義経は、吉次の下人に身をやつし、隊商が食う米の運搬をまかされていた。すなわちみすぼらしい麻衣を着た義経自身米俵を一つ背負い、米俵を二つずつ背負う一繋ぎにされた四頭の馬を、引いていた。

赤い首紐の虎猫をつれた吉次は時折、義経の所に来て、動きが悪いと声高に叱っている。

磯禅師は吉次を咎めようとしたが、義経としては——重量物の運搬、吉次の叱責が、嬉しい。

赤い禿、平家の侍は、この姿を見れば、まさか行方をくらませた九郎御曹司とは思うまい。——斯様な読みがあったからである。

鏡の宿の次は小野に泊った。

まだ、襲撃はない。

戦慄を覚えつつも一行は——伊吹山の南を通り、美濃を目指す。

ああ、と義経は思う。

これは——父が落ちた道だ。

あの山は、猛吹雪の中、兄がはぐれたという山だ。その兄、頼朝に会ったことはないが、今、伊豆にいるという。頼朝は伊吹山で父とはぐれたから――生きながらえたと言えそうである。

小野に泊った翌日、関ヶ原を通過した一行は、美濃の青墓に入った。

今まででもっとも――大きな宿場である。

馬借や商人、武士や高野聖、琵琶法師に巫、様々な者が行き交い、色っぽい露で濡れていた。

かつて、浄瑠璃は、青墓に売られるかもしれないと語っていた。

大きな遊女屋が軒をつらね今様という流行歌が盛んな町だった。たとえば、後白河院の今様の師匠、遊女、乙前、源義朝の愛妾で遊女屋の女主だった大炊は、青墓の人だった。

吉次は、整然たる板塀でかこまれた大きな屋敷に入ってゆく。

式部太夫という長者の屋敷で、青墓を通る時は定宿としているとか。式部太夫の宿の隣の隣が大炊の屋敷だった。

義経は荷を置くと、大炊の屋敷の前に行き、竹林が見える築地塀に手を合わせている。逃走中に深手を負った兄、朝長は大炊の屋敷で、父に殺してくれとたのみ、泣く泣く斬られ、若い屍はこの家の竹藪の下に埋められたと聞いていた。

——兄上、安らかにお眠り下さい。義経は平家の手を逃れ青墓まで来ましたぞっ。

兄の菩提を弔った義経は面差しを引き締めて式部太夫の家へもどる。

門をくぐって早々、

「八幡、何処に行っておったんじゃ。宿に着いたらはい終り、これじゃぁ商人はつとまらぬ。常に自分に何か出来ないか、頭をはたらかせ、目配り心配りを怠らぬ。商いの第一歩は——目配り心配り。わしの生れた、信州の片田舎では、若者はもそっとてきぱきと動くぞ。淀みのう動くぞ」

吉次から叱られる。

「気をつけます」

義経が言うと、

「返事だけはいいんじゃ、お前は」

猫をつれた吉次は義経の耳に、口を近づけ、

「影御先ゆえ、商人道を学ばずともよいと？　とんでもない。一人前の商人になり得て初めて、一人前の影御先となり得よう」

「そう思います」

「そうじゃろう。それなら、わしの言いつけ通り……」

「きびきびと、動きます」

「よし、よし」


夕刻。

延寿（えんじゅ）という遊女が——静をたずねている。

天下一の今様の名手と言われる女で、長谷寺で名を轟かせた静の唄を聞きたいのだという。明らかに唄の勝負を持ちかけてきた——。妖鬼との戦いに専念したい静らであったが、こういうぶっつけ勝負を受けないと、白拍子や傀儡（くぐつ）の流儀に反する。

金売り吉次、式部太夫、延寿以前に天下一と言われた乙前を判者とし、二人の麗しき今様勝負がくり広げられた。

結果は二対一で延寿の勝ちだった。

だが、延寿は去り際、

「あと、二、三年、真面目（まじめ）に稽古を積めば、我が座は危うい」

ている。

また、延寿とは別に、佐良志奈という信濃の出の遊女が、金売り吉次を訪なっている。

吉次は同じ故郷の信州人、うなるほど黄金をもっている奥州人に、弱い。

佐良志奈の来訪を喜んだ吉次は、同衾している。

吉次は京にいた時、磯禅師に前から惚れていた、自分と一緒になってほしいと、掻き口説いていた。磯禅師は軽く一蹴していた。

ついこの間、自分に懸想しておきながら、佐良志奈を寝床に引き入れてしまう吉次に、さすがの磯禅師もげんなりとしていた。吉次は——いつ襲撃があるかわからないと知りながら、何処か油断しているようだ。吉次の用心棒には元武士や剛腕で知られる北嶺や南都の僧兵上がりがごろごろいた。そこに影御先である。

頭では用心しつつも、気持ちが追いつかぬのかもしれない。

だが義経は——こういう時こそ危ない、一瞬たりとも気が抜けないと、感じている。

宴の後片付けをしていた義経は今様勝負で放心したようになった静に近づき、

「油断するな。常に、敵の目が、周りで光っていると心得よ」

声を殺して警告した。

「たしか、濃尾の影御先と合流するのは、明後日。奴らはそれまでに襲ってくる気がする」

一瞬の緩みに襲われていた静は、ぎゅっと唇を嚙み、舞姫がつかう扇をしまい、懐に仕込んだ大金串に手を置く。

わたしは影御先、承知しているという仕草だった。

少進坊、三郎、重家、重清兄弟と一室をあたえられた義経は、何となく寝つけない。

磯禅師ら女衆の部屋、義経ら男衆の部屋、吉次の部屋では、当然、薫物結界を張っていて、その芳香がどういうわけか、神経を断続的に刺激する。

巴と重家が今は見張ってくれている。

眠ってよいはずだが、意識の何処かが――不気味なほど冴えている。

夜半であった。

寝静まる青墓の何処かで、寂しい声明（しょうみょう）の声がする。さすらいの坊主が粥（かゆ）などをもとめて唄っているのかもしれぬ。

その時だった。かすかな臭いが、した。

甘さの中に獣の血が溶けたような。

義経は——はっと飛び起きる。

敏感な少進坊が、

「いかがされました？」

「反魂香の……香りがした」

固唾を呑んだ少進坊も跳ね起き、三郎も眼をこする。重清は仰向けのまま刀にふれた。

「知らせてくる」

舞良戸を引き、外に出ると、小薙刀をかかえ、柱にもたれていた巴が、

「——あたしが見ているから、いいんだよ寝てて。休んでろ」

「反魂香だ」

「何だって？」

同瞬間。

門の所で——一騒動起きていた。

吉次の用心棒が五人やってきて、戸を開けようとしたため、振杖をもって守っていた重家が止めた。

すると、

「そなた、あの糞寂しい声明が聞えぬか？」

用心棒は苛立ちを込めて言う。

重家は、髯濃い相手に、

「……聞えるが、何か？」

でかい用心棒が酒臭い息を重家に吐きかけている。

道もない髯の密林に、酒の沼があり、その沼気にむわっとつつまれた気がした。

「あの陰気な声明のせいで、俺らは眠れんのじゃ」

「……気の毒だな」

重家は、言った。

「糞坊主めをとっ捕まえ――唄うのを止めさせようと思う」

開門しようとする用心棒たちを重家は制する。

「まて、まて、まて。門を開けるのはよくない。賊が入ってきたらどうする」

用心棒衆、口々に、

「若僧、どう考えても、萎(しな)びた坊主が一人うろうろしておるだけじゃろう！」

「賊ぅ？　この賑やかな青墓によ、賊なんぞ出るわけなかろうが」

重家、冷静に、

「京にも賊は出る。青墓に出んわけがない」

その重家の言い方が――酔っ払いたちをいらつかせたようだ。

「うぬは、白拍子の用心棒であろう？　俺らはな、天下の金売り吉次様の用心棒よ！」

「………」

影御先が秘密にいろどられた集団で、吉次が秘密を厳守するという約束でこれを辞めている以上、影御先側から、かつて影御先にいて今も磯禅師に頭が上がらない、という吉次の過去、真実の姿を明らかにするわけにはいくまい。

用心棒どもは――吉次が、磯禅師の指図を受けて動いているなど、夢にも思っていない。

磯禅師一座の興行をささえる大旦那として吉次を認識しているのだ。

「さあ、何も知らん若僧が、俺らの邪魔をするな。そこをどけい！」

「ああ、忌々しい声明よ。すぐに止めさせようぞ」

「何をぼさっと突っ立ってんだ。女も知らず、酒も知らず、一物(いちもつ)の擦り方も知らぬ、糞餓鬼が。てめえなんぞ――生れた村の爺から、立小便のやり方をおそわってろっ」

「そこまで言われては――意地でもどけぬな」

殺気をにじませた刹那、重家は外から聞こえる声明を止めたいという思いに駆られている。

……あやつろうとしている？　しかし、何故。不死鬼は己が見た相手しかあやつれぬはず――。今、視界の内に、不死鬼はいない。

重家は氷で出来た刃が体を撫でた気がした。

「いかん！」

懸命に、用心棒どもを止めようとした時、膝裏を棍棒で鋭く打たれた。後ろから酔うた用心棒が殴ったのだ。体勢を崩した重家が倒れる。

「止めろっ！」

用心棒衆は構わず、門を開けた。

墨衣(すみごろも)を着た僧が三人――中へ入ってきた。いずれも笠をかぶり笑みを浮かべた口より上は陰になっており窺い知れぬ。

先頭の僧は「死」と墨書された怪しい笠をかぶっていた。

「愛い御方たちですのう」

死の笠の僧がしゃべると、声明を止めるべく走り出た用心棒たちは直立不動になっている。

「朝の操心が……まだ、効いているのだから」

そう言えば、重家は今日の味爽、小野で、同じ声明を聞いた気がした。吉次の用心棒たちは夜明け前に荷を積んでいる時、魔僧の唄を聞いたのだ。朝の操心が効いている——朝にかけた暗示の残り香が、心にはたらいているという意味か。

怪しいまでに痩せた僧の手が動き杖先が重家を指す。

「そこの影御先から消えてもらいましょう。邪魔、なので」

「藤沢入道ぉっ！」

憎しみの火山が噴火する勢いで、重家は咆哮した。

藤沢入道——越後の血吸い鬼らしい。長範の家来で一の切れ者と恐れられ、常に別動隊を指揮してきた。

長範は全ての戦力を投入し、青墓にいる静らを、攻めてきた。

死の笠をかぶった入道に下知されるや、用心棒どもは、操り人形となり、薙刀や野太刀を閃かせ、殺到してきた——。

中にいた影御先も皆、起きている。反魂香の匂いは、吉次の部屋に近づくにつれ、濃化するようだ——。磯禅師、静、義経があらためにきた。

「この香炉は何としたものぞっ」

「知りませぬ……吾は」

中から、言い争う声がする。

磯禅師は有無を言わさず遣戸を開け——中へ踏み込んだ。

「吉次、入る」

一隅に切燈台を据えた畳の部屋で金売り吉次はふすふすと香煙を立てる阿古陀香炉をもち、褌に烏帽子という出で立ちで立っていた。ほとんど裸の女は夜衾に潜る。

「反魂香か」

磯禅師が言う。

夜衾の中から、遊女が、

「反魂香など知りません。女の童が置いたのでしょう」

青褪めた吉次は、

「あの子は何処に行った？」

遊女、佐良志奈は女の童をつれてきた。その少女が反魂香を置き、行方をくらましたようだ。

「――回し者であったか」

磯禅師は呻く。吉次に、

「後でたっぷり灸を据えるぞ」

と、表から騒ぎが聞え、血だらけの下人が、慌てて入ってきた。

「大変です！　吉次様」

「いかがした？」

「表から賊が。藤沢入道という男が率いる者たちです。用心棒の一部が、いかなるわけか、賊に味方しております！」

大いなる驚愕と怖れが男の面貌を歪ませている。

「――あやつられておる」

磯禅師は眉を寄せた。

簀子（すのこ）に出るや女首領は、皆をあつめ、

「敵が、参った！　例の武器どもの出番じゃ。重清！　おるか」

重清が来る。

「母屋正面に陣取り、二人引きの強弓で、例の矢を射、藤沢入道を狙え。入道さえ射ればあやつられている者どもは正気にもどる」

「――承知」

「巴は重家と、重清をささえよ。件（くだん）の得物を存分につかえ。吉次の用心棒どもの差配も、まかす」

「はいよ」

「八幡。その方、吉次の用心棒を幾人かつれ、裏門を固めい。恐らく長範のこと。両方の門から仕掛けてこよう」

「はっ」

「静、そなたには三郎と……」

何事か、耳打ちした。

「わしは何かっ……」

きゅっと帯を締めて出てきた吉次に、磯禅師は、

「そなたと少進坊には大切な役目がある。宿の者たち、他の客たちを一つ所にあつめよ。その者ども――心を守るのじゃ」

宿の者、他の客が、不死鬼にあやつられ、敵の戦力となってしまう事態は、ふせがねばならない。

「心をあやつる妖しき術をつかう賊である旨、よくよくつたえよ。少進坊は理の通った言葉、吉次は持ち前の明るき言葉で、皆を守るのじゃ。一人としてあやつられる者を出すな」

少進坊、金売り吉次、口々に、

「――全力を尽くしましょう」

「吉次に、お任せあれ」

矢継ぎ早に繰り出される的確な下知は皆にこの一戦、勝てるのではないかという気持ちをふくらませた。

吉次の用心棒五人をつれた義経は、真っ暗な渡殿を裏手にむかう。

脂燭(しそく)をもつ男が二人おり小明りが闇を照らした。

広い酒殿(さかどの)の手前で、義経は――そこはかとない気の流れを感じている。

芳醇な酒の香りが漂う……誰もいないはずの夜の酒殿。そこで、誰かが密かに蠢き、夜潮に似た気の流れが生れている。

足音を消せ、と手振りする。

そっと、中へ入る。

広い土間だ。一石は入る甕(かめ)が三十以上ずらりと並んでいた。この屋敷で費やされる酒、醤(ひしお)、酢、漬物の一切をつくる空間だ。たとえば、鳥を醤で漬けたものなどもつくる。

酒甕の近くで誰かが土器(かわらけ)を土間に置き火をつけようとしていた。

「何をしておる」

義経の一声に――小さな影が、びくつく。遊女、佐良志奈についてきた女の童だ。

歩み寄る義経の鼻に皺が寄る。

「反魂香を焚いていたのか？」

義経の鋭い問いが、相手に刺さり、かすかにふるえる。

「何故、そんな真似をした」

小さき声で、

「……たのまれたの」

「誰に？」

おびえた少女は、

「女の子」

「どんな女の子だ」


「――こんな女の子」


冷笑をおびた声が浴びせられ――舞良戸がどーんと蹴倒された。

赤い眼光を迸(ほとばし)らせた者が、二十人くらい、ずらりと立っていた。物凄い重さの妖気が、義経たちにぶつかってくる。

先頭は庭梅で紅白緞子(どんす)をまとっていた。その後ろに、焦げ茶色の覆面に、焦げ茶の小袖を着た異様な女が十人ほど並んでいる。この女たちは小刀二本を諸手持ちするか、手斧二丁を諸手持ちするかしていた。覆面の間から赤光が迸ってくる。

妖女の隊列の後ろ、星夜の下に、猛悪な手下どもをつれたあの男が、顎(あご)を少し上げ気味にして、屹立していた。強靫な太刀をだらりと下げていた。

「――長範んっ――！」

義経は、咆哮した。

恐らく、この宿に、長範への内通者がおり、その者が手引きして連中は裏門から雪崩れ込んだのだ。

粟田口の刀工がつくった武器を、義経は菰から出す。

それは――鋭く尖った金属の杭だった。

邦綱邸では、厚い鳩尾板で、なかなか心臓を突けず、苦戦している。磯禅師は例の鳩尾板を貫ける鋼の金杭を粟田口につくらせたのだ。

静の元同僚は、小首をかしげ、くすりと、

「それで戦うつもり？」

嘲るような庭梅の言い方だった。反魂香を焚いていた少女が逃げる。赤く冷たい眼光を義経にそそぐ庭梅は小ぶりな牙を動かして、

「貴方はたぶんそれを、つかえないと思うのよね」

「……ほう」

不審が眉を動かす。

後ろに並ぶ覆面の女たちを顧みて、

「ここにいるのは全てお頭様の従鬼。――このどれかがね、あの娘」

「………」

「そう。浄瑠璃なの」

あの森の悪夢がぐるぐる動き出し、きざまれた心の傷が一気に疼いている。

覆面で個性を埋もれさせた十人の女のどれかが、浄瑠璃という。義経が妖女らと戦えば最愛の人を斬り殺してしまう。

「鞍馬の遮那王。貴方に、浄瑠璃は斬れないでしょう？」

「貴様らは、それでも人か！」

怒気が――雷電を放出した。

庭梅は、囁いた。

「人ではない。……鬼よ」

遮那王という名を聞いた吉次の用心棒たちの気配が、何となく、ざわついていた。六波羅が血眼になって追う賞金首の名をこの荒くれ者たちも知っている。

庭梅はすかさず、

「その男の首を六波羅にもっていけば、貴方たち、一生遊んで暮らせる褒美を手に入れられるわ！」

庭梅は不死鬼ではないようだ。が、巧みな言葉で、心の奥襞に潜り込み、動かすことに、天賦の才があるようだ。

「その男は謀反人なの」

左にいた吉次の用心棒が俄かに殺気立ち、

「そうと聞いちゃぁ、共にはたらくわけにはいかぬな」

義経にむかって手矛を構える。

「盗賊の言うことを聞くたわけがおるか」

そ奴をたしなめる用心棒も、いる。

——矛が、突いてきた。

すっと動いてかわした義経。

金杭の尖端を、庭梅にむけたまま、左手で猛速の手刀をつくり、矛もつ男の喉に、くらわせた。その一撃で喉が潰れた男は土間に沈んでいる。

「やりやがったな！」

そ奴としたしかった用心棒が右から斬りかかってくる。義経は——金杭で足払いをくらわせた。

酒甕に派手に突っ込んだそ奴は酒の洪水と甕のかけらを撒き散らしながら転がり——動かなくなった。

用心棒が一人、元きた方へ逃げる。——不気味な賊たちとも、義経とも、戦いたくないのだろう。

長範の隣にいた坊主頭で顔の下半分を獣皮で隠した高下駄の賊が、逃げた用心棒を指す。灼熱の丸い溶岩が二つ、面で燃えたぎる。

——指された用心棒はがくがくと全筋肉を引き攣らせ、病的なしゃっくり、あるいはえずくような反応を見せ、逃げられなくなった。

——あやつろうとしていた。

貴船で戦った夜も、圧倒的な敵の力に打ちのめされた。あれから、何とか倒そうと武技を磨いてきた。ところが敵も——浄瑠璃から啜った王血により、底知れぬ力を手に入れている。心をあやつるという力を。

「——行け」

長範が、命じた。

「あは」

庭梅が道をあける。

ざ、ざ、ざ……。焦げ茶の覆面で顔を隠した十人の女従鬼が、ぎこちない足取りで前進、濃い酒気に満ちた冷所に踏み込む。

——あの中に、浄瑠璃がいる。

いや、いるとは、限らない。根拠は庭梅の言葉一つ。だが、もし真にいたら——。そう思うと、どの覆面の女も、浄瑠璃に見えてくる。

従鬼たちは甕と甕の間を歩いて寄ってきた。

金杭の先が、小刻みにふるえていた。

戦わねばと頭ではわかっている。だが、義経は、あのくしゃっと潰れたような明るい笑みをこぼす乙女に、杭を打つのだと思うと、

——わたしには刺せぬ。

心の底で、そう感じていた。

用心棒二人が従鬼衆に斬りかかる。

「止めろぉっ！」

本能が、義経にかく吠えさせていた。庭梅は、いと楽しげに、痙攣（けいれん）するように笑った。

金杭の間合いに、従鬼が二人入る。義経は突けない。二丁斧の女、短刀二本の

女が、義経にかかってくる。

返り討ちにしようと思えば出来たが——浄瑠璃かと思うと刺せない。

必死になって、よけ、甕を盾にして逃げまわる。

この間、用心棒二人は、怪力を振りまわす従鬼に翻弄され、一人は斧で頭を滅茶苦茶に割られて息絶え、いま一人は小刀で腹を抉られ、酢甕を転がし、鼻の奥に鋭く刺さる匂いを撒き散らしながら倒れた処、斧で首を——叩き落された。

この二人の男は義経がまともに戦えば死んでいなかったかもしれない。

もう一人の用心棒は、心を完全に壊され、虚脱的な表情で、従鬼の戦列にくわわり、義経に寄ってきた。

「浄瑠璃、元にっ！」

義経は魂が千切れるような声で絶叫している。

「元にもどってくれ！　わたしの知るそなたに」

浄瑠璃の心をおおってしまった堅壁を、義経の言葉は崩せなかった。本当は、初めから酒殿に浄瑠璃はいないのかもしれない。従鬼はいずれも、何ら反応をしめさず、義経をかこむ形で、間を詰めてきた——。

左にまわり込んだ覆面の従鬼が小刀を閃かせ突っ込んでくる。

金杭の尖っていない方で、腹を突き、一旦ひるませる。

右から斧が振られる。

義経は、かがんでかわす。

猛速で動いた斧が酒甕を壊し飛沫となった酒が身にかかった。敵がつくる円が、三歩くらいの近さまでせばまる。群がる敵にむかって義経は、

「その女を解き放て！　わたしの妻になる女だっ！」

義経は悲痛な形相で、大喝した。結社の森で長範に吠えたあの刹那が胸底から浮かんできて、義経をもみくちゃにしている。

右にいる敵が高々と斧を振り上げる。

――恐ろしい勢いで、死が迫ってきた。

その時だ。

もっとも後方にいた覆面の従鬼が、仲間を押しのけ、割れた甕を跳び越え――義経をかばうように体をすべらせている。斧で肩が炸裂し鮮血がしぶく。別の従鬼が、短刀を――くり出した。肩を壊された覆面の女従鬼がまたも義経を守るように動き、背中を刺された。

ぐっ、という呻きが漏れる。

瞬間……覆面が、はらりと取れて、義経の眼前に落ちた。

赤い両眼からぽろぽろと涙をこぼし、浅黒い顔が、激しい苦痛で歪んでいた。


浄瑠璃であった。

弱々しく微笑んで、

「遮那王……」

義経の頭の中は真っ白になっている。

「浄瑠璃っ！」

浄瑠璃は背を刺してきた従鬼に、肘をくらわす。相手もひるまず浄瑠璃に切りつけるも浄瑠璃は相手の心の臓を短剣で一刺しにした。

義経は素早く、身を起す。悲しみと怒りで、また言葉を交わせたという喜びで胸が爆発しそうだ。わななく手で、血に濡れた頰にふれ、

「……生きていたのだなっ」

血だらけの浄瑠璃は、

「ずっと、悪い夢を見ていたんだ……。遮那王のおかげで、もどれた」

浄瑠璃の膝が床に落ち酒に濡れた甕の破片どもがガシャリと音を立てる。

永久に戦がつづき、争いこそが生活であるという、阿修羅道に住うのか。敵はこの光景を見ても一つも容赦せず非情にも攻め立ててきた——。

金杭が、怒り狂う。

正面から突っ込んできた従鬼の胸を真っ直ぐ貫き、大きく振る形で、醬が入った甕目がけて吹っ飛ばす。

甕が倒れ砕ける音がひびく。

浄瑠璃に斧を振るおうとした女従鬼の喉を——金杭が貫通した。

「必ず助けるっ！」

敵と力戦する義経は腹の底から吠えている。

浄瑠璃は肩で息をしながら頭を振った。苦しげに、

「もう、昔のあたしじゃない。あいつに血を吸われた後、血を飲まされ……」

「気にせぬ！」

敵が振ってきた斧を叩き飛ばす。浄瑠璃は怒りをにじませ、黒く巨大な影を睨んだ。

「逃げようとしても捕まり、心をあやつられて——」

義経は歯を食いしばりまた一人斃す。絶望的な声で、浄瑠璃は、

「気がついた時には、人を殺してた……。血を啜ってた」

義経に斃された敵が、酒甕を派手に転がした。体中の血が凍てついてゆく気がした義経は、恐ろしい形相で、

「そなたのせいではない！」

大きくふるえる浄瑠璃の影から、滴がぽつぽつ土間に落ちた。

「――殺して。あたしをっ」

「…………」

あまりの言葉に打ちのめされた義経に従鬼二人が飛びかかる。金杭で、吹っ飛ばす。

常人なら昏倒するが、敵はすぐ身を起し、機をうかがう。

浄瑠璃は頭をかかえてのたうちまわり、血反吐を吐くような声で、

「……あやつろうとしているんだっ、また！　痛いよ、頭がっ」

従鬼二人を迎え撃ちつつ、鋭く、

「正気をたもて！」

「この痛みから逃れたいなら、あんたの血を飲めって。それに喉が渇いて、渇い

て……あんたに嚙みつきたくなるあたしがいる！　そんなことする前に、好きな人に殺されたいの。お願いだから殺してっ……」

　身をよじらせて、叫んだ。

　最愛の人は、長範によって――血を飲まねば生きていけない存在(もの)に変えられていた。

　ふるえる声で、

「わたしには、出来ぬ……」

　苦しみもだえる浄瑠璃を抱きしめてやりたい。だけど――敵が襲ってきて、出来ない。結社では守れなんだ。今度こそ、守ると誓ったのだ！

　金杭が右から来る敵の心臓を貫通。そのまま、左へ薙がれ、今度は左敵のこめかみを打ち据え――土壁まで叩き飛ばして、命を止めた。

「遮那王、ありがとう」

　今までの言葉と何か違う気がして――義経ははっと、浄瑠璃を見る。

　赤い眼光が明滅している。涙で濡れていたけれど、あの頃と変らない、くしゃっと潰れたような笑顔があった。

　赤い眼光を完全に消した浄瑠璃は、静かな眼差しになり、もっと小さい笑みを

――天女のように気高く、厳かな笑みを浮かべた。

「あたしだって」

「止め――」

義経は恋人に突進する。

「守りたいんだ。あんたを……。あんたが、しようとしていることを」

義経が止めるよりも先に浄瑠璃の短剣が心臓を突く。

自ら胸を突いた浄瑠璃を、義経の左腕がかかえた。

腕の中で、

「あたしらみたいなのが……安心して暮せる世を創るんでしょ？　見ているからね」

一筋の涙が、義経の頬をつたった。

「その戦いではさ……」

苦痛に面を歪めて、

「……戦に出ない人たちに、あたしがしたような怖い思い……させないで……。むずかしいかもしれないけど。お願いだから」

燃えるような悲しみに襲われた義経は、吠えるように叫んだ。

「――約束する！」

それを聞いた浄瑠璃は――またあのくしゃっと潰れるような笑みを浮かべると、不意に力をなくし、息を引き取った。

刹那――二人の従鬼、ぼさぼさ髪の盗賊が同時にかかってくる。

「念仏を唱える暇すら、あたえてくれぬかっ」

浄瑠璃からはなれた義経は恐ろしい速さで動かした金杭で、薙ぎ倒す。

従鬼二人は斃れた。不死鬼であったらしいぼさぼさ髪は、首の骨が折れても起き上がり、笑いながら突進してきたが、鳩尾板ごと胸を金杭で刺し通し――屠っている。

白目を剝き完全に心を乗っ取られたさっきの用心棒が太刀を振りかぶり、喚きかかるも、金杭で額を打ち砕いて沈める。

長範、庭梅、鼻から下を熊皮で隠した不死鬼、さらに幾人かの荒々しい不死鬼や殺生鬼どもが、酒殿に踏み込んできた。

義経は、浄瑠璃の亡骸から、巨大な敵将に、視線をうつし、

「お主らのせいで、吾は今――鬼になった」

長範はうるさそうに眉を顰め、庭梅は、

「——あは」

義経と長範の間で、物凄い質量の殺気が音を立てそうなほど激しく、ぶつかり合う。

と、表にいた賊が長範に、

「お頭。屋上に静の奴が」

同じ頃——母屋正面では板塀近くに僧形の三人の不死鬼が立ち、心を奪取した用心棒衆を、影御先と、心を堅持する用心棒衆にぶつけている。

そこに、他の不死鬼や殺生鬼、夏通率いる只人の盗賊どもも討ち入りしている。

味方の陣構えは——まず、簀子上に二人引きの強弓(ごうきゅう)を構えた重清。

重清は只人の賊には常の矢を射た。

が、胸を鉄板で守った血吸い鬼を見ると——太い破壊力をもつ、剣に似た矢をブーンという音と共に射た。

粟田口に特注した矢である。

大ぶりな矢は鳩尾板を壊し血の疾風を起しながら血吸い鬼の体を貫く。

重清を守るようにして、金杭で不死鬼、殺生鬼を屠る巴、分銅付きの鎖で只人の敵を叩き飛ばす重家が、いる。吉次の用心棒たちはその左右を固めている。

重清としては藤沢入道以下怪僧三人を討ちたい。連中を一刻も早く倒さねば、今、味方として戦っている者が、次の瞬間敵となり得るからだ。

だが、三人の手前には他の敵がひしめいており、容易に件の矢を射られなかった。

春の星宿が青くかすかな瞬きを静におくっていた。

静は板葺屋根の棟の上に金杭を右手にもって立ち、長範を見下ろしていた。

自分の内に眠る血吸い鬼の力を引き出した静にとって、屋根に登るなど造作もない話である。

磯禅師の作戦通り裏庭からこちらを仰ぐ長範を、赤眼を細めて瞰下(かんか)していた。

酒殿の傍に大きな柏樹があり、それに登れば、あの男の脚力なら——たやすく屋根にうつれる。

案の定、怒号を上げる義経を手下どもにまかせた長範は、素早く柏を登りはじめている。苗に似た従鬼と、庭梅もつづく。

静は大猫のように樹を登る三人を見ると、そちらに体をまわした。

板屋根に跳びうつった三人はもっとも高みにいる静に近づいてくる。

長範が、少しはなれた所で足を止めると、他二人も静止した。

面貌の半分を凄まじく傷つけられた男は今日も憎しみをぶつけてくる気がした。

だが、違った。

唇を引き攣らせるようにして、夜風にぼさぼさ髪を揺らされながら立つ大男は、ある繊細な感情を身にまとっている気がした。——それは、寂しさである。

長範が言った。

「まだ逃げる気か？」

「…………」

夜風が、静の白い顔を嬲る。

長範から赤い眼火が消えている。

「気は変らぬか？」

——磯禅師からは「あの男と話してはいけない」と言われていた。

だが、静は今日言葉を交わさねば、二度とその機会はないと、気づく。

何故なら今日、決着をつけるから。自分が倒れるにしても相手が倒れるにしても。

長範は寂しげに笑う。

悲哀を漂わせた長範との差し向いは、最後に一度だけ言葉を交わしたいという思いを芽吹かせた。

「……ええ」

静は、声を発している。長範の目が赤く光っていないからか、苗に似た従鬼の双眸も、光っていない。静からも赤光が消える。

酷く傷ついた長範の頰はぴくりと動いた。

「俺は……お前たちを、守ろうとした」

「………」

「この狂うた世から。この酷き世から――」

深い苦悩が、長範から感じられた。

「なのに、何故、お前たちが俺から逃げようとしたのか、今もってわからぬ」

庭梅が丸い面貌を歪め、

「貴女が出ていった後……鈴代丸に、木馬に座らせられたの。何か知っているだろうって」

——衝撃であった。庭梅は不気味に大きな蛸に全身を巻かれたかのように、小さい体を手でぎゅっと抱きしめる。庭梅が感じている恐怖が静にも伝染する。申し訳ない気持ちでいっぱいになり、何か言おうとするも声が出ない。

庭梅は静を真っ直ぐに見て、

「御頭様は、そんな世の中から、貴女を守ろうとされたのよ」

長範や庭梅が話していることが真実で、自分が信じてきたことが間違いだったのだろうか。

そんな声が静の中でひびく。

潤みをおびた眼差しを、庭梅にそそぎ、

「わたしのせいだわ……」

「恨んでなどいない。むしろ、感謝しているの」

庭梅は牙をのぞかせ、

「こんな素晴らしい力を手に入れたのだから」

素晴らしい力？　その言葉が、胸に引っかかった。庭梅が言う力とやらに押し潰された多くの人を思い浮かべる。鯊翁、小春、小春をうしなった重家、浄瑠璃を喪失した義経、苗、長範の凶行で殺められたという子供たち、赤子たち、そうした命の重みが静にのしかかっている。

——許せないと思った。やはりこれ以上、血塗られし道を広げてはいけないと思った。

静は只人の目を三人にむけ、

「やっぱり、わたしは、貴方たちと違う道を行く」

庭梅は不思議そうな面持ちになり長範の体には強い力が走った。魔に魅入られる前の長範も、庭梅も、静にとって大切な人だった。今から自分がしようとしていることを思うと静は骨に錐を突き立てるほどの痛みを覚えた。だが、それでも、やらなければならぬと己を得心させた。

「お父。こう呼ぶのは最後だと思うけど、どうしてお母が逃げたかわからないと言ったわね」

夜風によって流れた静の髪が、黒い川になって暴れている。

「わたしは、わかるわ」

波打った黒い川が静の歯をこする。かんばせを悲しみで引き攣らせながら言った。

「お父は、わたしの体を守ろうとしてくれた。お母は……わたしの心を守ろうとしたの。だから、貴方の前から逃げたの」

その言葉を突き立てられた長範は歯噛みし、空(くう)を仰いだ。

静は言った。

「今よ。三郎」

静は屋根でもっとも高い棟におり、三郎は静のすぐ近く、長範たちからは見えない反対側の傾斜に手箱をかかえて蹲(うずくま)っていた。

三郎の手が、手箱の蓋(ふた)を開ける。

すると——中の物体から強い臭気が放たれ、長範たちは怒りの眼火をかっと燃やした。

三郎が手箱の中を摑み、不死鬼、殺生鬼、従鬼、三人の血吸い鬼に放る。

三郎が投げた——ニンニクが額、目、髪にぶつかった庭梅が、ギャーッと凄まじい悲鳴を上げた。従鬼はニンニクにおびえ蹲るも、長範は猛獣の形相で抜刀、駆け上がっている。

静と三郎はさっと反対側に駆け降りる。

怒りの火の玉と化した長範が棟に立つや、

――――！

高速の鋭気が長範の鳩尾板に激突。

火花が、散った。

何者かが男が二人掛りでなければ引けない強弓で粟田口特注の剣のような矢を射たのだ。

射手は――磯禅師。静が駆け降りている傾斜の下の方に隠れていた。

赤光を両眼に灯し、身の半分に流れる血吸い鬼の力をつかい、弓引いたのである。

静が棟の上に立つ処から禅師の謀(はかりごと)であった。

血を吸う盗賊は、しぶとい。

並の血吸い鬼なら即死だが――一際(ひときわ)厚い鳩尾板、類稀(たぐいまれ)なほど頑強な胸の筋肉が、心臓を守ったようだ。防具を壊され、胸から血を流し、二歩後退(あとずさ)るも、咆哮を上げて棟を跳び越し、磯禅師に驀進した。庭梅もそれにつづく――。

突進する長範は、物凄い迫力だった。

磯禅師は弓をすて金杭を取るや果敢にも長範に駆け寄っている。

「――しゃあっ！」

金杭を突き出す。

長範は、影御先を剿絶せんという気迫を大太刀に込め――黒い旋風が、金杭を断ち切った。長範は磯禅師を真っ向幹竹割りにせんとした。

禅師は折れた金杭で、受ける。

庭梅が磯禅師を横から襲おうとする。

赤光を灯した静。神速で、長範の後ろを取る。

ためらいを嚙みしめながら静は渾身の力を込めて母を殺めた相手を、後ろから突いた。

静の金杭は黒い腹巻を貫き、背後から心臓に達した――。

長範が放つひりつくような猛気が小さくなってゆく。

血が、こぼれる。

長範が片膝をつき、庭梅が静に罵声を浴びせている。

「裏切者！」

磯禅師は折れた金杭で、いま一度長範の左胸を刺した。

「……やってくれたのう、静」

どういうわけだろう。今、思い出されるのはやさしかった頃の父、山の話を得意げにしてくれた父の顔だった。

長範は——斃れた。

同時に静は長範の従鬼が全てばたばた倒れる音を聞いた気がした。

「熊坂長範討ち取ったり！」

磯禅師の大音声は表の庭まで聞えている。

一瞬茫然とした藤沢入道に、重清の矢が刺さる。法体の不死鬼はあと二人いたが、一人は重家の大金串に、もう一人は——正気を取りもどした用心棒衆に討たれた。

最後までのこった夏通は、金杭から小薙刀にもちかえた巴が追い詰める。

「何で、血吸い鬼にならなかったの？」

巴が問うと、

「他人様の血を吸いてえとも、長く生きてえとも、思わなかった……」

田楽笠の男は絶望の表情で、

「あの人のためにはたらきたかっただけだ。あの人はよ……俺の所に逃げようとした妹二人に、山で道、おしえてくれたんだよ」

「……そう」

小薙刀が、長範の最初の子分の命を止めた。

庭梅は、恐ろしい顔で静を睨んでいる。

「もう、止めよう」

静は言った。

庭梅が――ビュッと何かを投げてきた。

短剣だ。

尖った風が、静の頰をかする。殺意が籠った一投だった。

刀を抜いた磯禅師が斬りかかる。庭梅は大跳躍――刀が足をかすめたように見える。

が、屋根に落ちたのは緞子だけで、庭梅は行方をくらませている。

「あ」

三郎が指す。

少しはなれた所を猫のように庭梅が這い――闇に搔き消えた。

「首を……斬らねばならぬ。そなたらは見るな」

酒殿で孤軍奮闘する義経を助けるよう下知する磯禅師だった。

静、三郎が素早く裏庭に飛び降りると、多くの敵を一人で倒した義経に、表の敵を撃破した重家や巴たち、さらに金売り吉次までが合流、追い込んでいる処であった。

影御先、吉次とその用心棒たちは、不死鬼や殺生鬼を討ち果たし、只人の賊を幾人か逃がしたくらいで、羅刹ヶ結に打ち勝った――。

残敵がいないかたしかめていると、巴が、

「あれ」

屋根の上、長範が斃れた辺りに――霞のようなものがかかっている。怪しんだ巴が上ってみると季節外れの蚊が群れていた。

蚊は巴が屋根に登るとすぐに飛び去っている。

第十章　散り桜

桜が風に吹かれて、もの悲しげに花びらをこぼしている。ごつごつした灰色の幹にカイガラ虫の白粉がついていて、だいぶ花が少なくなった枝がある。

寂しげな山桜が並んだ斜面を笹が一面におおっていた。

濃州(のうしゅう)の小山である。

山の上に、観音堂があり、そこで濃尾の影御先の頭と、磯禅師の話合いがおこなわれている。

あの戦いから二日後のことだった。

どんなに憎んだ仇(かたき)とはいえ、父をこの手で刺した事実は、静に重く応(こた)えた。

またも恋人の死という衝撃に襲われた義経は浄瑠璃を弔(とむら)うと、墓前から丸一日動かなかった。食事を取るのも忘れてひたすら冥福を祈っている。

笹にしゃがみ、ふわふわと舞う花びらに髪を撫でられ、磯禅師をまつ影御先衆の多くが心に深手を負っていた。

しばらくして、磯禅師は萎烏帽子(なええぼし)をかぶった、長範以上に背が高い男をつれ

て、笹を踏みながら降りてきた。青い鱗模様が入った灰色の筒袖を着た男について、磯禅師は、

「濃尾の影御先の頭・船乗り繁樹殿じゃ」

濃尾平野は大河川が乱流し、無数の水路が縦横無尽に交差する。船乗り繁樹は、その水路で生きる男らしい。

歳は三十ほど。異様なほど面長で額が飛び出た金壺眼。陰気な雰囲気の、逞しい男だった。

紹介されても——腕を組んだままかすかにうなずいただけである。

「久しぶりだね。船乗りの親方」

巴は、繁樹を知っているようだ。だが声をかけられても繁樹はあるかないかの反応をしめしたにすぎない。

磯禅師は言いにくそうに顔をかたむけ、

「みんな……京の戦い、青墓の戦い、よくやってくれた。皆がいなければ恐るべき者たちが跳梁し、畿内の安全は守られなかった」

「………」

「船乗りの親方と話し、いずれ立て直すにしても、畿内の影御先が今、すぐには

たらくのはむずかしい、という話になった」

磯禅師を批判する気は静たちにはなかった。あれだけ乏しい戦力で、よくあそこまで戦えたと思っていた。他地域の影御先はもっと助けられなかったのか、と思うにせよ、磯禅師を咎めるつもりはない。

磯禅師が話した結論とは畿内の影御先が管轄していた諸国は、濃尾の影御先と山海の影御先で振り分ける、その境は都の東か西、という形にし、京の取り扱いは別途協議する、畿内の影御先の人員については、本人の希望を基に、濃尾か山海へ移ってもらう、というものだった。

血の如き赤い夕陽を浴びながら、磯禅師は、

「わたしは最後に答える。そなたらの望みを知りたい」

静は磯禅師と一緒がいいと思っている。また、邦綱邸で命を助けてくれて、青墓でも力戦していた義経は、どちらに行くのだろうと考える。浄瑠璃をうしない心に深い傷を負った義経が、静は心配であった。だが浄瑠璃を死に追いやったのは——。そこまで考えると自分に心配する資格がないように思ってしまうのだった。

皆、押し黙る中、最初の一声は、巴から出た。

「あたしは濃尾。船乗りの親方とも、一度はたらいているしね」

つづいて重家、重清兄弟が、

「我らは山海」

山陰山陽、四国を領分とする影御先に行くと答える。

「そなたは？」

禅師が義経に問う。赤い落日を受けた義経の頭に、桜の花びらが載る。

「我ら三人は、熊坂一党を討つまでの客分」

義経、少進坊、三郎の三人が、影御先を抜けるという答が出る気がして、面を強張らす静であった。

義経は強い語調で、

「――まだ、熊坂一党はおる」

あの場を逃げた庭梅、幾人かの只人の賊だ。

「逃げた男の中に……あの夜、浄瑠璃を襲った者がいる」

「…………」

「その男と、庭梅が合流することもあるだろう。影御先にいればその男にたどりつける気がする。それに……居場所がない我らを温かく迎えて下さり、禅師様に感謝をしている。みんなにも。影御先がもっとも辛い時に抜けるのはわたしの信義の道に反する」

今までと違う体制になるわけだから、上手くいくかわからない、新体制が落ち着くまでは影御先に籍を置きたいと、話している。影御先がある程度落ち着き、のこる仇が討ち果たされた時こそ、義経が新たな旅に出る時なのであろう。

「……少しでも東に行きたい。濃尾の影御先にくわわりたく思う」

義経の毅然たる態度を静は眩しく思う。見ならいたく思う。

磯禅師は静に顔をむけ、

「静は？」

「わたしは……禅師様から、まだいろいろ教わりたい。禅師様と共に戦います」

静は凜とした面差しで言った。

磯禅師は、微笑んで、

「二人力の若者が東に行くという」

義経のことだ。

「なら——我らは西へ参りましょう」

かくして、畿内の影御先衆は二つにわかれる形になった。

巴が静を小突く。

低い声で、ぎこちなく、

「あんたのことさ……まだ、友達だとは思ってない。いろいろあったしさ。だけど次会う時があったら、その時は……何のわだかまりもなく一緒に戦えればいいと思ってる」

無理に微笑(ほほえ)んだ静はこくりとうなずいて、巴をきつく抱きしめた。

巴も逞しい腕で静を抱きしめる。

耳元で、巴が、

「――じゃあね」

やさしい花吹雪が、抱き合う二人の娘をつつんだ。

巴からはなれた静はつぶらな黒瞳を義経に向けている。義経も、静を見ていた。

二人はうなずき合った。

離れ離れになってしまう仲間と、良き形で再会できる日は来るのだろうか、左様な感傷が湧き上がってきた。

西の山の端では西日が益々その紅（くれない）を強めていて、まるで——ばっくり裂けた傷のようだ。

来たるべき戦いに静は思いを馳せる。

青墓の戦いを逃げ延びた血吸い鬼と戦わねばならぬのだろうか。

——庭梅。

それは静にとって、友との戦いを意味する。

解説――現代の日本人が共感する時代ホラー・アクションの快作！

文芸評論家　細谷正充

令和の吸血鬼ストーリーは、ここから始まる。いきなり大袈裟な言葉になってしまったが、そういいたくなるほどの、とんでもない快作が現れた。山田風太郎の『魔界転生』、半村良の『妖星伝』、荒俣宏の『帝都物語』など、波乱万丈の大ロマンを愛する読者ならば、絶対に見逃してはならない物語だ。この感動を全力で伝えたいのだが、そのためにはまず吸血鬼ストーリーの歴史を、簡単にたどった方がいいだろう。

吸血鬼――それは数多いるモンスターの中で、最高の人気を誇っている。吸血鬼に関する伝承は世界各地にあるが、小説の世界で広く知られるようになったのは、一八九七年に発表された、ブラム・ストーカーの『吸血鬼ドラキュラ』による。トランシルヴァニアとロンドンを舞台に、吸血鬼のドラキュラ伯爵に立ち向かう、ヴァン・ヘルシング教授と仲間たちの戦いを描いた、古典ホラーの名作である。これにより吸血鬼のイメージが確定した。

その『吸血鬼ドラキュラ』に影響を与えたといわれる、ジョゼフ・シェリダン・レ・ファニュの『吸血鬼カーミラ』は、一八七二年に発表されている。この作品で早くも、吸血鬼ストーリーに耽美性が与えられているのだ。以上の二作を起点にして、無数の吸血鬼ストーリーが、小説・映画・コミックなど、さまざまなジャンルで書き継がれているのである。

このような状況は、日本でも変わらない。膨大な吸血鬼ストーリーが生まれている。その中には、当然、時代小説や時代コミックもあるのだ。小説ならば、横溝正史の『髑髏検校』を始め、近衛龍春の『流血鬼信長』、ゆうきりんの『戦国吸血鬼伝　信長神異篇』、山田正紀の『天動説』、菊地秀行の『明治ドラキュラ伝』『隻眼流廻国奇譚　血鬼の国』、井上雅彦の『鈎屋敷の夢魔』、加納一朗の『あやかし同心事件帖』。岡本綺堂の「一本足の女」や、朝松健の「緋衣」「〈一休どくろ譚〉かはほり検校」といった、短篇も見逃せない。コミックならば、栗橋伸祐の『Ｎｏｃｔｕｒｎｅ～夜想曲～』、おがきちかの『侍ばんぱいや』、ほおのきソラの『戦国ヴァンプ』など。まだまだあるが、これくらいにしておこう。とにかく時代小説・時代コミックの世界でも、たくさんの吸血鬼ストーリーがあるのだ。

そこに新たな作品が加わった。祥伝社文庫から書き下ろしで刊行された、武内涼の『不死鬼　源平妖乱』だ。忍者と妖怪がバトルを繰り広げる『忍びの森』でデビューし、以後も妖怪や鬼、あるいは自ら創作した妖草と、次々と人ならざる存在を登場させた、痛快エンターテインメントを上梓している作者のことである。吸血鬼ストーリーを執筆しても、さして驚くことはない。

だが、時代設定にはビックリした。なんと源平合戦前夜の平安末期なのである。平清盛を頂点とする平家一門が、この世を謳歌する陰で、庶民が蹂躙される時代。権中納言・藤原邦綱の屋敷の染殿で働く少女の静には、秘密があった。血吸い鬼の母親と人間の父親の間に生まれた、半人半妖だったのだ。血吸い鬼には、人の血を吸うが命を取らない不殺生鬼と、死ぬまで吸う殺生鬼に分かれる。さらに殺生鬼が力を得ると不死鬼になるのだが、その数は少ない。かつて両親のもとで貧しくも幸せに暮らしていた静だが、父親は権力者の理不尽により死にかけたとき、不殺生鬼の妻から血を与えられた。それにより血吸い鬼になった父親は、盗賊集団の頭の熊坂長範となり、暴れまわるようになる。これを嫌った母親は静を連れて逃げ出した。しかし長範によって母親が殺される。からくも長範の手を逃れた静だが、人買いに売られ、都の藤原家で働いているのだ。都で頼りになるのは、母親と知り合いだった不殺生鬼で医者の鯊翁だけだ。

　その後、訳あって屋敷を出た静は、鯊翁に連れられて、不殺生鬼の集まりに参加。しかし殺生鬼と長範一味が現れ、血生臭い騒動が起こる。そして静は鯊翁と共に、殺生鬼と戦う秘密組織・影御先の一員になるのだった。

一方、京の鞍馬寺では、源義朝の息子の遮那王が、雌伏の日々を送っていた。父親を殺した平家を怨み、鬼一法眼から兵法や軍略を学ぶ。また、法眼の親戚の浄瑠璃と愛し合う。だが、浄瑠璃は殺生鬼を不死鬼にする、王血の持ち主であった。王血を狙う長範が現れ、浄瑠璃は血を貪られ、法眼は殺された。長範への復讐を誓う遮那王は、山を下りて、都に向かった。そこで家来を得て、源九郎義経となった彼は、影御先に加わり、長範を追うのだった。

　源義経について、詳しい説明は不要だろう。平家の世で厳しい少年時代を過ごした彼は、兄の頼朝が打倒平家の兵を挙げると、その下にはせ参じる。源平合戦で活躍し、ついに平家を滅ぼすが、兄に疎まれ死に追い込まれた。日本人の愛する悲劇のヒーローである。

　ならば本書の静は、義経の愛した静御前であろう。源平合戦へと向かう時代の中で吸血鬼を暗躍させ、史実や巷説でお馴染みのカップルを使いながら、異形の歴史を紡ぐ。ここに物語の、たまらない魅力があるのだ。圧倒的な力を持つ殺生鬼や不死鬼と、影御先の死闘も迫力満点。後半の相次ぐ戦いには、興奮が止まらなかった。本書は、吸血鬼と吸血鬼ハンターの戦いを描いたホラー・アクションでもあるのだが、その面白さもずば抜けている。

おっと、つい異形の歴史と書いてしまったが、歴史そのものが小説の中で歪められることはない。作者は多数の実在人物を巧みに配置（この人物がここに出てくるのかという驚きが味わえる）しながら、虚構の出来事を史実の裡に収める。特に、義経の扱いが素晴らしい。平家に対する怨みに、長範たち血吸い鬼への怨みが重なり、ついに鞍馬山を下りた義経。困窮した都の人々の姿にさらなる怒りを覚えるが、仇のひとりである平重盛が影御先の協力者であることを知り、複雑な思いを抱えるのだ。史実を足場にしながら、思い切り少年時代の義経を虚構へとジャンプさせる。さまざまな体験をしながら成長していく主人公は、読者を魅了させずにはいない。

ところで、高橋康雄の『吸血鬼ドラキュラ劇場　世紀末の散歩術』という本がある。内容は、ストーカーの『吸血鬼ドラキュラ』の筋をたどりながら、そこに張り巡らされた数々のフォークロアを読み解いたものである。この中で高橋は、

「牧人(ぼくじん)は肉食のヨーロッパ大陸各国やイギリスなどの田園山野ではいずこでも見られるが、日本では昔なら山人(やまびと)といわれた人たちがこれに近い」といい、

「ドラキュラ伯爵自身は牧人ではないが、トランシルヴァニアの山人の血統であることは間違いない。伯爵は、天狗のように川を下り、海を航海し、空をも飛ぶ。トランシルヴァニアの山々は鞍馬山か愛宕山というところである」

と続けている。〝天狗〟〝鞍馬山〟という、義経と繋がる単語が出てくるのは、どういうことであろうか。しかも彼は、川ならぬ山を下り、都へ向かっているではないか。終盤の長範やその配下の夏通(なつみち)の述懐(じゅっかい)を見れば分かるように、権力の理不尽に対する、彼らと義経の抱える怒りは通じ合う。高橋の文章と本書の義経を突き合わせ、民俗学的な意味を求めることも可能だろう。この点から武内作品の〝深さ〟を考察するのも一興である。

義経の話が長くなったが、もうひとりの主人公の静も魅力的だ。母親を殺した父親を、倒そうとする静。しかし心中は複雑だ。しかも血吸い鬼と人間の間に生まれた彼女は、ふたつの存在の間を揺れ動く。しかも、静を嫌う影御先の巴や、

藤原家で仲のよかった同輩を使い、作者は彼女にさらなる揺さぶりをかける。悩み傷つきながらも、自分の進むべき道を選択する、静の成長も読みどころになっているのだ。

エンターテインメント・ノベルは、かって大衆小説と呼ばれていた。大衆――すなわち庶民の求める物語であったのだ。武内涼が描いた新たな吸血鬼ストーリーは、庶民を蹂躙する理不尽な力を、吸血鬼と権力者を併存させることにより、鮮やかに表現している。そしてそれは令和という新年号になった、現在の日本を生きる私たちが、権力者に覚える怒りでもある。

最近、金融庁の報告を切っかけにした、老後の資金二千万円問題が大きな話題になっている。老後の資金が必要なことは、誰だって分かっているのだ。しかし現在の日本の状況で、金融庁のいう二千万円を貯めるのが、どれほど大変なことか。年金も当てにできないなら、どうすればいいのか。未来を考えれば、ため息しか出ない。さらに税金や医療費など、各種の改正が進めば、庶民の生活はますます苦しくなるだろう。政治家や財界人は、何をやっているのだ。これが怒らずにいられるか。

そんな思いを、強く抱いているのが作者なのだ。本書の中で、鯊翁が静にい

う、

「己の力にまかせて、人を踏みにじり、人から吸い取り、生きとる奴が嫌いなんやろ? わしもや」

というセリフは、作者の創作の原動力であり、読者へのメッセージである。巨大な力に立ち向かう義経と静は、読者が共感を寄せるヒーローである。庶民が渇望するヒーロー像が、ここに屹立(きつりつ)しているのだ。

武内涼は歴史・時代小説を通じて、現代に鋭い杭を打ち込み続けている。とてつもなく強力な不死鬼と同様、理不尽な権力を倒せることを信じて。だから見届けたいのだ。シリーズ化によって描かれるであろう、義経と静の戦いの行方を。

引用文献とおもな参考文献

『新編日本古典文学全集　平家物語①、②』　市古貞次校注・訳　小学館

『新編日本古典文学全集　将門記　陸奥話記　保元物語　平治物語』　柳瀬喜代志　矢代和夫　松林靖明　信太周　犬井善壽校注・訳　小学館

『新編日本古典文学全集　義経記』　梶原正昭校注・訳　小学館

『平治物語』　岸谷誠一校訂　岩波書店

『御伽草子（下）』　市古貞次校注　岩波書店

『ヘロドトス　歴史　中』　松平千秋訳　岩波書店

『ヴァンパイア　吸血鬼伝説の系譜』　森野たくみ著　新紀元社

『吸血鬼の事典』　マシュー・バンソン著　松田和也訳　青土社

『歴史群像シリーズ⑬　源平の興亡【頼朝、義経の戦いと兵馬の権】』　学習研究社

『庶民たちの平安京』　繁田信一著　角川学芸出版

『源義経〔新版〕』　安田元久著　新人物往来社

『人物叢書　新装版　平清盛』　五味文彦著　日本歴史学会編集　吉川弘文館
『別冊歴史読本　平清盛ガイドブック　日本の覇者となったサムライの誕生』　新人物往来社
『人物叢書　新装版　後白河上皇』　安田元久著　日本歴史学会編集　吉川弘文館
『歴史群像シリーズ⑯　源義経　栄光と落魄の英雄伝説』　学習研究社
『寺社勢力の中世――無縁・有縁・移民』　伊藤正敏著　筑摩書房
『京都時代MAP　平安京編』　新創社編　光村推古書院
『【図説】日本呪術全書』　豊島泰国著　原書房
『修験道の本　神と仏が融合する山界曼荼羅』　学習研究社

ほかにも沢山の文献を参考にさせていただきました。

不死鬼　源平妖乱

一〇〇字書評

切り取り線

購買動機（新聞、雑誌名を記入するか、あるいは○をつけてください）

□（　　　　　　　　　　　）の広告を見て	
□（　　　　　　　　　　　）の書評を見て	
□ 知人のすすめで	□ タイトルに惹かれて
□ カバーが良かったから	□ 内容が面白そうだから
□ 好きな作家だから	□ 好きな分野の本だから

・最近、最も感銘を受けた作品名をお書き下さい

・あなたのお好きな作家名をお書き下さい

・その他、ご要望がありましたらお書き下さい

住所	〒				
氏名		職業		年齢	
Eメール	※携帯には配信できません	新刊情報等のメール配信を 希望する・しない			

この本の感想を、編集部までお寄せいただけたらありがたく存じます。今後の企画の参考にさせていただきます。Eメールでも結構です。

いただいた「一〇〇字書評」は、新聞・雑誌等に紹介させていただくことがあります。その場合はお礼として特製図書カードを差し上げます。

前ページの原稿用紙に書評をお書きの上、切り取り、左記までお送り下さい。宛先の住所は不要です。

なお、ご記入いただいたお名前、ご住所等は、書評紹介の事前了解、謝礼のお届けのためだけに利用し、そのほかの目的のために利用することはありません。

〒一〇一－八七〇一
祥伝社文庫編集長　坂口芳和
電話　〇三（三二六五）二〇八〇

祥伝社ホームページの「ブックレビュー」からも、書き込めます。
www.shodensha.co.jp/bookreview

祥伝社文庫

不死鬼(ふしき)　源平妖乱(げんぺいようらん)

令和 元 年 10 月 20 日　初版第 1 刷発行

著　者　武内 涼(たけうちりょう)
発行者　辻　浩明
発行所　祥伝社(しょうでんしゃ)
東京都千代田区神田神保町 3-3
〒 101-8701
電話　03（3265）2081（販売部）
電話　03（3265）2080（編集部）
電話　03（3265）3622（業務部）
www.shodensha.co.jp

印刷所　萩原印刷
製本所　ナショナル製本
カバーフォーマットデザイン　中原達治

 ISBN978-4-396-34556-3 C0193

祥伝社文庫の好評既刊

〈祥伝社文庫　今月の新刊〉